JN295394

対訳・注解
研究社シェイクスピア選集 ①

The Tempest

あらし

大場建治
OBA Kenji

研究社

目　　次

図 版 一 覧 …………………………………………… iv
凡　　例 ……………………………………………… v
シェイクスピアの詩法 ……………………………… xiii
The Tempest のテキスト ………………………… xviii
The Tempest の創作年代と材源 ………………… xxi
略 語 表 ……………………………………………… xxiv

THE TEMPEST —————————— 1

補　　注 ……………………………………………… 215
付録　シェイクスピアの First Folio ……………… 235

図版 一覧

船は小舟よ .... p. 15
 Peter Brook, *la tempête*（銀座セゾン劇場「ちらし」より）
 Photo: Gilles Abegg

18 世紀の *The Tempest* .... p. 49
 © The Folger Shakespeare Library

新大陸とシェイクスピア .... p. 103
 © The Folger Shakespeare Library

寄席芸を侮るな .... p. 131
 © The Folger Shakespeare Library

Caliban の悲しみ .... p. 209
 ［左］© The Harvard Theatre Collection, The Houghton Library
 ［右］By permission of the Shakespeare Birthplace Trust

付録
First Folio 扉ページ .... p. 237
 明星大学図書館所蔵
First Folio 目次ページ .... p. 241
 明星大学図書館所蔵
First Folio 本文組み版 .... p. 243
 明星大学図書館所蔵

凡　　　例

1. テキスト

　本選集のテキストは、基本的に 1623 年出版のシェイクスピア最初の戯曲集、通称第 1 二つ折本 (First Folio, F1 と略記) 収録の本文を底本として、これの現代綴り化によって編纂された。

　F1 本文の印刷所底本の性格は F1 全体を通して同一ではなく各作品によって異なっている。また F1 に収録される以前にすでに単行本として出版され、その単行本本文が異本として F1 本文と著しく異なる個所を持つ作品もある。それら各作品ごとに異なる事情については各巻の解説「テキスト」の項で説明してある。

　異本を持つ作品では、その相違する本文のうち重要と判断される部分を、特に印刷のレイアウトを変えて(活字を小さくして)印刷付加した場合がある。また F1 本来の本文についても、シェイクスピア以外の筆によるものと明確に判断される部分について同様の印刷手続きを行った。

　First Folio そのものについては巻末の付録「シェイクスピアの First Folio」を参照されたい。

　<u>校訂</u>　F1 本文の校訂は注に明記する。ただし植字工による誤植等明確な誤りの校訂はこの限りではない。

　校訂には、先達の諸版が広く参照されたが、19 世紀前半以前の版本については、H. H. Furness (父子) による New (Fourth) Variorum Edition を介した場合が多い。また、特に 1970 年代以降が重視されているのは、この年代が 1 つの画期になっていると思われるからである。参照による学恩は、当然注に言及される。

　<u>現代綴り化</u>　シェイクスピア時代はまだ正書法が確立しておらず、F1 にも、単語語尾 -e の恣意的な添加、単語語頭の大文字化、子音字の重複、名詞属格を示すアポストロフィの不在、綴り字の交替 (j → i, i ⇄ y, u

⇄ v など)、そのほか具体的な単語の例では burthen (= burden), then (= than), I (= ay [= yes]) 等々多様な異形がみられるが、これらはすべて、現行の他の諸版と同じく、注で断ることなく現代綴り化された。ただし律動 (metre)、押韻、語呂合わせ等の関係から原綴りが必要な場合、また enow (= enough [pl.])、accompt (= account)、vilde (= vile) など、英語史的視点から、あるいはシェイクスピアの言語感覚を推測する上から、原綴りが望ましいと考えられる場合は、注で断った上で原綴りを残した。

動詞の過去・過去分詞形の -ed は F1 で -'d とあるのをすべて -ed とし、律動の関係上これを [-id] と音節化して読ませる場合は -èd のように e の上に grave accent 印を打った。2 人称単数及び 3 人称単数の動詞語尾 -(e)st, -(e)th についても音節化のある場合は特に -èst, -èth とする。

F1 での母音の省略 (temp'rate, i'th'haste など) は律動上の必要もあり、これを生かすのを原則とした。

句読点　F1 の句読点の責任の所在は、そこに当然筆耕あるいは植字工の介入がありえたから、これを明確に決定することはできない。20 世紀初頭に古版本の句読点をシェイクスピアの責任による舞台演出 (俳優の台詞朗唱) への指示とする研究が現れ影響力を持ったが、これの示唆性は認めるとしても、問題をいささか単純化しすぎているように思える。英語史的に言って統語法の縛りがまだゆるやかであったため、句読点に自由がきいたのである。

本選集の句読点は、F1 を底本に、F1 以前に単行本のある作品はこれの句読点を当然参照しながら編纂された。F1 からの重大な逸脱は注に言及してある。この基本方針は現行の諸版と変らないが、対象が戯曲の台詞であることを本編纂者はおそらく他の編纂者以上に意識していると言えると思う。ただしそれは具体的な演出への介入を意味しない。演出的には中立であることが、句読点の編纂に限らず本選集の基本的態度である。

以下に句読点の主要原則を示す。

　1.　F1 で多用されているコロンは現代の句読法になじまないのでできるだけ避け、主にセミコロン、ピリオドに転換した。

　2.　F1 のカッコ ( ) を尊重する編纂者も多いが、本選集ではこれを主にコンマに転換して一切用いることをしない。ダッシュもできる限り抑えた。

3. 疑問符？は台詞の文法的理解に必要な場合を除き過度に用いることをしない。

4. 特に感嘆符！について、F1 の：を！に転換することの多い諸版に比べて！は厳しく抑えられた。台詞の朗唱の演出は、上演舞台の自由に向けて開かれなくてはならない。(これは翻訳でも同様である。)

行分け シェイクスピアの戯曲の台詞は韻文と散文とが混交している。その割合は当然作品によって異なるが、戯曲全体を平均すればおよそ韻文 7.5 対散文 2.5 ぐらいになる。

ただし F1 での韻文・散文の区分けがシェイクスピアの意図に必ずしも忠実であるとは限らない。大型版とはいえ 2 段組であるから、韻文の 1 行がそのスペースに納まりきらないときもあった。詩行の区切りが植字工の作業の都合によって歪められる場合も当然ありえたのである。もっと重大な事態は韻文の散文化。これには印刷スペースの問題もさることながら、植字工(あるいは筆耕)の理解力、誠実度の問題もからまる。シェイクスピアの韻文の主体である blank verse (無韻詩) は柔軟軽快な詩型であるから、そのリズムは容易に散文に転じうる。逆に散文も勢いがつけば無韻詩的なリズムになる。F1 の植字工のうちの 1 人は blank verse を散文に植字する傾向をもっていたし、また他の 1 人には逆の傾向があったとの研究もある。シェイクスピアのテキストを編纂する場合、特に韻文の lineation (行分け)について、句読点以上に慎重な対応が要求される所以である。本選集は特に blank verse の詩型を可能な限り尊重するという方針を採った。それは 18 世紀以来のシェイクスピアのテキスト編纂の 1 つの伝統であり、近年はこれに対する批判も多いが、やはりシェイクスピアの舞台のリズム感をテキストに反映させるのが編纂者の義務の 1 つであるという強い思いが本編纂者にはある。ここでも本版が他の諸版の lineation と大きく相違する場合は当然注で説明が加えられている。

なお blank verse を含めてシェイクスピアの詩法については「シェイクスピアの詩法」を参照のこと。

ト書き ト書き (stage direction [SD]) は F1 でも収録作品によってその量に違いがあるが、F1 以前の単行本も含めて、きわめて少量、禁欲的なのがシェイクスピアの古版本の特徴である。本選集は F1 に従うことを原則に、[*aside*] 等台詞の理解のために最少限必要なト書きを加えた。最

少限というのは舞台の演出への中立を意味する。

　加えられたト書きは本編纂者によるものもあるが、実質的に18世紀以来の版本からの選択がほとんどであり、これの初出の編纂者名を注に明記することを本選集の原則とした。F1あるいはF1以前の単行本のト書きについても同様の克明を旨とした。従来の日本語訳でト書きの来歴が不明確なまま無責任に放置される弊があったからである。(それは日本の演出家にとって大きな問題のはずだ。)

　古版本のト書きの位置は、たとえば登場 (*Enter* . . . .) では、登場準備(待機)の指示 (anticipatory direction)、あるいはその場に必要な登場人物の一括指示 (massed entry) など、実際の舞台での演出と相違する場合がある。こうしたト書きは、注で断ることを原則にそれぞれ適切な場所に移動された。退場、音響効果等についても同様である。

　登場人物名は、その名前が分明な限り名前を優先させた。例示すれば、F1のClown (*Twelfth Night*), King (*Hamlet*), Bastard (*King Lear*) に代えてそれぞれFeste, Claudius, Edmundを用いた。発話者名の表示 (speech heading [SH]) においても同様である。

　<u>登場人物一覧</u>　F1収録の36作品のうち7作品(本選集では *The Tempest*, *Othello* の2作品)の末尾に登場人物一覧 (The Names of [all] the Actors / The Actors Names) が付されている。18世紀初頭の編纂者ニコラス・ロウ (Nicholas Rowe) がこれをDramatis Personaeの表示のもとに全作品の冒頭に及ぼし、その後の版本でこれが慣行となった。本選集でも各作品の冒頭に登場人物一覧を掲げるが、F1の表示のactorでは表現が曖昧になるので、ベン・ジョンソン (Ben Jonson) の *The Works* (1616) に見られる 'The Persons of the Play' の表示を用いる。ただしF1以前の単行本にこうした一覧がまったくみられないところからも、シェイクスピア自身はこれに与らなかったことだけは確認しておきたい。

　人物名の配列は、女性名をまとめて最後に回すなどF1に見られる一応の方式を踏襲するのが18世紀以来の版本の慣行だったが、この方式もシェイクスピア自身与り知らない便宜的なものにすぎない。本選集は近年の諸版とともにこの慣行を退け、本選集独自の、それも必ずしも全作品での統一にこだわらない配列を試みた。

　<u>場所の表示の廃止</u>　F1で、末尾の登場人物一覧の上欄に場所の表示の

あるのが *The Tempest* と *Measure for Measure* の 2 作品、しかしその説明は 'The Scene, an un-inhabited Island', 'The Scene Vienna' と、ページの余白の埋め草というか、ほとんど意味を持たない。18 世紀以来こうした表示を全作品に及ぼすのが近年に至るまで 1 つの慣行として定着してきたが、本選集ではこれをすべて廃する。

また、各場面のト書きの初めにいちいち場所を示すのも 18 世紀以来の慣行である。最近はト書きで示さぬまでも注に説明する版が多いが、本選集はよほど重要でない限り注でふれることもしない。シェイクスピア劇では各場面の場所の感覚は、劇の進行に応じて醸成される（あるいはほとんど醸成されない）。この作劇の基本は当時の舞台構造からも当然のこととして納得される。場面の初めで場所をいちいち限定するのはこの作劇の流れに逆行するものだ。この立場を本選集は堅持する。

<u>**幕・場割り**</u>　F1 で幕・場割り（act-and-scene division）が施されているのは 36 作品中 17 作品、不完全なのが 3 作品、幕割りだけが 10 作品。残り 6 作品は幕も場も一切の区切りがなされていない。ついでに F1 以前の単行本では、*Othello*（1622）に 3 個所の幕・場割りが見られるのを例外に皆無である。ほかに飾り模様や罫線による部分的な表示を持つのが 2 作品。こうした状況の中で、すべての作品に完全な幕・場割りを施したのもニコラス・ロウである。以来シェイクスピアの版本に act-and-scene division を施す慣行が生じたが、シェイクスピア自身は古典劇の形式を引き継ぐ 5 幕の「幕割り」には関わらなかったであろう（ただし *Henry V* では Chorus による実質的な 5 幕形式の導入がみられる）。彼の関心はむしろ場の連続、場の流動にあった。したがってシェイクスピア劇では、舞台の流れを区切るにしても、5 幕形式の act にこだわらず scene の表示を初めから通して連続させた方が望ましいはずである。しかし一方、たとえば 'To be, or not to be, . . .' といえばすぐに *Hamlet* 第 3 幕第 1 場と反応するように、幕・場割りの表示はすでに文学的・演劇的常識となって定着しているという現実がある。本選集もこの「常識」を尊重して慣行の幕・場割りに従うが、舞台の流動性を損なうことのないようできる限り目立たない印刷表示を試みた。

行の数え方は場ごとの単位になる。韻文だけの場でも本版の lineation が他の版と異なる場合があり、また散文については各版の印刷状況が異な

る以上、それぞれの行数が正確に一致することはありえない。したがって本版の行数は結果的に本版独自の表示になっているが、こうした事情は現行の他の諸版においても同様である。

2. 注釈について

シェイクスピアの英語　英語史では時代を大きく以下の3つに区分する。1. Old English (OE と略記、古[期]英語)、文献が出現する700年頃 → 1150年頃。2. Middle English (ME, 中[期]英語)、1150年頃 → 1500年頃。3. Modern English (ModE, 近代英語)、1500年頃 → 現代。現代英語 (Present-day English, PE) に至る5世紀を Modern だけで区分するのはあまりに粗雑であるとして、1700年頃を境に前半を Early Modern English (初期近代英語)、後半を Late Modern English (後期近代英語) とする場合もある。

シェイクスピアの英語はその Early Modern に属する。すなわち次第に屈折 (inflection) 表現を脱して現代英語に直接通じる表現体系を確立しつつあった転換期。語彙の面でも、イギリス・ルネサンスの文化的、社会的興隆と歩調を合わせて拡張のエネルギーに満ち溢れていた。その大いなる変動の時期に生まれ合わせたシェイクスピアは、彼の幸福な才能を奔放自在に駆使することができた。それはシェイクスピアにとっての幸福である以上に、英語の歴史にとっての大きな幸福だったろう。歴史はときに時代と才能との奇蹟的な出会いを演出する。

OE の作品、たとえば *Beowulf* (『ベオウルフ』) を読むためには新しい言語を習得するに等しい語学的訓練が必須である。ME の作家、たとえばチョーサー (Geoffrey Chaucer) を読むためにもやはりそうした訓練が要求される。われわれが万葉を、源氏を、近松を読むときのように。しかし基本的に ModE の作家のシェイクスピアの場合、そうした訓練を必要としない。語法的にも語彙的にも現代英語の基本を習得した日本の高等学校卒業生にも十分に読みこなせる英語である。ここで読むという面からやや乱暴に日本語との比較を持ち出せば、言文一致の文化「運動」によって近代化に向かいつつあった明治期、その運動の文学的洗練の当事者である、たとえば漱石、鷗外を読むのに似ていると言ってよいのかもしれない。

以上の概説からも、本選集での語義・文法上の注釈の方針はおのずと定まる。高等学校で英語を学び、あらたにシェイクスピアの原文にふれようとする読者のための注釈。たとえば語義については研究社『新英和中辞典』(*New College English-Japanese Dictionary*) を基準に、これで解決できないものを基本的に取り上げる。この辞典に登録され説明されている語でも、台詞の理解のために特に必要な情報は注記される。しかし対訳の形式をとっているのだから、右ページの日本語訳で理解が十分に間に合う場合は注記が省かれる場合もある。

　シェイクスピア時代の発音は英語史的に興味のある研究分野であるが、本選集の注はそこまで立ち入ることをしない。ただし押韻、語呂合わせ等の理解のために必要な場合は説明を注記に留めた。詩の律動に伴うアクセントの位置の移動、母音の添加あるいは省略(音節の増減)については現代の発音に則して特に積極的に注記してある。

　<u>背景的注釈</u>　この分野の注はいくらでも広がりうるが、注のスペースを考慮した上でバランスを心がけた。

　本選集に含まれる作品以外のシェイクスピアからの引用は F1 (または F1 以前の単行本) の現代綴り化により、出所は幕・場だけにとどめた。ただし必要に応じて Norton 社の F1 複写版 (*The Norton Facsimile*, prepared by Charlton Hinman, W. W. Norton & Co., 1968) の作品ごとの総行数表示 (Norton TLN [through line number]) を利用した。

　聖書の引用にはシェイクスピアが座右に置いたであろう *The Geneva Bible* を現代綴り化して用いた (*A Facsimile of the 1560 Edition*, with an Introduction by Lloyd E. Berry, U. of Wisconsin P., 1969)。日本語訳を併記する場合には日本聖書協会の「文語訳」によった。

　ギリシャ・ローマの古典文学・神話の人名をはじめ外国の固有名詞は原則として原語の読みを写したカナ書きを優先させたが、一方日本語訳では英語読みのカナ書きを優先させた場合もあり、必ずしも一定の原則にこだわることをしない。

　<u>テキストに関する注釈</u>　一般読者・演劇人を対象にした本選集であるが、本編纂者の立場を明らかにするためにも、いわゆる本文批評 (textual criticism) に関するかなり高度な注を含めざるをえなかった。18 世紀以降の編纂者・研究者への言及など一般の読者にはわずらわしいだけかもしれ

ないが、責任の所在を明確にするのは編纂者の義務でなくてはならない。

以上、特に背景的注釈とテキストに関する注釈について、長文の注はスペースの関係から ⇨ 印を付して巻末の「補注」に回した。

また、注の全体にわたって18世紀以来の版本の注記を広く参照したが、特に本選集の注記で意識したのは1970年代以降の版本の注解である。最新の成果ということもさることながら、この年代がシェイクスピア編纂史上の1つの画期であるという思いが本編纂者には強い。

3. 翻訳について

<u>韻文の訳</u>　テキストの lineation に詩行を揃える「韻文訳」とした。シェイクスピアの台詞のリズムを伝えるには、形式面でもテキストに従うことが望ましいとの判断からである(したがって韻文の部分に関してはテキストと対訳との行数表示をそのまま一致させることができる)。これまでの主な日本語訳のほぼ半数が表面的には韻文訳の試みを行ってきている。日本語訳として独自の詩行を立てた試みもある。そうした既訳の中にあって、本訳者は、みずからの責任において原文の lineation を編纂・確定した上で、他の訳よりも舞台のリズムを強く意識した韻文訳を心がけた。

韻文でも特に脚韻のある台詞は、blank verse の中で、その分目立って突出した形になる。その呼吸を訳に盛り込むのも必要な工夫でなければならない。それとしばしば現れる歌の訳の工夫。これはこれまでの訳で最も改善すべきところであるように思われた。

<u>散文の訳</u>　colloquial な調子に加えて時事言及の含みもあり、日本語訳の分量が幾分多くなりがちである。散文の部分の行数表示についても原文と一応一致させたが、実際の行数では量的に必ずしも一致していない。

4. 図版

各巻とも、舞台写真を含めて数葉の図版を右ページに配して、左にこれの説明の文章を添えた。

シェイクスピアの詩法

シェイクスピアの台詞は verse (韻文) と prose (散文) で書かれている。その割合は作品によって異なる。*Richard II* のように台詞の全部が韻文の作品がある。一方、*The Merry Wives of Windsor* は 9 割近くが散文である。*Richard II* は王冠の悲劇をめぐる格調高い歴史劇である。*The Merry Wives of Windsor* の方はシェイクスピアでは唯一同時代のイングランドを舞台にした市民喜劇だ。このことからも、悲劇的格調と喜劇的世俗という韻文と散文の目指す基本的な表現の相違がみえてくる。ただしそれはあくまでも基本線であって、シェイクスピアの魅力はなにごとにつけて基本を奔放自在に超えるところにある。それでしかも基本の理念はけっして見失われることがない。

シェイクスピアの verse の主体は blank verse (無韻詩) である。'blank' とはなにが「空白」なのかというと、「無韻詩」の訳語の示すように rhyme (脚韻) がない。なかでも iambic pentameter (弱強 5 詩脚) が blank verse の代表で、シェイクスピアがこの詩型を用い、その後もたとえばミルトン (John Milton) が *Paradise Lost* (『楽園喪失』/『失楽園』) などの長篇叙事詩で用いたため、blank verse といえば同じ無韻でも iambic pentameter の無韻詩を指すようになった。

iambic pentameter とはどういう詩型か。

英語の verse は、強音と弱音がある一定の規則で生起するリズムを基本とする。このリズムが metre / meter (律動) である。metre の主要なパターンは、iambus (弱強)、trochee (強弱)、anap(a)est (弱弱強)、dactyl (強弱弱) の 4 種。このうち iambus が日常会話のリズムに最も近く、弱から強への上昇調が朗唱するのに特に快い。一方 metre を構成する最小単位を foot (詩脚) と呼び、1 行の詩行内の foot の数によって、dimeter (2 詩脚)、trimeter (3 詩脚)、tetrameter (4 詩脚)、pentameter (5 詩脚)、hexameter (6 詩脚) ... 等、長さの別が決まる。人間の息づかいの長さに

最も自然に納まりやすいのが pentameter である。そこで blank verse といえば、iambus の詩脚が 1 行に 5 回繰り返される iambic pentameter ということになった。

blank verse はイタリア詩の影響を受けて 16 世紀の半ばにサリー伯ヘンリー・ハワード (Henry Howard, Earl of Surrey) が用いたのが初めとされる。戯曲ではトマス・ノートン (Thomas Norton) とトマス・サックヴィル (Thomas Sackville) の共作悲劇 *Gorboduc*（『ゴーボダック』、初演 1562）が最初。試みにその *Gorboduc* 冒頭の 2 行余りを写すと (foot の区切りを | で、また弱強の強を ´ で示す)、

> The sí|lent níght | that bríngs | the quí|et páuse,
> From páin|ful tráv|ails óf | the wéa|ry dáy,
> Prolóngs | my cáre|ful thóughts, | . . .

となり、iambus の foot が各行 5 回規則的に繰り返されて行末に切れ目がくる。行の中間にも息継ぎの小休止 (caesura) がある。これが典型的な blank verse の詩行であるが、しかしこのリズムがいたずらに延々と繰り返されては単調退屈に陥ってしまうだろう。やがて 16 世紀も末になるとクリストファー・マーロウ (Christopher Marlowe) がその単調に変化を織り込んで blank verse を壮大な表現に向けて力強く高揚させ、シェイクスピアがさらにこれを柔軟華麗に引き継いだ。*The Tempest* のような晩年の作品では、blank verse の基本は自在に変化してほしいまま、作者は入神の域に達している。試みに [1.2] の Miranda の台詞の冒頭 (*ll*. 1–5) を引いてみる。[1.1] の海上の大嵐が Prospero の 'art' の掌の上にみるみる小さく吸い込まれていく転換の呼吸。*l*. 1 の 'your art' は [1.1] の散文を吸収する blank verse の art だ。

> Íf by | your árt, | my déar|est fá|ther, yóu have
> Pút the | wíld | wáters | in this róar, | alláy them.
> The ský, | it séems, | would póur | down stínk|ing pítch,
> But thát | the séa, | móunting | to th' wélk|in's chéek,
> Dáshes | the fíre | out. Ó, | Í | have súffered

l. 5 の引用を途中で切り上げなかったのは 1 行全体のリズムを見るためだ

が、この「尻切れとんぼ」は一方でこの行が行末に切れ目のくる 'end-stopped'（行末休止）ではなく、意味構文が次の行にまたがって続く 'run-on'（または F. *enjambment*「行またがり」）になっていることを示している。*l.* 1 から *l.* 2 の続き具合も同様の 'run-on' である。こうした変化の導入によって blank verse のリズムが生あるもののようにのびやかに息づいてくる。シェイクスピアの詩法は 20 数年の長い創作期間を通して当然作品ごとに変化している。19 世紀の末から 20 世紀にかけて詩法の統計処理が流行したが、run-on line についても統計が試みられ、シェイクスピアが次第に end-stopped の束縛から run-on に向けて自在になっていく姿が数量的に明らかになった。初期の *A Midsummer Night's Dream* では韻文中 run-on の占める割合は 13%、それが中期に入ると次第に増加傾向を示し、この *The Tempest* では 3 倍の 42% になる。詩脚も「弱強」の iambus だけではない。*ll.* 1, 2, 5 は trochee の出である。ほかにも *l.* 2 の第 3 詩脚、*l.* 4 の第 3 詩脚が trochee．*l.* 2 の 'wild waters' を本編注者は [w] の alliteration（頭韻）を響かせ 2 詩脚とし、'wíld' を単音節詩脚、'in this róar' を anapaest に scan（韻律分析）したが、'wild wá|ters ín | this róar' の定型的でおとなしい scantion もありうる。*l.* 5 の 'Í' も単音節詩脚、前の 'Ó' の後に 1 音節分の間が入るという分析である。このように詩型分析は分析者当人による 1 つの「文学批評」である。

ll. 1, 2, 5 の最後の詩脚では iambus の後にもう 1 音節「弱」が「字余り」でぶら下がっている。これを詩法では 'feminine ending'（女性行末）と呼び、ここでも統計を披露すると、*The Tempest* の女性行末の比率は 35%、これはシェイクスピアの全戯曲の中での最高値、なお晩年のいわゆるロマンス劇（*Cymbeline, The Winter's Tale*）ではいずれも 30% を超えている。

Miranda の台詞はこのあと 8 行続く（*ll.* 6–13）。その最後の *l.* 13 は

　　　The fráught|ing sóuls | withín | her.

これは 7 音節と短い。3 詩脚のあとの 4 詩脚目は 'her.' と「弱」のまま。それを早速 Prospero が補って、

　　　　　　　　　　　　　　　Bé | colléctedː

と続けて5詩脚 (feminine ending) が完結する。このようにverseの1行を2人に分け持たせる編纂を歌舞伎の用語にならって「渡り台詞」と呼ぶことにするが、この「渡り」によって対話にリズミカルな連続感が生れる。(行数計算では「渡り」全体で1行に数える。)「渡り」が1回だけでなく1行に何回も繰り返される場合もある。続くProsperoとMirandaの対話では

PROSPERO No móre | amáze|ment. Téll | your pít|eous héart
　　There's nó | harm dóne. |
MIRANDA　　　　　　　　　　　O, wóe | the dáy! |
PROSPERO　　　　　　　　　　　　　　　　No hárm.

と、*l.*15で「渡り」が3回繰り返されている。(*Macbeth* 2.2.16 はスタッカートの渡りが続くみごとな例。)

　しかし iambic pentameter に満たないこうした short lines は、F1で渡りの形に編纂され印刷されているのではない(ほかの戯曲の場合 Qq でも)。どの行もぎりぎりに左詰めで組まれているだけ。となると short line のままにするか、「渡り」として前後の行とリズムを繋げるか、その判断は編纂者の責任である。iambic pentameter の定型は10音節であるから、たとえば6音節の short line であれば、これを渡りではなく6音節として編纂すれば、その行の前または後に10−6＝4音節分の「間」が生じる。その間は人物の出入りのためのものもあるだろうし、語調の転じるための準備のためもあるだろうし、また話し手・聞き手にとっては対応の動き(心理的な動きも含めて)の間にもなるだろう。シェイクスピアの F1, Qq など古版本ではト書きが禁欲的に抑えられているが、じつはこの「間」が含蓄ある豊かなト書きの役割を果している。short line の編纂はこうして編纂者自身の「解釈」「舞台感覚」に委ねられ、作品全体を通じて short line の lineation の編纂が他の版と同じことは絶対にありえない。本版が lineation の注にこだわったのはそのためである。

　以上は特に blank verse のリズムをめぐっての概説である。シェイクスピアの詩法についてはまだまだ言及しておくべきことが多いが、あと1つだけ rhyme (脚韻) について簡単にふれておく。シェイクスピアは、無韻の blank verse 主体の詩の中に、rhymed verse の技巧を絢爛豪華に

散りばめた。ここでも近年の統計を披露すれば、*A Midsummer Night's Dream* を例にとると、詩法の見本市のようなこの作品では、verse line 全体の中で rhymed verse の占める割合は 52% と 5 割を超える。rhyme の主体は couplet（二行連句）、ほかにも cross rhyme（交互韻）、enclosing rhyme（囲い韻）など。*The Tempest* でも Ariel の songs や [4.1] の劇中劇、あるいは最後の Epilogue で rhyme が工夫されている。特に劇中劇に用いられたのは 'heroic couplet' と呼ばれる二行連句の連続詩型で、18 世紀にホメロスの英雄叙事詩などの翻訳で使われたためこの名称が行われてきた。本来はチョーサー（Geoffrey Chaucer）に始まる中世以来の伝統的な詩型であるが、ひと昔前の古い詩型をわざわざここに用いたことで、そのぶん劇中劇の絵柄は「額縁」入りに様式化されることになった。だがそうした特殊な場面を除くと *The Tempest* では rhyme は極端に少なく、わずかに couplet が 2 例だけだ。全体を通算しても 4% と *A Midsummer Night's Dream* の 13 分の 1。ただし、こうした傾向は *The Tempest* だけのことではなく晩年のシェイクスピアに見られる 1 つの重要な特徴になっている。

　最後に、シェイクスピアの「詩」という場合、それは韻文だけのことではない。散文にももちろんリズムがあり、シェイクスピアを離れてもたとえばディケンズ（Charles Dickens）の小説などでは注意してみると iambus のリズムが調子よく脈打っていたりするが、そういうリズムもさることながら、シェイクスピアでは、散文の表現自体が、韻文以上に poetic でありうる。シェイクスピアの戯曲は「詩劇」であると言うとき、本編注者は散文を含めての全体、つまりはシェイクスピア劇の本質を指すものと理解している。

The Tempest のテキスト

　The Tempest はシェイクスピアの First Folio (F1) 収録 36 篇の先頭に印刷された作品である (First Folio については本書巻末の付録参照)。その名誉ある位置を占めるに至った理由を忖度するなら、やはり *The Tempest* が作者最晩年の未出版の戯曲だったということがその 1 つに挙げられると思う。(*The Tempest* には F1 以前の単行本による出版はない。したがって編纂の唯一の権威は F1 の本文である。) F1 の 2 人の編纂者は、序文「読者諸賢に」の中で「とにかくお買い求め下されたし」と 2 度も繰り返して (buy it first. / whatever you do, buy.) 読者の購買欲をそそっている。そこからすれば、冒頭に据える作品について出版の側にそれ相応の慎重な選択があったはずだし、最晩年未出版の *The Tempest* は当然その選択に適う作品だった。それに加えてもう 1 つ、作品の短さということがあったかもしれない。*The Tempest* は最初期の *The Comedy of Errors* に続いて最も短く、そのぶん出版側では入念な印刷を心がけることができただろうから。

　その入念を示す 1 つの例として、筆耕レイフ・クレイン (Ralph Crane) への印刷所原稿の清書依頼を挙げることができる。クレインは法律関係専門の筆耕であったが晩年は戯曲の清書も手がけ、特にシェイクスピアの劇団国王一座との関係が深かった。クレインの清書による貴重な戯曲原稿が 2 種類残っているがいずれも国王一座のレパートリーである。(そのうちの 1 つが本選集 *Macbeth* p. xix で言及した *The Witch* [『魔女』]。) それらの原稿にみられる特徴を総合して判断すれば、F1 の *The Tempest* の印刷所原本を用意した筆耕はクレインであることがわかる。F1 ではほかにも *The Two Gentlemen of Verona*, *The Merry Wives of Windsor*, *Measure for Measure*, *The Winter's Tale* の 4 作品がクレインの清書だったことが確実で、*Othello*, *Cymbeline* をこれに加える研究者もある (*Othello* については本選集 *Othello* p. xxiv でふれた)。

クレインの生年は1550/60年とされるが、いずれをとってもシェイクスピアよりもかなり早い。没年は1632年で当時とすればみごとな長命である。印刷所原本のための依頼はおそらく *The Tempest* が最初だった。となると、筆耕として誇り高い長老中の長老の矜持が、結果としてそのsophisticatedな綴り、重々しいpunctuationなどに典型的に発揮され、ときに韻律を整えるために彼自身の省略符号による介入が疑われる場合も出てこざるをえない。クレインに 'editor' の名称を呈したのは、クレイン研究に一時期を画した *Ralph Crane and Some Shakespeare First Folio Comedies* (1972) の著者ハワード＝ヒル (Trevor Howard-Hill) の論文 ('Shakespeare's earliest editor, Ralph Crane', *Shakespeare Survey*, 1992) である。*The Tempest* はシェイクスピアの最晩年の作として特にその詩法に自在の余裕がみられる。このことは前項「詩法」でふれた。その「余裕」とクレインの「矜持」とが「折悪しく」出会ったということになるか。それにまた、初めてクレインの原稿に接する植字工にも必要以上の緊張があったかもしれない。そのあたりの問題は編纂者の重大な判断に係ることになるだろう。*The Tempest* は出版側の意気込みから植字、印刷、校正に当時とすれば最大限の注意が払われていたはずであり、一般には編纂の比較的容易な作品とみられているが、いざ実際に編纂に当ってみると予想を超えて細かな困難を伴うのである。シェイクスピアの戯曲の編纂はそれぞれがそれぞれに容易ならぬ問題を抱えている。

クレインの清書の元になったのはおそらくシェイクスピア自筆原稿、それも仕上がったF1の状態からみて、下書きの草稿 (foul paper) ではなく推敲をへた清書原稿 (fair copy) であったろう。ト書きの詳細な描写から舞台監督 (book-keeper) の介入が想定されがちだが、その描写は演出的というよりは観客席の視点を示唆している。ここでもおそらく「読みもの」を目ざしたクレインの気負った筆を認めるべきだろう。このト書きの性格をめぐっては、かつて、故郷のストラットフォードに引退した晩年のシェイクスピアによる舞台演出の指示というロマンティックな解説が行われたことがあったが、19世紀のエドワード・ダウデン (Edward Dowden) 流に牧歌的で、いかにも甘い。

それは第2ケンブリッジ版の編纂者ドーヴァー・ウィルソン (John Dover Wilson) のもの。ウィルソンにはもう1つ *The Tempest* の短縮説

があって、彼はこの短い作品の中での [1.2] の異常な長さを言い立てた。
[1.2] は戯曲全体のほぼ4分の1に近い長さである、それがすべて過去の事件の説明に費やされている、もともとその説明の部分は (*The Winter's Tale* や *Pericles* のように) 実際に舞台上に演じられていたのではないか、それを急遽削除して説明に回したため [1.2] が異常にふくらんだのではないか、その代りに付け加えられたのが [4.1] の劇中劇である、それはジェイムズ1世の王女エリザベスとドイツのファルツ選定侯フリードリッヒ (Kurfürst Pfalzgraf, Friedrich [Elector Palatine, Frederick]) との結婚祝賀上演のための付加だった、云々。それは確かに *The Tempest* は、*A Midsummer Night's Dream* に比べれば (本選集 *A Midsummer Night's Dream*, p. xxvii 参照)、祝婚劇としても歓迎されただろうが、わざわざ特定の祝婚のために劇中劇を付け加えたのだとすれば、シェイクスピアならもっと適切な内容をもっと巧妙に仕組んだだろうと本編纂者は考える。それに [1.2] の突出した異常性にしても、本編纂者は「三統一」(Three Unities) の劇作の実験に伴う「結果」というふうにそれを見ようと思う。シェイクスピアは *The Winter's Tale* の成功を繰り返して試みるような、そんな程度の劇作家ではなかった。ここでちょうどいい機会だからついでに——4.1.148–59 / 5.1.33–57 をロンドンの演劇界へのシェイクスピアの 'farewell-address' とする俗論など、この巨大な劇作家に対して甘い、失礼に甘い。

The Tempest の創作年代と材源

　The Tempest には2つの宮廷上演記録がある。1つは前項からの続きで、王女エリザベスの祝婚行事での上演。結婚式は1613年2月14日だが、前年12月27日に婚約式、そのクリスマスシーズンからにぎにぎしい行事が続き、国王一座は20もの舞台で奉祝に参加した。そのうちシェイクスピアの作品は *The Tempest* をはじめ8舞台（これも前項からの続き、ここでの *The Tempest* はつまり祝婚用の特注舞台ではない）、3月20日付で奉仕料の下賜記録がある（王室会計簿）。いま1つの記録は1611年の万聖節（11月1日）、上演の場所はホワイトホール、奉仕料下賜記録は祝典局会計簿によるもの。それ以前に *The Tempest* の存在を示す記録がないのだから、後者1611年11月1日が *The Tempest* の terminus ad quem（下限）ということになる。

　これに対し terminus a quo（上限）には一応1610年秋を想定することができるであろう。折からの大航海時代に海上での貢献によってそれぞれ勲爵士号を授けられたサー・ジョージ・サマーズ（Sir George Somers / Summers）とサー・トマス・ゲイツ（Sir Thomas Gates）が、1609年5月、開拓地ヴァージニア駐留のため9隻の艦隊を率いて新大陸に出発した。しかし旗艦「海洋冒険号」(the Sea Venture) が7月25日バミューダ沖で難破、バミューダで9か月過ごしたのち新造の小船2隻でヴァージニアに到着する。バミューダ諸島の別称サマーズ諸島（Somers Islands）に自らの名前を与えることになったサマーズ本人は、その後せっかくそのバミューダに戻ったものの、豚の食べ過ぎでその地で客死したというのもいかにも海上冒険時代の逸話だが、その冒険の航海の次第が新奇な見聞とともにゲイツの無事の帰国を待って1610年秋からにわかに大評判になった。一行の1人による手記 *A Discovery of the Bermudas* の献辞の日付が10月13日。ロンドンのヴァージニア会社による公式記録の出版もあり、その出版登録の日付は11月8日。中でも重要なのは乗船の開拓者の1人

ウィリアム・ストレイチー（William Strachey）が7月15日付で事件を現地から報告した手紙である。この手紙をジェフリー・ブロウ（Geoffrey Bullough）は彼の材源集成（後出）の中で The Tempest の 'Source' としてまっ先に掲げ、第3アーデン版もこの扱いに従った。ストレイチーの手紙の出版自体は1625年であるが、シェイクスピアはヴァージニア会社の重要メンバーに知己があり（たとえばサウサンプトン伯［Earl of Southampton］）、その内容は手紙の到着とともに彼の耳にも十分届くところにあった。以上をもってすれば The Tempest の terminus a quo を一応1610年秋とすることができる。

年代の問題でもう1つこだわっておきたいのは The Winter's Tale との前後関係である。The Winter's Tale には占星術師サイモン・フォーマン（Simon Forman）のグローブ座での観劇記録があり、その記録自体一時期贋作の疑いがかけられたりしたが、現在は真正ということで落ち着いた。さてその日付が1611年5月15日。これは The Tempest の年代1610年秋―1611年11月1日のちょうど中間点に当る。ほかに The Winter's Tale の年代について客観的な証拠が見当らぬ以上、The Winter's Tale と The Tempest の年代は平行線のままいずれが先と決し難い。だが、本編纂者はあくまでも The Tempest の後置を主張する。前項でも通りすがりにふれておいたが、The Winter's Tale の tour de force の成功を踏まえて、それを基盤に The Tempest の創作がある。シェイクスピアは繰り返すことのけしてない、最後まで旺盛な実験精神にあふれた作家だった。

The Tempest には特定の「材源」（source）が見当らない。本編注者の言う材源とは、ある作品についてのその物語的構築に大きく影響を及ぼしたであろう先行作のことで、そこにはひろく口碑伝説等も含まれる。シェイクスピアはそういう材源を、多くの場合1つの作品のために複数取り揃えて創作に趣いた。それは卑金属を集めて完全な黄金を錬り上げる「錬金術」にもたとえられる。そうした材源と、結果としての舞台とを比較することで、われわれはシェイクスピアの錬金の秘密に参入することができる。それが材源研究の醍醐味である。だが細かな表現のはしばしにまでこだわろうとすると、材源（というよりは材料）は無限にふくらんでいって収拾がつかなくなる虞が出てくる。ジェフリー・ブロウの材源集成 Narra-

tive and Dramatic Sources of Shakespeare (8 vols.) は 20 世紀後半のシェイクスピア研究の一大金字塔であるが、創作時のシェイクスピアの無限大に膨張した脳髄の詳細を前提にしたのでは、彼のデータを指針に仰ぐ方としてはいささかならず気疲れがする。先にふれたバミューダ・ヴァージニア関係の出版物は重要な資料は資料であって、とくに時代背景の説明には欠かせない資料であることは確かだが、本編注者には *The Tempest* の「材源」とするには足らない。強いて *The Tempest* の材源を挙げるとすれば、ここではあくまでも比喩的な意味合いで、それはシェイクスピアの実験精神。

ほかにも脚注・補注との関係から重要な「資料」を挙げておく。まずモンテーニュ (Michel Eyquem de Montaigne) の *Les Essais* のジョン・フローリオ (John Florio) による英訳 *The Essayes* (= essays) (1603). フローリオは *Love's Labour's Lost* の Holofernes のモデルに擬せられることのあるシェイクスピアにはゆかりの文人である。その Chapter 31 (彼の版では 30) 'Of the Caniballes (= cannibals)' と Gonzalo の理想国家論 (2.1.139–63) との関連は脚注で指摘した。(モンテーニュの理想国家の具体的な描写がシェイクスピアでは舞台上滑稽な形に相対化されて扱われる。) ウェルギリウス (Vergilius / Virgil) の *Aeneis / The Aeneid* (『アエネイス』) についても字句だけでなく構造上の影響を指摘する注者があるが、本編注者には迂遠なものに思える。たとえば *The Aeneid* の Dido のエピソードはこの時代に共通の知識だった。オウィディウス (Ovidius / Ovid) の *Metamorphoses* (『変身物語』) についても同様。アーサー・ゴールディング (Arthur Golding) の英語韻文訳 (1567) はシェイクスピアの愛読書であると同時に、この時代に共通の知的財産である。

なおルードヴィヒ・ティーク (Ludwig Tieck) 以来、シェイクスピアと同時代のドイツの劇作家ヤーコプ・アイラー (Jacob Ayrer) の *Die Schöne Sidea* (『美しきジデア姫』) が、本編注者の言うような意味での「材源」として貴重なものに取り上げられることが多かったが、当時のドイツとの演劇交流から影響関係が相互的で曖昧にならざるをえず、それにプロット自体民話的な archetypal なところがみられ、現在ではほとんど話題になることがない。ブロウも 'Analogue' として抄訳を掲げるにとどめている。

略 語 表

1. 一般（辞書、参考文献を含む）

Abbott E. A. Abbott, *A Shakespearian Grammar* (3rd ed.), 1870.

Companion Stanley Wells and Gary Taylor with John Jowett and William Montgomery, *A Textual Companion*, Oxford U.P., 1987.

F1 The First Folio, 1623.

F2 The Second Folio, 1632.

F3 The Third Folio, 1663.

F4 The Fourth Folio, 1685.

Franz Wilhelm Franz, *Die Sprache Shakespeares in Vers und Prosa* (4th ed.), Max Niemeyer Verlag, 1939.

Norton TLN Through Line Numbers in *The Norton Facsimile: The First Folio of Shakespeare*, 1968.

OED *The Oxford English Dictionary*.

Onions C. T. Onions and Robert D. Eagleson, *A Shakespeare Glossary*, Oxford U.P., 1986.

Schmidt Alexander Schmidt, *Shakespeare Lexicon* (revised and enlarged by Gregor Sarrazin), 1901.

SD stage direction

SH speech heading

Sh Shakespeare

Tilley Morris Palmer Tilley, *A Dictionary of the Proverbs in England in the Sixteenth and Seventeenth Centuries*, U. of Michigan P., 1950.

2. テキスト、注釈

Alexander Peter Alexander (ed.), *The Complete Works of Shakespeare*, 1950.

Arden 3 Virginia Mason Vaughan and Alden T. Vaughan, *The Tempest*, 1999.

Cambridge 1 W. G. Clark, John Glover and W. A. Wright (eds.), *The Works of William Shakespeare*, 1863–66.

Cambridge 2　　Arthur Quiller-Couch and John Dover Wilson, *The Tempest*, 1921.
Frye　　Northrop Frye, *The Tempest* (Pelican Shakespeare), 1959.
Furness　　Horace Howard Furness, *The Tempest* (New [4th] Variorum), 1892.
Globe　　W. G. Clark and W. A. Wright (eds.), *The Works of William Shakespeare* (Globe edition), 1864.
Kermode　　Frank Kermode, *The Tempest* (Arden Shakespeare 2), 1954.
Kittredge　　George Lyman Kittredge, *The Tempest*, 1939.
Lindley　　David Lindley, *The Tempest* (Cambridge Shakespeare 3), 2002.
Luce　　Morton Luce, *The Tempest* (Arden Shakespeare 1), 1901.
New Folger　　Barbara A. Mowat and Paul Werstine, *The Tempest*, 1994.
Norton　　Stephen Greenblatt (gen. ed.), *The Norton Shakespeare*, 1997.
Orgel　　Stephen Orgel, *The Tempest* (Oxford Shakespeare), 1987.
Oxford　　Stanley Wells and Gary Taylor (gen. eds.), *William Shakespeare: the Complete Works*, 1986.
Righter　　Anne Righter (Anne Barton), *The Tempest* (New Penguin Shakespeare), 1968.
Riverside　　G. Blakemore Evans (gen. ed.), *The Riverside Shakespeare* (2nd ed., Vol. 2), 1997.
Shane　　Scott Shane, A Glossary to B.B.C. *The Tempest*, 1979.
Yale　　Burton Raffel, *The Tempest* (Annotated Shakespeare), 2006.

3.　19世紀以前の版本（出版年が複数記載されているのは改訂版があるため。また、全集等で出版が複数年にわたっている場合は、*The Tempest* [または *The Tempest* を含む巻] の出版年）
Rowe　　Nicholas Rowe, 1709/1614.
Pope　　Alexander Pope, 1723.
Theobald　　Lewis Theobald, 1733.
Hanmer　　Sir Thomas Hanmer, 1744.
Warburton　　William Warburton, 1747.
Johnson　　Samuel Johnson, 1765.
Capell　　Edward Capell, 1768.
Steevens　　George Steevens, 1773 (Johnson and Steevens 1)/1778 (ibid. 2)/1785 (ibid. 3).
Rann　　Joseph Rann, 1786.

Malone Edmund Malone, 1790.
Knight Charles Knight, 1841.
Collier John Payne Collier, 1842.
Dyce Alexander Dyce, 1857.
White Richard Grant White, 1858.
Staunton Howard Staunton, 1859.
Keightley Thomas Keightley, 1864.
Halliwell James Orchard Halliwell, 1865.

THE TEMPEST

The Persons of the Play

Prospero [prɔ́spərou], *the right Duke of Milan*
Miranda [mirǽndə], *his daughter*
Antonio [æntóuniou], *brother to Prospero, the usurping Duke of Milan*
Alonso [əlɔ́nzou], *King of Naples*
Ferdinand [fə́:dinənd], *his son*
Sebastian [sebǽstjən], *brother to Alonso*
Gonzalo [gɔnzú:lou], *an honest old councillor*
Adrian [éidriən] ⎫
Francisco [frænsískou] ⎬ *lords*
Stephano [stéfənou], *a drunken butler*
Trinculo [tríŋkjulou], *a jester*

0.1 The Persons of the Play ⇨ 補.   **1 Prospero**   It. *prospero* (adj.) = flourishing. < L. *prosperus* = successful < *prospare* = make happy.   *right* = legitimate.   *Duke of Milan* [mílən](ただし Kökeritz, *Shakespeare's Names: A Pronouncing Dictionary* は 2.1.128 を [milǽn] [possibly] としている。)   イタリア語でミラノ (Milano),訳ではイタリア語名を使う。Milan は当時 1 都市ながら北イタリアを主にロンバルディア地方を支配していた公国 (duchy) で、その支配者が Duke. 18 世紀末ナポレオンが入市して 4 世紀にわたる公国も消滅した。   **2 Miranda** < L. *mirandus* = admirable < *mirare* = be amazed, surprised; look with wonder.   Sh の他の晩年の喜劇(ロマンス劇) *Pericles* の Marina (< L. *mare* = sea), *The Winter's Tale* の Perdita (< L. = lost girl < L. *perdere* = lose) でも娘が象徴的な意味を担っている。   **3 Antonio, 7 Sebastian**   Antonio は友のために胸の肉 1 ポンドを抵当にする merchant of Venice, また *Twelfth Night* では Viola の兄を難破から救った友情厚い船長の名である。その Viola の兄の名は Sebastian, *The Two Gentlemen of Verona* のヒロイン Julia の変装名も同じく Sebastian. この由緒ある 2 つの名前をあえて「悪人」のものに逆転させた Sh にはなにほどかの思いが

登場人物

　　プロスペロー、　正統なミラノ公爵
　　ミランダ、　その娘
　　アントーニオ、　プロスペローの弟、ミラノ公爵の簒奪者
5　アロンゾー、　ナポリ王
　　ファーディナンド、　その息子
　　セバスチャン、　アロンゾーの弟
　　ゴンザーロ、　忠実な老顧問官
　　エイドリアン ｝
10　フランシスコー ｝ 廷臣たち
　　ステファノー、　飲んだくれの酒蔵番(さかぐら)
　　トリンキュロー、　道化師

あったのだろうか．なお Antonio は F1 では一貫して 'Anthonio' の綴り． **5 *King of Naples*** [néiplz]　イタリア語でナポリ（Napoli）は 13 世紀末から 19 世紀初頭までイタリア半島南部を支配した王国（kingdom）．ただし Sh 時代にはすでにスペインの総督によって統治されていた．　**6 Ferdinand**　伝統的にスペイン王家の名．F1 の 1.7.1 の SD では '*Ferdinando*' の綴り．*Love's Labour's Lost* で Navarre の宮廷を女人禁制・学問精進のアカデミーに仕立てようと意気込む若い国王の名前がやはり Ferdinand．　**8 Gonzalo** < It. *gonzo* = simpleton, blockhead．その滑稽な「阿呆ぶり」は，*Hamlet* の Polonius ほどではないにしろ，low charactors とのやりとりに片鱗が示されている．***councillor*** = member of the king's council．F1 では '*Councellor*' (cf. 1.1.18 note)．　**11 Stephano**　John Florio の Italian-English Dictionary, *A Worlde of Wordes* (1598) には *stefano* に 'jesting word for the belly' の説明がある．Neapolitan slang で 'stomach' とする指摘もある．こういう詮索は切りのない話だが．なお発音について，*The Merchant of Venice* では [stəfáːnou] だった．　***butler*** = servant having charge of the wine-cellar．< OF. *bouteillier* < bouteille = bottle．　**12 Trinculo** < It. *trincare* = drink heavily．　***jester***　Alonso の宮廷道化．

Caliban [kǽlibən], *a salvage and deformed slave*

Ariel [έəriəl], *an airy spirit*
Iris [áiəris]
Ceres [síəriːz]
Juno [dʒúːnou] } *played by Ariel and other spirits*
Nymphs
Reapers
Other Spirits *attending on Prospero*

Master of a ship
Boatswain
Mariners

---

13 Caliban Florio のモンテーニュ訳との関連から (cf. p. xxiii) 'caniball(e)' の anagram とする説が一般的. ほかに < Caribbean (< Carib. 'cannibal' 自体 Carib から), < Gipsy *cauliban* (= blackness), 等々の諸説. ***salvage*** = savage (F1 の綴りは 'saluage'). ***deformed*** Cranian か (cf. 0.1 補). **14 Ariel** 命名の背景として *Isa.* 29 がよく引かれるが(ほかにも聖書から *Ezra* 8.16), それよりもまず F1 の 'an ayrie spirit' に拠った方がよい (Cranian だとしても [cf. *l.* 0.1 補]).

キャリバン、　奇形な姿の奴隷、野蛮人

　　エアリエル、　空気の精

15　アイリス ⎫
　　シーリーズ ⎪
　　ジューノー ⎬　エアリエルをはじめ妖精たちが演じる
　　水の精たち ⎪
　　麦刈りたち ⎭

20　その他プロスペローに仕える妖精たち

　　船長
　　水夫長
　　水夫たち

15–19 いずれも [4.1] 劇中劇の登場人物，Spirit たちが演じる．特に Ceres を演じたのは，4.1.168 によれば Ariel. なお訳のカナ書きではローマ神話名に基づく英語の発音を写すことを原則とする（たとえばケレスではなくシーリーズ）．　**15 Iris**　ギリシャ・ローマ神話の虹の女神イリス．神々の使者，特にJuno の使いとされた．　**16 Ceres**　ローマ神話のケレス，豊穣の女神．ギリシャ神話のデメーテル（Demeter）に当る．　**17 Juno** ⇨ 4.1.70 note.

THE TEMPEST

[1.1] *A tempestuous noise of thunder and lightning heard.*
Enter a Shipmaster and a Boatswain.

MASTER Boatswain!

BOATSWAIN Here, master. What cheer?

MASTER Good, speak to th'mariners; fall to't yarely, or we run ourselves aground. Bestir, bestir! [*Exit.*]

Enter Mariners.

BOATSWAIN Heigh, my hearts, cheerly, cheerly my hearts! Yare, yare! Take in the topsail. Tend to th'master's whistle. — Blow, till thou burst thy wind, if room enough.

Enter Alonso, Sebastian, Antonio, Ferdinand, Gonzalo and others.

[1.1] **0.2 [1.1]** *The Tempest* は F1 で act-scene division が完全になされている 17 作品の 1 つ．編纂史でもこの division が踏襲されてきている．ただし Sh の責任によるものではなくおそらく scribe の Ralph Crane の介入である．***A tempestuous...heard.*** F1 の SD．*Macbeth* では '*Thunder and lightning.*' とだけ．'*heard*' の表現からも観客席の立場の「描写」であることがわかる．squib (爆竹) や bullet (小さな鉄の玉)，drum などによる効果が用いられた．cf. *Macbeth* 1.1.0.2 補．**0.3 *Enter...Boatswain.*** F1 の SD．左右から別々の登場であろう．*Oxford* は '*severally*' (= separately) としている．cf. *A Midsummer Night's Dream* 2.1.0.1 補．*Enter* = let...enter. したがって単数の登場でも '*enters*' としない．**1 Boatswain** [bóusn]! ! は本版．諸版も同様，以下 [1.1] の ! はすべて F1 になく本版のもの．(ただし ! の頻用は演出への介入になるので本版は最小限に抑えてある．) **2 What cheer?** = how do you feel? (cheer = frame of mind,「気持

[6]

あらし

[1.1] 雷鳴と稲妻、大嵐の音。
　　　船長と水夫長登場。

船長　水夫長！

水夫長　ここです船長。大丈夫ですか？

船長　いいな、水夫たちに言うんだ、みんながんばってくれって、まごまごしてると乗り上げてしまうぞ。さ、かかれ、かかれ。　　　　［退場］
　　　水夫たち登場。

5 **水夫長**　おうい、みんな、元気出せよ、がんばってくれよ、いいな！　急げ、そら急げ！　メーンマストの帆を巻き上げろ。船長の呼子（よびこ）に気をつけろよ。——とことん吹きやがれ、息切れするなよ、こっちはいくらでも動いてやる。

　　　アロンゾー、セバスチャン、アントーニオ、ファーディナンド、ゴンザーロ、ほか登場。

ち」。）　**3 Good** = goodman; good fellow.　**fall to't** = set to work.　**yarely** = briskly.　**run**（vt.）= drive.　**4 Bestir** = exert yourselves.　**[*Exit.*]** L. = he goes out.「退場」の SD にはラテン語動詞を使う. pl. は [*Exeunt.*]（= they go out）．　**4.2 *Enter Mariners.*** F1 の SD. mariners の登場を *l*. 0.3 の Shipmaster と Boatswain と一緒にする版もあるが（Lindley），そのあたりは演出の領域．　**5 hearts** = hearties; good fellows.　**cheerly** =（as a cry of encouragement among sailors）heartily.　**6 yare** = yarely.　**Take in the topsail** [tópsl] = furl the topmost sail on the mainmast. This is the first stage in reducing the ship's speed.（Lindley）　**Tend to** = pay attention to.　**7 thou, thy**　2人称単数代名詞の主格と所有格．目的格は thee，所有代名詞は thine.　**burst thy wind**「息が切れる（まで）」．　wind = breath.　**if room enough**　i.e. so long as we have enough searoom（without reefs or rocks）．

[7]

ALONSO Good boatswain, have care. Where's the master? Play the men.

BOATSWAIN I pray now, keep below.

ANTONIO Where is the master, boatswain?

BOATSWAIN Do you not hear him? You mar our labour, keep your cabins. You do assist the storm.

GONZALO Nay, good, be patient.

BOATSWAIN When the sea is. Hence! What cares these roarers for the name of king? To cabin; silence. Trouble us not.

GONZALO Good, yet remember whom thou hast aboard.

BOATSWAIN None that I more love than myself. You are a counsellor, if you can command these elements to silence and work the peace of the present, we will not hand a rope more; use your authority. If you cannot, give thanks you have lived so long, and make yourself ready in your cabin for the mischance of the hour, if it so hap. — Cheerly, good hearts! — Out of our way, I say.   [*Exeunt all but Gonzalo.*]

GONZALO I have great comfort from this fellow; methinks he hath no drowning mark upon him; his complexion is perfect gallows. Stand fast, good Fate, to his hanging, make the rope of his

---

8–9 Play the men = show yourselves men. **10 keep** = remain. **15 Hence** = go away. **cares** 主語は roarers (pl.) だが倒置で単数動詞がきた. cf. Abbott 335. Rowe は 'care' に校訂. **roarers** king との対照から 'rebellious subjects' (*Romeo and Juliet* 1.1.73) のイメージ. **17 hast** thou が主語のとき動詞は -(e)st 変化. have は hast に. **18 counsellor** = councillor; member of the king's council. (F1 で 'Counsellor'. ほかに '*Councellor*' の綴りもある [⇨ p. 2, *l*. 8 note].) **19 elements** 古代自然哲学で自然界を構成する 4 elements は earth, water, air, fire. ここでは具体的に波・雨 (water), 風 (air), 稲妻 (fire) を指す (つまりは tempestuous storm 全体). **work** = bring about. **20 the present** = the present occasion. Kermode が J. C. Maxwell の示唆を受けて the presence (i.e. the royal presence) に校訂, し

アロンゾー　水夫長、しっかり頼んだぞ。船長はどこにおる？　各員とも奮励努力せよ。

水夫長　どうか部屋にいて下さい。

アントーニオ　おい、船長はどこだ、水夫長？

水夫長　あれが聞こえないんですかい。邪魔ですよ出てきちゃ、さ、部屋に戻ったり。それじゃ嵐の味方をしてるようなもんだ。

ゴンザーロ　こらこら、お前もまあ落ち着いて。

水夫長　落ち着いてもらうのは海の方だ。行った、行った！　王さまの名前を出したって海は構っちゃくれませんよ。部屋へ戻って下さいよ、つべこべ言わんと。もうたくさんだ。

ゴンザーロ　おい、どなたをお乗せ申しているか忘れては困るぞ。

水夫長　どなたもこなたも、大事なのはわが身でさあ。あなたさまは顧問官だ、その顧問官のお力でこの波風に静まれって命令したところでいまこの嵐が平穏無事に治まるわけじゃなし、それで片づくのならわたしらだってなにも帆網をたぐったりはしませんとも。さ、ご威光とやらをちゃんと見せてもらいましょうや。それが無理ならなむあびだぶつ、せいぜい部屋に引っ込んで後生を願うこった、いつなんどきどかんとくるかわかりませんぜ。――おういみんな、がんばってくれよ！――さ、邪魔だ、邪魔だ。　　　　　　　　　[ゴンザーロを除き全員退場]

ゴンザーロ　あの男なら大いに安心だ、どうみたって土左衛門で柄じゃない、あの人相はまちがいなく縛り首。どうか運命の女神さま、ここはひとつ予定どおりしっかり縛り首にお願いしますよ、あいつの生れつ

かし c/t error の想定だけではこの校訂は無理だと思う．　**hand** = handle.　**22 mischance** = misfortune.　**23 hap** = happen.　**24** [*Exeunt all but Gonzalo.*] F1 は '*Exit.*'．本版は次の Gonzalo の台詞を観客向けに想定して，Gonzalo を一人舞台に残す．F1 [1.1] の SD は全体的に不備が目立ち演出的解釈に俟つところが多い．　**25 hath**　3人称単数の動詞変化は -(e)s と -(e)th があった．have は has と hath．do は does と doth．**26 his complexion . . . gallows** cf. 'He that is born to be hanged (drowned) shall never be drowned (hanged).' (Tilley B 139) complexion = appearance (as a reflection of character).　**27 Stand fast** = remain unshaken.

destiny our cable, for our own doth little advantage. If he be not born to be hanged, our case is miserable. [*Exit.*]

Enter Boatswain.

BOATSWAIN   Down with the topmast! Yare, lower, lower. Bring her to try with main-course. [*A cry within.*]
A plague upon this howling. They are louder than the weather, or our office.

Enter Sebastian, Antonio and Gonzalo.

Yet again? What do you here? Shall we give o'er and drown? Have you a mind to sink?

SEBASTIAN   A pox o'your throat, you bawling, blasphemous, incharitable dog.

BOATSWAIN   Work you, then.

ANTONIO   Hang, cur, hang, you whoreson, insolent noisemaker. We are less afraid to be drowned than thou art.

GONZALO   I'll warrant him for drowning, though the ship were no stronger than a nutshell and as leaky as an unstanched wench.

BOATSWAIN   Lay her a-hold, a-hold! Set her two courses; off to sea again, lay her off!

---

28 advantage (v. absolutely) = benefit.　**29 [*Exit.*]**　F1 の SD. *l*. 24 の SD を [*Exit.*] とすればここは [*Exeunt.*] となるところ.　**31 try** = sail close to the wind; lie to. (Onions)「漂 𝕓𝕚 する」(船首を風上に向けて海上でほとんど停船すること). **main-course** = mainsail.「メーンスル, 主帆」(大檣に張る最も大きな帆). [*A cry within.*] F1 は 'A plague —' の後に改行して '*A cry within. Enter Sebastian, Anthonio & Gonzalo.*' の SD が 1 行に組まれているが, 本版はその SD を 2 つに分けて位置を変えて編纂した. F1 のダッシュは次に SD を組み込むための compositor の工夫であろう.　**33 our office** i.e. we at our work.　**34 give o'er** = give up.　**36 A pox o'** pox は *l*. 32 の plague と同じく curse として.　o' = on.　**37 incharitable** = uncharitable; unfeeling.　**39 whoreson** = son of a whore. ここでは軽蔑の adj. use.　**40 art** thou が主語のときの be 動詞.　直接法現在 art, 過去 wast または wert. 仮定法過去 wert.　**41 for** = in the case of, i.e. against.　**42 unstanched**

いた首締め縄がこっちの命綱、どうやら船の錨綱の方はとんと役に立たぬ具合ですからな。縛り首の運命じゃないってなるとこっちの運命は悲惨惨憺海の底。　　　　　　　　　　　　　　　　　　　[退場]

　　　水夫長登場。

水夫長　トップマストの帆を下せ！　急げ、低く、もっと低く。船を風に向けろ、メーンスルで。　　　　　　　　　　　　　[舞台裏で叫び声]
なんだ、あのぎゃあすかは。嵐より大変ときたもんだ、おれたちの声も通りゃしねえ。

　　　セバスチャン、アントーニオ、ゴンザーロ登場。

またお出でですかい。いったい何のお仕事で？　もう降参して沈めってんですかい？　え、みんな海の底で結構なんですかい？

セバスチャン　おい、その雑言は許さんぞ、罰当りな大声でわめきおって、この犬畜生めが。

水夫長　じゃああんた方でやってもらいましょう。

アントーニオ　縛り首だ、野良犬め、縛り首だ、下種下郎の分際で、なんだその無礼な口のききようは。われら一同、お前らのように溺死（できし）など恐れたりはせん。

ゴンザーロ　わたしが保証しますとも、こいつが溺れ死になどするものですか、船が胡桃（くるみ）の殻よりもろかろうと、小娘のあそこみたいにびちゃびちゃのたれ流しだろうと。

水夫長　舳先（へさき）は風上（かみ）、風上だぞ！　帆を二枚張れ、沖へ出るんだ、沖に離れろ！

---

i.e.　① insufficiently padded during menstruation. cf. *King Lear* 3.6.24 note.　② sexually unsatisfied.　**43 a-hold** (adv.) = close to the wind (in order to hold or keep to it). (Onions)　**Set** = hoist.　**two courses** = the principal sails of a ship, namely the mainsail and foresail. (Onions) F1 は次に punctuation なしで 'off to sea . . .' に続けるが，John Holt (*An Attempt to Rescue That Ancient English Poet*, 1749) の示唆を Steevens が採って; を加える校訂をし，さらに White がピリオドに校訂した. *Riverside* は F1 のまま punctuation なしだが意味をとるのに少々苦しい. *Yale* は *OED* の course = 'point' on the compass を採って F1 のままとしている.
44 again = back.　**lay her off** i.e. get her out to sea.

Enter Mariners wet.

MARINERS All lost! To prayers, to prayers! All lost! [*Exeunt.*]
BOATSWAIN What, must our mouths be cold?

> [*Puts his mouth to the bottle.*]

GONZALO The King and Prince at prayers, let's assist them, for our case is as theirs.

SEBASTIAN I'm out of patience.

ANTONIO We are merely cheated of our lives by drunkards. This wide-chapped rascal. — Would thou mightst lie drowning, the washing of ten tides.

GONZALO He'll be hanged yet, though every drop of water swear against it, and gape at widest to glut him.

> [*A confused noise within* — '*Mercy on us!*', '*We split, we split!*', '*Farewell, my wife and children!*', '*Farewell, brother!*', '*We split, we split, we split!*'.]

ANTONIO Let's all sink with King.

SEBASTIAN Let's take leave of him. [*Exit with Antonio.*]

GONZALO Now would I give a thousand furlongs of sea for an acre of barren ground; long heath, brown furze, anything. The wills above be done, but I would fain die a dry death.

> [*Exit with Boatswain.*]

44.2 *Enter Mariners wet.*, 45 [*Exeunt.*] 前は F1, 後は本版. [1.1] を通して Mariners の出入りの演出はもちろん演出家に開かれている. cf. *l*. 24 note. **46 cold** i.e. without drinking. cold in death の解もあるが, この方が *l*. 50 の 'drunkards', *l*. 51 の 'wide-chapped' にすなおに繋がる. **46.2 [*Puts his mouth to the bottle.*]** 本版の独自の SD. ほかに *Cambridge 2* が [*slowly pulling out a bottle.*]. 前注参照. **47–56** ⇨補. **47 assist** = attend, join. **50 merely** = absolutely. **51 wide-chapped** i.e. opening the mouth wide. chap = chop; jaw. **51–52 the washing of ten tides** adverbial の表現. 当時の pirates の処刑は Thames の Wapping Old Stairs の下流 Execution Dock で干潮時に絞首され, 死体が 3 度満潮にひたされるまで晒された. **54 at widest** i.e. as widely as possible. **glut** = swallow

[1.1]

　　　ずぶ濡れの水夫たち登場。

45 **水夫たち**　お終いだ！　お祈り、お祈りだ！　もうお終いだ！　　　［退場］

水夫長　こうなりゃ飲まずにいられるもんか。　　　［酒瓶に口を当てる］

ゴンザーロ　王も王子もお祈りなさるとなれば、われらもご一緒しよう、われらもとより一蓮托生。

セバスチャン　どうにも怒りが収まらん。

50 **アントーニオ**　せっかくの命をなにもかもこんな飲んだくれどもに騙し取られて。見ろ、あいつめ、あんなに大口を開けて飲んでやがる。──おい、お前なんか溺れたまんま満潮に十ぺんも洗われるがいい。

ゴンザーロ　いや、こいつはやっぱり縛り首の口ですな、海の潮が一滴一滴反対の証言のうなりを上げてこいつをぱっくり呑み込もうたって、無理だ、無理、無理。

　　　［舞台裏で騒然たる叫び声──「神よお慈悲を！」「船がまっ二つだ、まっ二つだ！」「さらば妻よ、子供らよ！」「友よ、さらば！」「船がまっ二つだ、まっ二つだ、まっ二つだ！」］

55 **アントーニオ**　みんな、王と一緒に沈もう。

セバスチャン　王にお別れを。　　　　　　　　　　　［アントーニオと退場］

ゴンザーロ　海なら千万エーカーでもくれてやる、代りに土だ、一エーカー、どんな干からびた荒地でもいい。すべては神の思し召し、ただどうせ死ぬのなら土の上で。　　　　　　　　　　　　［水夫長と退場］

---

up.　**54.2 *'Mercy on us!'*** ⇨補．　**54.3 *brother*** = friend．　**55 with King**　F1 は 'with' King'．with の [-ð] との assimilation で次の定冠詞 the が脱落（Rowe は 'with the' に校訂）．F1 の 'with'' の省略符は Crane の sophistication であろう（cf. p. xix）．したがって White の 'wi'th' は採らない．　**56 [*Exit with Antonio.*]** 本版の SD．この2人の一体感が出る．　**58 long heath** = tall heather. Hanmer の 'ling, heath' への校訂があるが今日では顧みられない．　**brown furze**　furze (= gorse) は brown ではないとして同じく Hanmer が 'broom, furze' に校訂．近年でも Kermode と *Oxford* がこれを採っているが，brown i.e. dead or dying (*Yale*) でよいと思う．　**59 fain** = gladly．　**[*Exit with Boatswain.*]** 本版の SD．酒瓶を飲み干す Boatswain との笑劇的退場．（あくまでも本編纂者の演出．Gonzalo と Boatswain は [1.1] を通して笑劇的コンビの趣き．）

船は小舟よ

The Tempest の舞台の最もみごとな瞬間は［1.1］から［1.2］への転換に設定されている。嵐の阿鼻叫喚の「最大」が魔術師の掌の上の「最小」にみるみる縮まっていく瞬間。この魔術師とはいったい何者なのか。何ゆえの魔術なのか。［1.2］の長丁場はこの tour de force の仕掛けによって救われる。

現代を代表する演出家ピーター・ブルック（Peter Brook）はこれまでに 4 度 *The Tempest* を手掛けた（そのうちの 1 回は共同演出）。4 回目（1990）は彼の設立した「国際演劇創造センター」（CICT）によるフランス語版、パリ、ブッフ・デュ・ノール劇場（初演はチューリッヒ）。俳優たちも、白人に交じって、それぞれが民俗的伝統を背負った国際色豊かなものだった。Prospero のソティギ・コーヤテ（Sotigui Kouyate'）はマリのバマコ生れ、アフリカ歴史の伝承詩人（グリオ）だという。翌 1991 年 3 月〜4 月日本公演（銀座セゾン劇場）。この年秋ブルックは京都賞（稲盛財団）を受賞している。

[1.2]   *Enter Prospero and Miranda.*

MIRANDA If by your art, my dearest father, you have
Put the wild waters in this roar, allay them.
The sky, it seems, would pour down stinking pitch,
But that the sea, mounting to th'welkin's cheek,
Dashes the fire out. O, I have suffered   5
With those that I saw suffer! A brave vessel,
Who had no doubt some noble creatures in her,
Dashed all to pieces. O, the cry did knock
Against my very heart! Poor souls, they perished.
Had I been any god of power, I would   10
Have sunk the sea within the earth or ere

[1.2]   **1 art** = magic.   **4 But that** = if . . . not.   **5 fire** i.e. lightning.   **6 suffer!** ！は F1．ただし前行 'O' の後．*l*. 9 の！は：の転換．**brave** = fine．船の形容に使われ

銀座セゾン劇場「ちらし」より
Photo: Gilles Abegg

[1.2]　　プロスペローとミランダ登場。

ミランダ　お父さま、お父さまの魔法の力で海がこんなに
　　　荒れ狂っているのなら、どうか鎮めて下さいな。
　　　今にも空からまっ黒なタールがいやな臭いで降ってきそう、
　　　でもよかった、波頭(なみがしら)がそら天の頬の高みに届いて、
5　　稲光(いなびかり)の火を消してくれました。ああ、わたしまで苦しい、
　　　苦しむ人たちを見てしまっては。りっぱなお船が、
　　　きっと貴い方たちが乗っておいでだったろうに、
　　　粉々に砕けてしまっただなんて。ああ、あの叫び声！　わたしの
　　　胸までつぶれそう。かわいそうにねえ、みんな死んでしまった。
10　　わたしも神さまの御力(み)がほしい、あんな海など
　　　陸の下に沈めることだってできるのだもの、あんなに

るが，この劇では特に 'brave' が全体の key word になっている．　**7 Who, her vessel** を受ける．　**8 Dashed**　前に having been を補う．　**11 or ere** = before.

It should the good ship so have swallowed and
The fraughting souls within her.

PROSPERO   Be collected;
No more amazement. Tell your piteous heart
There's no harm done.

MIRANDA   O, woe the day!

PROSPERO   No harm.
I have done nothing but in care of thee,
Of thee, my dear one, thee my daughter, who
Art ignorant of what thou art, naught knowing
Of whence I am, nor that I am more better
Than Prospero, master of a full poor cell,
And thy no greater father.

MIRANDA   More to know
Did never meddle with my thoughts.

PROSPERO   'Tis time
I should inform thee further. Lend thy hand,
And pluck my magic garment from me.

                              [*Lays down his mantle.*]
                    So;
Lie there, my art. Wipe thou thine eyes; have comfort,
The direful spectacle of the wrack, which touched
The very virtue of compassion in thee,
I have with such provision in mine art

---

13 fraughting = forming the cargo.　**collected** = composed.　**14 amazement** PE より意味が強い.　**piteous** = full of pity; compassionate.　**15 woe the day** = alas for the day; alas.　! は本版(諸版も同様).　**16 but** = except.　**thee** Miranda は Prospero に対し you を用い, Prospero は Miranda に thou を用いる. you は身分が同等もしくは上, thou は下, そのぶん thou には親愛の情がこもる場合がある. F. の

　　　　すてきなお船を乗っていたすてきな人たちもまるごと
　　　　呑み込んでしまうその前に。
　　プロスペロー　　　　　　　　まあ落ち着きなさい、
　　そんなに取り乱さずともよい。その情け深い心に教えてやれ、
　　なにごともなかったのだと。
　　ミランダ　　　　　　　　　まさかそんな！
15 **プロスペロー**　　　　　　　　　　　そうだ、なにごとも。
　　すべてはお前のためを思ってのこと、そうとも、お前のため、
　　目の中に入れても痛くないわたしの大事な娘、お前のため、
　　お前は自分の素生を知っていない、
　　わたしの出自も、わたしはただのプロスペロー、
20 いかにも粗末な岩屋の主(あるじ)、お前には
　　ただこれだけの平凡な父親。
　　ミランダ　　　　　　　　それ以上を知りたいなど
　　かりにも思ったことはありませんでした。
　　プロスペロー　　　　　　　　　　いよいよその先を
　　話してやるときが来たのだよ。さ、手を貸してくれ、
　　この魔法のマントを脱がねばならぬ。　　［脱いだマントをそばに置く］
　　　　　　　　　　　　　　　　これでよしと。
25 魔法の衣よ、お前はそこでひと休み。さあ拭(ぬぐ)いなさい、涙を。
　　安心していいのだよ、難破の恐怖の見世物で
　　お前の優しい心根は同情に打たれたようだが、
　　わたしの魔法にはちゃんと用意がある、あらかじめ

---

vous と *tu*, G. の *Sie* と *du* の相違を参照せよ．**18 naught** (adv.) = not at all. **19 more better** double comparative. **20 full** = very. **22 meddle** = mingle. **24 magic garment** 当時 magician の着ていたマント．garment = outer vestment; cloak, mantle. [*Lays down his mantle.*] Pope の SD. **25 thine** 母音の前の thy に [n] 音が入る．同様に my は mine (*l*. 28) に．PE の a → an 参照．**26 wrack** = shipwreck. **27 virtue** = essence. **28 provision** = advance preparation.

So safely ordered, that there is no soul,
No, not so much perdition as an hair,   30
Betid to any creature in the vessel
Which thou heardest cry, which thou sawest sink. Sit down;
For thou must now know further.
MIRANDA   You have often
Begun to tell me what I am, but stopped,
And left me to a bootless inquisition,   35
Concluding, 'Stay; not yet'.
PROSPERO   The hour's now come,
The very minute bids thee ope thine ear;
Obey, and be attentive. Canst thou remember
A time before we came unto this cell?
I do not think thou canst, for then thou wast not   40
Out three years old.
MIRANDA   Certainly, sir, I can.
PROSPERO By what? By any other house or person?
Of anything the image tell me, that
Hath kept with thy remembrance.
MIRANDA   'Tis far off;
And rather like a dream than an assurance   45
That my remembrance warrants. Had I not
Four or five women once that tended me?
PROSPERO Thou hadst, and more, Miranda. But how is it

---

29 ordered = arranged.　**soul,**　F1 には punctuation がないがコンマの挿入で anacoluthon を示す（Steevens 以来ダッシュの編纂もある）．soul の次に次行の perdition から p.p. の 'perished' を補って読めばよい．　**30 perdition** = loss.　**31 Betid** = befallen. 'betide' の p.p..　**32 Which, which**　前の Which (= whom) の先行詞は creature, 後の which は vessel.　**35 bootless** = useless.　**inquisition** = inquiry.　**36 Stay** = wait.　**hour's** = hour is.　be + p.p. で完了を表す．　**37 ope** = open.　**ear;**　F1

安全に設定してある、だからだれ一人として、
30　そうとも髪の毛ひと筋だとて失われてはいない、
　　あの船の人間たちは、お前がたしかに叫び声を聞き
　　沈むのを見たはずのあの船の。さ、お坐り、
　　この先聞いてもらいたいことがある。
　　ミランダ　　　　　　　　　　　　お父さまは何度も
　　途中でお止めになりました、わたしの素生の話を。
35　いくらお願いしても甲斐のないことでした、
　　「待て、まだ早い」とおっしゃるだけで。
　　プロスペロー　　　　　　　　　いよいよ話すときが来た、
　　いまこの時にしっかと耳を傾けるのだよ。
　　いいな、ようく聞きなさい。お前は覚えているかね、
　　二人がこの岩屋に来る前のことを。
40　覚えてはいまいな、お前は満でまだ三つにも
　　なっていなかったのだから。
　　ミランダ　　　　　　　　いいえ、ちゃんと覚えています。
　　プロスペロー　ほう、何をかね？　ここと違う家とか人とかかね？
　　さ、話してごらん、記憶に残るどんな
　　姿かたちのことでもいい。
　　ミランダ　　　　　　　　　もう遠い遠い昔の話。
45　まるで夢の中のよう、記憶が保証してくれる正確な
　　事実というわけではないけれども。わたしには四、五人
　　お付の女たちがいたのではないでしょうか？
　　プロスペロー　おったともミランダ、もっと多くの女たちが。だが

は 'eare,'. F1 の punctuation を採ると次行の 'Obey' と 'be' は bids に係る infinitive になるが（近年では *Oxford*, Lindley），台詞の流れはやはり imperative であろう．; への校訂はそれを明らかにするため．ピリオドにする編纂もある． **38 Obey** i.e. listen.（Frye）**42 By, By** ともに = about.（*Norton*）**44 Hath** cf. 1.1.25 note. Sh でも 17 世紀に入ると -(e)s の方が圧倒的に多くなるが，doth, hath の場合は does, has よりも優勢． **kept with** i.e. been preserved in.

```
                That this lives in thy mind? What seest thou else
                In the dark backward and abysm of time?                     50
                If thou rememberest aught ere thou camest here,
                How thou camest here, thou mayst.
MIRANDA                                     But that I do not.
PROSPERO   Twelve year since, Miranda, twelve year since,
    Thy father was the Duke of Milan and
    A prince of power.
MIRANDA              Sir, are not you my father?                            55
PROSPERO   Thy mother was a piece of virtue, and
    She said thou wast my daughter; and thy father
    Was Duke of Milan, and his only heir
    And princess, no worse issued.
MIRANDA                          O, the heavens!
    What foul play had we that we came from thence?                         60
    Or blessed was't we did?
PROSPERO              Both, both, my girl.
    By foul play, as thou sayest, were we heaved thence;
    But blessedly holp hither.
MIRANDA                       O, my heart bleeds
    To think o'th'teen that I have turned you to,
    Which is from my remembrance. Please you, further.                      65
PROSPERO   My brother and thy uncle, called Antonio —
    I pray thee, mark me, that a brother should
```

---

50 backward (n.) = past. **abysm** = abyss. **52 mayst** = can (remember). **53** 冒頭の「弱」1音の欠落はいよいよ「語り」を始める「間」. **year** = years (uninflected pl.). **since** = ago. **54 Milan** [mílən] cf. p. 2, *l*. 1 note. **55 prince** = ruler. **56 piece** = model, masterpiece. **59 And** Pope の 'A' への校訂が, 20 世紀の Wilson (*Cambridge 2*) に至るまでしばしば擁護されてきたが根拠薄弱. **no worse issued** i.e. was no less nobly descended than Duke of Milan. **heavens!** ! は本版(諸

よくもまあお前の心に忘れられずに生き残っていたものだ。
50 ほかに何が見える、過ぎ去った昔の暗くて深い淵の向うに。
ここに来る前のことをなにがし覚えているのであれば、
ここに来た経路のこともきっと思い出せるであろう。

ミランダ　　　　　　　　　　　　　　　　　　いいえ全然。
プロスペロー　十二年前にはな、ミランダ、十二年前には
お前の父はミラノ公爵にして
強大な支配者だった。

55 ミランダ　　　　　　　　それではあなたはお父さまではない？
プロスペロー　お前の母親は貞節の鑑だったよ、その女性が
お前はわたしの娘だと言った。いいね、お前の父親は
ミラノの公爵、その公爵のたった一人の跡継ぎの娘、
王女さまともなれば、まぎれもない貴い血筋。

ミランダ　　　　　　　　　　　　　　　　　え、本当に！
60 でもどんな悪だくらみにかかってそこから追われたのでしょう？
それとも神さまのご加護のせいで？

プロスペロー　　　　　　　　　それはどちらとも言える、娘よ。
お前の言う悪だくらみにかかってわたしたちはそこを離れた、
だが神のご加護でここに辿り着いた。

ミランダ　　　　　　　　　　　ああ、考えただけでも切ない、
わたしったらきっとお父さまの苦しみの種だったのでしょうね、
65 まるで覚えてないけど。さあ、その先を続けて下さい。

プロスペロー　わが弟にしてお前の叔父、名はアントーニオ——
よいか、心して聞くのだぞ、実の弟ともあろうものがよくも

版も同様）．**62 heaved** = removed．**63 holp** = helped．help は古く強変化だった（help, holp, holpen）．（Franz 161）ここは [-n] の脱落した p.p..　**64 teen** = trouble. **turned** = put.　**65 from** = away from.　**Please you** = if it please you; if you please. please は impers. v..　**66–78 My brother ... me?** ⇨補．**67 that ... should**　i.e. it grieves me to think that ... should. should は驚き，遺憾を表す．以下こうした省略をはじめ syntax から外れた構文の乱れが続くが，これも Prospero の興奮 ⤳

Be so perfidious — he whom next thyself
Of all the world I loved, and to him put
The manage of my state, as at that time 70
Through all the signiories it was the first,
And Prospero, the prime duke, being so reputed
In dignity; and for the liberal arts,
Without a parallel, those being all my study,
The government I cast upon my brother, 75
And to my state grew stranger; being transported
And rapt in secret studies, thy false uncle —
Dost thou attend me?

MIRANDA Sir, most heedfully.

PROSPERO Being once perfected how to grant suits,
How to deny them; who t'advance, and who 80
To trash for overtopping; new created
The creatures that were mine, I say, or changed 'em,
Or else new formed 'em; having both the key
Of officer, and office, set all hearts i'th'state
To what tune pleased his ear, that now he was 85
The ivy which had hid my princely trunk,
And sucked my verdure out on't. — Thou attendest not.

と怒りの表現になる。↰ **69 him** i.e. whom. **70 as** 時の表現に付される redundant の 'as'. as yet などに残る。(Abbott 114) **71 signiories** [síːnjəriz] signiory (seigniory) は seignior によって支配された領土. duchy の Milan も signiory である. cf. p. 2, *l*. 1 note. **73 liberal arts** 正確には中世以来の trivium (grammar, logic, rhetoric) と quadrivium (arithmetic, geometry, music, astronomy). **78 attend** = pay attention to. **79, 80** ともに trochee で始まる変調. **79 pérfected** i.e. fully skilled in. アクセント第1音節. **80 who, who** ともに = whom. **81 trash for overtopping** i.e. slow down in a too-rapid advance.(Shane) 由来は ① hunting term (猟犬の早走りを check する首の紐または錘), ② gardening term (伸び過ぎた

ああまで裏切りが働けたものだ、世界じゅうで
　　　お前に次いでわたしが愛していた男、その男に
70　国事のすべてを任せておいた、あの当時
　　　わが公国はすべての領土の第一、
　　　このプロスペローは領主の筆頭、権勢あまねく
　　　知れ渡っていた。それに学芸においては
　　　並ぶ者がなく、研鑽三昧の日々、
75　政務はもっぱら弟に委ねていたのでは
　　　国事の方は次第に疎くなる。心は魔術秘法の
　　　研鑽一途(いっと)に占められ、そこをお前の不実な叔父め──
　　　いいね、聞いているね。

ミランダ　　　　　　　　はい、とても熱心に。

プロスペロー　請願の許可、あるいは却下など、その手続きに
80　いったん精通してしまうと、ほかにも人事での昇進、
　　　過ぎた出世の抑制、今度はわたしの授けた位官を
　　　あらたにする、役職の交代やら
　　　新任やら。こうしてあいつは人事と役職と
　　　二つながらの実権を握り、政務に携わる心をすべて
85　おのれに耳に快く響く音色に調律した、つまりはあの男は
　　　王侯の大樹を覆って生い茂る蔦だ、わが幹の生命力を
　　　すべて吸い尽くしてしまった。──どうした、聞いてないね。

若木の先端の剪定)の両説．**new** = anew．**created** = elevated．主語は，*ll*. 82, 83 の 'changed', 'formed' とともに，*l*. 77 の 'thy false uncle' だが，これだけ離れては曖昧のまま．cf. 66–78 補．**82 creatures** i.e. those created by me．**changed 'em** = exchanged one for another．**82–83 or . . . Or** = either . . . or．**83 new** ⇨ *l*. 81 note．**formed** i.e. appointed．**key** i.e. control．*l*. 85 の 'tune' に繋がる musical key の意味をきかせて．**85 what** = whatever．**that** = so that．**87 verdure** = freshness; vitality．**out on't** = out of it．**Thou attendest not**．F1 の ？ を ！ に校訂する版が多いが，同じない．次行の 'I do.' にも ！ を付する版さえある（たとえば Orgel）．Miranda の答えはあくまでも合の手．

MIRANDA   O, good sir, I do.
PROSPERO   I pray thee, mark me.
　I, thus neglecting worldly ends, all dedicated
　To closeness and the bettering of my mind   90
　With that which, but by being so retired,
　O'erprized all popular rate, in my false brother
　Awaked an evil nature; and my trust,
　Like a good parent, did beget of him
　A falsehood in its contrary as great   95
　As my trust was, which had indeed no limit,
　A confidence sans bound. He being thus lorded,
　Not only with what my revenue yielded,
　But what my power might else exact, like one,
　Who, having into truth by telling of it,   100
　Made such a sinner of his memory
　To credit his own lie, he did believe
　He was indeed the duke, out o'th'substitution
　And executing th'outward face of royalty
　With all prerogative. Hence his ambition growing —   105
　Dost thou hear?
MIRANDA   Your tale, sir, would cure deafness.
PROSPERO   To have no screen between this part he played

---

89 ends = purposes.　**90 closeness** = seclusion.　**91 that** i.e. (secret) studies (*l.* 77).　**but ... retired** i.e. except that they (studies) kept me secluded away from the people. but を = except と解したが，次の文への係り方が曖昧なので but = merely と解しても意味は実質的に変らない．　**92 O'erprized ... rate** i.e. were more valuable than the people's understanding.　o'erprize = exceed in value.　rate = estimation.　晦渋な表現はそれだけ苦い Prospero の悔恨．　**93 Awaked** 主語は *l.* 89 の 'I'.　**94 Like a good parent** cf. 'Great men's sons seldom do well.' (Tilley M 611)　**of** = in; in the person of.　**97 sans** = without, 'a common loan-word at this time.' (Orgel)

ミランダ　いいえお父さま、こうしてちゃんと。
プロスペロー　　　　　　　　　　　　　　しっかり聞くのだよ。
　わたしはこうして俗事を顧みず、隠遁の生活に
90　明け暮れ、研究による修養にこの身を捧げたが、
　ために民衆から孤立せざるをえなかったにせよ、
　その研究こそ民衆の理解を超えた価値を有するもの、だがその間（かん）
　あの不実な弟の悪の本性が目を覚ました。よき親から
　悪しき子が生れるように、わたしの信頼は、まるで正反対の
95　不実を生んだ、あの男がその子、わたしの信頼以上の
　巨大な不実、わたしの信頼は限りなかったのだよ、
　無限の信頼を寄せていたというのに。こうしてあいつはもう
　領主面（づら）、わたしの歳入だけでなく、わたしの権力を笠に着て
　搾取できる限りの搾取をした、それはだね、
100　あたかも罪人、真実に対する、嘘をついているうちに
　記憶そのものが嘘をついてしまう、自分の嘘を
　本気で信じ込んでしまう、あの男も信じてしまったのだよ、
　自分が本当に公爵だと、わたしの代理として
　支配者の姿を装いながら権力を揮っている
105　うちに。そこでみるみるふくれ上る野心——
　聞いているね。

ミランダ　　　　お父さまのお話は聾者の耳にも届くでしょう。
プロスペロー　よし、自分の演じている役と演じている自分との

---

lorded = made a lord.　**98 revénue**　Sh ではアクセント第 2 音節.　**99 might** = could.　**100–02 Who ... lie**　i.e. who, having made of his memory such a sinner against truth as to credit his own lie by telling it. 構文の混乱は Prospero の苦渋の表れ. cf. *l*. 92 note.　**100 into** = unto; against.　Warburton の 'unto' への校訂が 19 世紀までほぼ定着していた．Wilson (*Cambridge 2*) の 'minted' への校訂 (1921) が shock を与えたこともある．　**telling of it**　PE なら of は不要 (Abbott 373).　**102 To credit** 前に as を補う (Abbott 281).　**104 executing** = portraying. (*Norton*)　**face** = image. (*Norton*)　**107 To have** = in order to have.　**screen** = partition.

And him he played it for, he needs will be
Absolute Milan. Me, poor man, my library
Was dukedom large enough. Of temporal royalties 110
He thinks me now incapable; confederates,
So dry he was for sway, with King of Naples
To give him annual tribute, do him homage,
Subject his coronet to his crown, and bend
The dukedom yet unbowed — alas, poor Milan — 115
To most ignoble stooping.

MIRANDA   O the heavens!

PROSPERO   Mark his condition and th'event, then tell me
If this might be a brother.

MIRANDA   I should sin
To think but nobly of my grandmother;
Good wombs have borne bad sons.

PROSPERO   Now the condition. 120
This King of Naples, being an enemy
To me inveterate, hearkens my brother's suit,
Which was that he, in lieu o'th'premises
Of homage and I know not how much tribute,
Should presently extirpate me and mine 125
Out of the dukedom, and confer fair Milan,
With all the honours on my brother. Whereon,
A treacherous army levied, one midnight

---

108 needs (adv.) = necessarily.　**109 Milan** = the Duke of Milan.　地名 (国名) で支配者を表す例.　**Me** = for me.　**110 temporal** = secular, worldly.　**royalties** = ruling power.　**111 thinks** Prospero の語りの動詞が現在形に変る.　**112 dry** = thirsty; eager.　**with** 次に assimilation による the の脱落. cf. 1.1.55 note.　**114 coronet** crown (王冠) に対し王族, 貴族の冠. -et は diminutive.　**115 yet** = till then.　**116 heavens!** ! は F1 の : の転換. 諸版も同様.　**117 condition** = terms of the agreement.

仕切りを取り払おう、なんとしても自分が正真正銘の
　　　ミラノ公爵にならねばならぬ。ところがわたしの方はといえば、
110　なあに領土など書庫一つでもう十分、指揮支配の俗事など
　　　できぬものとあいつは決め込んだ。そこでなんと、喉から
　　　手の出る権力ほしさから、ナポリ王と手を結んだ、
　　　彼に年貢を納め、臣下の礼を尽す、
　　　みずからの冠(かんむり)を彼の王冠の下に置き、わが公国を、いまだかつて
115　頭(ず)を屈したことのないこの公国を――ああ、あわれなミラノよ――
　　　屈辱の土下座へと導いた。
　ミランダ　　　　　　　　ああ、なんという！
　プロスペロー　そのときの条件と結果を聞いた上で答えてくれ、
　　　これがいったい弟と言えるかどうか。
　ミランダ　　　　　　　　　　　おばあさまが貞潔では
　　　なかったなどと、そんなふうに考えたら罰が当る。
　　　立派なお腹(なか)から悪い息子が生れることもあるのだから。
120　**プロスペロー**　　　　　　　　　　　　　　　　よいな、
　　　その条件だ。ナポリ王はわたしとは不倶戴天の仇敵、
　　　弟の申し出に耳を傾けぬはずがない、
　　　それはこういう申し出だよ、臣下の礼を尽し、どれほどの
　　　額かは知らぬが年貢を納めるという契約条項の見返りに、
125　わたしとわたしの家族を即刻わが公国から根こそぎ
　　　追い落し、わが美わしのミラノを、その一切の
　　　栄誉とともに弟に授け与えるという。そこで
　　　謀叛の隊が編成され、それが目的の

---

event = outcome.　**118 might** = could.　**119 but** = otherwise than.　**120 Good...sons** cf. *l.* 94 note.　**121–22 being...inveterate**　歴史的事実に即しているのではない．たとえば 15 世紀では Milan と Naples の関係は同盟と敵対を繰り返していた．　**123 he** i.e. the King of Naple.　**in lieu o'** = in return for.　**premises** = stipulations.　**125 presently** = immediately. Sh ではこれが普通の意味．**extirpate** = root up; drive away. アクセントは第 2 音節．

[1.2]　27

Fated to th'purpose did Antonio open
The gates of Milan, and i'th'dead of darkness 130
The ministers for th'purpose hurried thence
Me and thy crying self.

MIRANDA   Alack, for pity!
I, not remem'bring how I cried out then,
Will cry it o'er again. It is a hint,
That wrings mine eyes to't.

PROSPERO   Hear a little further, 135
And then I'll bring thee to the present business
Which now's upon's; without the which this story
Were most impertinent.

MIRANDA   Wherefore did they not
That hour destroy us?

PROSPERO   Well demanded, wench;
My tale provokes that question. Dear, they durst not, 140
So dear the love my people bore me; nor set
A mark so bloody on the business, but
With colours fairer painted their foul ends.
In few, they hurried us aboard a bark,
Bore us some leagues to sea; where they prepared 145
A rotten carcass of a butt, not rigged,
Nor tackle, sail, nor mast, the very rats

---

131 ministers = agents.　**132 thy crying self**　修辞法でいう tmesis（合成語分割）の例.　**pity!**　! は F1 の : の転換.　**134 cry it**　it は indefinite.　**hint** = occasion.　**135 mine eyes** ⇨ *l.* 25 note.　**137 the which**　定冠詞の付いた形は OE 以来のものとも言われ，また F. *lequel* の影響とも説明されるが，15 世紀に多用されて Sh の時代に及んだ．この場合のように前置詞を使うとき，また継続用法によくみられる.　**138 impertinent** = irrelevant, not to the purpose.　**139 destroy**　i.e. kill.

運命の夜、アントーニオはミラノの
130　城門を開いた、夜は漆黒の闇の中、
　　　意を受けた手先どもはわたしと泣き叫ぶお前とを
　　　容赦なく追い立てる。
　ミランダ　　　　　　　ああ、かわいそう！
　　　そのとき泣き叫んだのは覚えていないけど、
　　　いまあらためて泣きましょう。それを聞けば
　　　この目は涙を搾られます。
135　**プロスペロー**　　　　　　もう少し先を聞きなさい。
　　　いずれいま二人が当面している事態に
　　　話を及ぼすとして、この説明を抜きにしては
　　　話が一向に筋の通らぬものになる。
　ミランダ　　　　　　　　　そのときどうして
　　　わたしたちを殺さなかったのでしょう？
　プロスペロー　　　　　　　　　もっともな質問だ、娘よ、
140　ここまでの話からその質問が出て当然。それはだね、どうにも
　　　手出しができなかった、民衆のわたしへの愛は絶大だったし、
　　　それにあいつらもこの策謀に血の痕をつけたくなかった、目的は
　　　汚れていても見せかけだけはきれいに飾っておきたかった。
　　　手短かに言おう、わたしたちを小舟に乗せて数リーグ
145　沖まで運んだ、なんとそこに用意されていた船は
　　　まるで酒樽の残骸だ、装備どころか
　　　網もない、帆もない、帆柱もない、鼠だっても

---

demanded = asked.　**wench**　ここでは term of endearment.　cf. 1.1.42.　**141–42 set ... bloody**　前に durst を補う．dear/deer の homonymic pun から，猟師が仕留めた鹿の血のしるしをつけるイメージに連なる．**144 bark** = small sailboat. **145 leagues**　1 league は（時と所によって一定しないが一応）約 3 miles（5 km. 弱）．念のため付け加えておくと Milan は港湾都市ではない．**146 butt** = cask, tub.　**147 Nor ... nor** = (having) neither ... nor.　cf. ll. 82–83 note.

Instinctively have quit it. There they hoist us,
To cry to th'sea that roared to us, to sigh
To th'winds whose pity, sighing back again, 150
Did us but loving wrong.

MIRANDA Alack, what trouble
Was I then to you.

PROSPERO O, a cherubin
Thou wast, that did preserve me. Thou didst smile,
Infusèd with a fortitude from heaven,
When I have decked the sea with drops full salt, 155
Under my burden groaned, which raised in me
An undergoing stomach, to bear up
Against what should ensue.

MIRANDA How came we ashore?

PROSPERO By Providence divine.
Some food we had and some fresh water that 160
A noble Neapolitan, Gonzalo,
Out of his charity — who being then appointed
Master of this design — did give us, with
Rich garments, linens, stuffs, and necessaries
Which since have steaded much; so, of his gentleness, 165
Knowing I loved my books, he furnished me
From mine own library with volumes that
I prize above my dukedom.

MIRANDA Would I might

---

148 hoist us i.e. put us out to sea (literally, raised us up as if we were a sail). (*New Folger*) hoist は hoise (= lift up) の pret. **150 again** ⇨ 1.1.44 note. **152 cherubin** = cherub. 智天使．天使9階級の第2．神の知恵と正義を表し，通例翼ある美しい童子に描かれる． **155 decked** = adorned. Wilson (*Cambridge 2*) による

本能から逃げ出したという。船上の二人は帆の代り、
　　　海に向かって叫んだとて返るは轟く波の音、溜息には
150　風が憐れんで溜息を返してくれるが、それも
　　　いや増す風の深情け。
　ミランダ　　　　　　　ああわたしったらきっと
　　　ひどいご迷惑だったでしょうねえ。
　プロスペロー　　　　　　　　　まさか、お前こそは
　　　天使だった、おかげでわたしは死なずにすんだ。お前の
　　　微笑みは天の恵み、強い励ましの息吹きだった、
155　苦い涙はとめどなく海を一面に飾り、つらい
　　　重荷の下にわたしはうめき続けたが、お前のその
　　　微笑みがわたしに不屈の勇気を与えた、なにが起ろうと
　　　きっと耐え抜いてやると。
　ミランダ　　　　　　　で、どうしてこの岸辺に？
　プロスペロー　天の摂理のしからしめるところ。
160　当座の食料と飲み水と、それはナポリ人の
　　　ゴンザーロという高潔な男が、自らは
　　　この計画の指揮をまかされていたというのに、
　　　慈悲の心から用意してくれた、ほかにも
　　　立派な衣裳、下着、調度、日用の品々など
165　これまで大変に役に立った。それに、これもまた親切から、
　　　わたしが書物を愛していることを知っていたので、わたしの
　　　蔵書の中から、わが公国よりもわたしが大切にしてきた
　　　数巻を揃えてくれた。
　ミランダ　　　　　　　そのお方にどうか

'eked' の misprint の示唆があるが今日では顧みられない． **salt** i.e. bitter (adjective use). 前の full (adv.) は=exceedingly. **157 undergoing stomach**=enduring courage. **158 what**=whatever. **159** 6 音節．⇨補． **162 who** redundant. **164 stuffs** =utensils. **165 steaded much**=been of much use. **167 mine own** ⇨ *l.* 25 note.

But ever see that man.
PROSPERO   Now I arise.
Sit still, and hear the last of our sea-sorrow.
Here in this island we arrived; and here
Have I, thy schoolmaster, made thee more profit
Than other princes can, that have more time
For vainer hours and tutors not so careful.
MIRANDA Heavens thank you for't. And now, I pray you, sir,
For still 'tis beating in my mind, your reason
For raising this sea-storm?
PROSPERO   Know thus far forth.
By accident most strange, bountiful Fortune,
Now my dear lady, hath mine enemies
Brought to this shore; and by my prescience
I find my zenith doth depend upon
A most auspicious star, whose influence
If now I court not but omit, my fortunes
Will ever after droop. Here cease more questions;
Thou art inclined to sleep. 'Tis a good dulness,
And give it way. I know thou canst not choose.

            [*Miranda sleeps.*]

Come away, servant, come. I am ready now.

---

169 But = only. **I arise** implied SD. [*standing*], [*rising*] の SD を付する版もある. この動きによって Prospero の 'fortunes' (*l*. 183) の上昇, あるいはあらたな行動の開始等が示されるがそれはわざわざ断るまでもない. なお Dyce の SD [*Resumes his robe.*] は演出の領域. **170 Sit still** = remain seated. **sea-sorrow** i.e. grief suffered at sea. **172 schoolmaster** = private teacher. **profit** (vi.) = progress, improve. **173 princes** = princesses. ⇨補. **174 careful** = caring. cf. 2.1.169 note. **176 'tis** it は your reason. **177 thus far forth** = to this extent. **178**

お会いできますよう。
　　プロスペロー　　　　　　さあ、いよいよわたしは立ち上る。
170　お前は坐ったまま、悲しい海の話の結びを聞きなさい。
　　ここ、この島に二人は辿り着いた、そしてこの島で
　　わたしはお前の教師となり、お前に教育を授けた、
　　世の王女たちなど及びもつかぬ教育を、あの人たちは
　　遊びに時間を費やすし、教師もわたしほどに熱心ではない。
175　**ミランダ**　ほんとうに感謝しています。でもねえ、お父さま、
　　まだどうしてもその訳が気がかりでならないのです、なぜ
　　このような大嵐を起こしたのかその訳が？
　　プロスペロー　　　　　　　　　　　　ここまでは教えよう。
　　まことに不思議な巡り合せというか、あの気前のいい運命の女神は
　　今度はわたしに情けをかけたらしく、わたしの仇敵どもを
180　この島の沖合に連れてきた。わが予知能力によれば、
　　わが運命の絶頂はある吉兆の星に
　　かかっているが、今その星の力を
　　求めることなく閑却すれば、わが運勢は
　　この後は衰退し続ける。さ、これ以上訊ねるのはお止し、
185　もう眠くなってきただろう。気持ちのいい眠りだ、
　　そのまま眠りなさい。もう眠らずにはいられない。　　[ミランダ眠る]
　　さあ、来い、召使、出てこい。もういいぞ。

Fortune　ローマ神話の運命の女神 Fortuna.　**179 Now my dear lady**　Fortuna はその変りやすさから 'strumpet' (*Hamlet* 2.2.230) とも 'whore' (*King Lear* 2.4.44) とも呼ばれる。あるいは 'fickle' の形容詞も (*Romeo and Juliet* 3.5.60).　**180 prescience** [préʃièns] と3音節.　**181 zenith**　占星術で天空の(運勢の)頂点.　**182 influence**　i.e. astrological power.　本来占星術で星の影響力が「流れ込む」こと <L. *in* (= into) + *fluere* (= flow).　**183 omit**　i.e. fail to use.　**184 after** = afterwards.　**185 dulness** = dullness; drowsiness.　**186 [*Miranda sleeps.*]** Theobald の SD が定着.　**187 Come away** = come hither.　away = on way.

Approach, my Ariel; come.

Enter Ariel.

ARIEL All hail, great master, grave sir, hail. I come
To answer thy best pleasure; be't to fly,
To swim, to dive into the fire, to ride
On the curled clouds, to thy strong bidding task
Ariel and all his quality.

PROSPERO   Hast thou, spirit,
Performed to point the tempest that I bade thee?

ARIEL To every article.
I boarded the King's ship; now on the beak,
Now in the waist, the deck, in every cabin,
I flamed amazement. Sometime I'd divide
And burn in many places; on the topmast,
The yards, and boresprit, would I flame distinctly,
Then meet and join; Jove's lightning, the precursors
O'th'dreadful thunder-claps, more momentary
And sight-outrunning were not; the fire and cracks
Of sulphurous roaring the most mighty Neptune
Seem to besiege and make his bold waves tremble,
Yea, his dread trident shake.

PROSPERO   My brave spirit,

---

188 6音節. Ariel の登場までの間. 宮廷上演であれ，劇場上演であれ，工夫のこらされた登場であったろう. **189 grave** = reverend. **190 pleasure** = will. **192 task** = put to the task; employ. **193 quality** = skill. **195** 6音節. 報告の「語り」に入るまでの間. **197 waist** 船体の中央部. **deck** i.e. poop deck. cf. 'In early craft there was a deck only at the stern, so that 16th c. writers sometimes use *deck* as equivalent to *poop*.' (*OED*) **198 amazement** ⇨ *l*. 14 note. **Sometime** = sometimes. F2 は 'sometimes' に改訂. **200 boresprit** = bowsprit. 「遣出」「第一

現れろ、エアリエル、さあ。

　　　エアリエル登場。

エアリエル　ご機嫌よう、ご主人さま、大事なご主人さま、
190　ご用は何でございましょう。空を駆ける、
水に潜る、火をくぐる、それとも渦巻く
雲に乗る、なんなりとどうぞお言いつけ、
このエアリエルは力の限り。

プロスペロー　　　　　　　　妖精よ、わたしの命令どおり
大嵐の方はちゃんとやってくれたな？

195　**エアリエル**　それはもう一つ一つ間違いなく。
王の御座船に乗り込むと、まず舳先へ駆け上る、
今度はまん中で大暴れ、続いて艫でひと騒ぎ、部屋ごとに
火となって跳び回りゃびっくり仰天、もちろん火の玉
分身の術、ここかと思えばまたあちら、帆柱のてっぺん、
200　帆桁の上、舳先の槍出と火の手が上る、上ったと思うと
たちまちごうっとひと塊り、目にもとまらぬ瞬時の
早業、轟く雷鳴に先駆けるジョーヴの稲妻だっても
及ぶものか、大海神のネプチューンだっても、唸りを上げる
火焰と轟音に取り囲まれて攻め立てられれば、
205　さすが荒波も震えおののき、恐怖の三叉
海神の矛槍もわなわなと垂れ下る。

プロスペロー　　　　　　　　でかしたぞ精霊、

斜檣」（前檣の支索の根本を結びつける，帆船の船首から斜めに突き出たマストのような円材）．**distinctly** = separately．**201 Jove** [dʒouv] = Jupiter．ローマ神話で神々の王ユピテル．ギリシャ神話のゼウスに当る．**201 lightning, 202 thunder-claps**　雷電は Jove の支配．**203 sight-outrunning** = quicker than sight．**204 Neptune** [néptjuːn] ローマ神話の海神，ギリシャ神話のポセイドン．**205 Seem**　Rowe は 'Seem'd' に校訂しているが，ここは現在形がかえって vivid である．**206 trident**　Neptune が手にする武器．**brave** = splendid．

Who was so firm, so constant, that this coil
Would not infect his reason?

ARIEL   Not a soul
But felt a fever of the mad, and played
Some tricks of desperation. All but mariners, 210
Plunged in the foaming brine and quit the vessel,
Then all a-fire with me; the King's son, Ferdinand,
With hair up-staring, then like reeds not hair,
Was the first man that leaped; cried, 'Hell is empty,
And all the devils are here.'

PROSPERO   Why, that's my spirit. 215
But was not this nigh shore?

ARIEL   Close by, my master.

PROSPERO   But are they, Ariel, safe?

ARIEL   Not a hair perished;
On their sustaining garments not a blemish,
But fresher than before; and as thou badest me,
In troops I have dispersed them 'bout the isle. 220
The King's son have I landed by himself,
Whom I left cooling of the air with sighs
In an odd angle of the isle, and sitting,
His arms in this sad knot.

PROSPERO   Of the King's ship

---

207 coil = turmoil. **210 tricks** = foolish acts. **212 with me;** F1 では；が前行 vessel の後, ここには punctuation なし. しかし意味の流れは, 次行の 'then like reeds' の 'then' からも 'Then all a-fire with me' は確実に前に係る. それを明らかにするための Rowe 以来の校訂. ただし Wilson (*Cambridge 2*), Frye, *Riverside*, *Arden 3* は F1 尊重. **213 up-staring** = standing on end. **215 devils** [dévls], **spirit** [spírt] リズムの上からともに 1 音節. **216 nigh** = near. PE の near は本来 'nigh'

[1.2]   37

　　　それほどの混乱だ、どんな気丈沈着な者でも
　　　度を失わずにはおられまいて。
　　エアリエル　　　　　　　　ええ、一人残らず
　　　熱に浮かされてもう気がちがいのよう、死にもの狂いの
210　　ばか騒ぎ、水夫たちはともかくあとは皆
　　　逆巻く海に跳び込んだ、船になどとてもいられない、なにしろ
　　　わたしの火の力でまるで火だるまだ、王子のファーディナンドは
　　　髪の毛が逆立って、ありゃ髪というより一本一本葦のよう、
　　　跳び込んだのもやつが最初、「大変だ、悪魔が総出だ、地獄はもう
　　　空っぽだ」なんてわめきながら。
215　**プロスペロー**　　　　　　　　それでこそわたしの妖精、
　　　だが沖合ではなかったよな。
　　エアリエル　　　　　　　　岸のすぐ近くですとも、ご主人さま。
　　プロスペロー　で、全員無事、エアリエル？
　　エアリエル　　　　　　　　　　髪の毛一本だって大丈夫。
　　　どんぶりこと体を浮かせてくれた衣裳もしみがつくどころか
　　　かえって新しくなったくらい。もちろんご命令どおり
220　　島のあちこちに別れ別れにしておきましたよ、
　　　王子の方はたった一人でご上陸、
　　　島のさびしい片隅で溜息をつくたびに
　　　あたりの空気は冷え冷えと、こんなふうに
　　　腕を組んだ悲しげな坐り姿。
　　プロスペロー　　　　　　　王の船の

の比較級． **218 sustaining** = that which bears up, supporting．i.e.（garments）which bore them up in the sea.（Onions）cf. *Hamlet* 4.7.175–76． **222 cooling of** PE なら 'of' は不要．cf. *l*. 100 note． **223 odd angle** = solitary corner． **224 in this sad knot** Ariel の gesture が入る．なお腕を組むのは憂鬱の表象． 'and yesternight at supper / You suddenly arose and walked about, / Musing and sighing, with your arms across,'（*Julius Caesar* 2.1.238–40）

The mariners, say how thou hast disposed, 225
And all the rest o'th'fleet.
ARIEL   Safely in harbour
Is the King's ship, in the deep nook, where once
Thou calledest me up at midnight to fetch dew
From the still-vexed Bermoothes; there she's hid;
The mariners all under hatches stowed, 230
Who, with a charm joined to their suff'red labour,
I have left asleep; and for the rest o'th'fleet,
Which I dispersed, they all have met again,
And are upon the Mediterranean flote,
Bound sadly home for Naples, 235
Supposing that they saw the King's ship wracked,
And his great person perish.
PROSPERO   Ariel, thy charge
Exactly is performed; but there's more work.
What is the time o'th'day?
ARIEL   Past the mid season.
PROSPERO At least two glasses. The time 'twixt six and now 240
Must by us both be spent most preciously.
ARIEL Is there more toil? Since thou dost give me pains,
Let me remember thee what thou hast promised
Which is not yet performed me.
PROSPERO   How now? Moody?

---

227 nook = bay. **228 dew** midnight とともに magic power を示唆. **229 still-vexed** = always afflicted by storms. **Bermoothes** [bəːmúːðiz] = Bermudas; Bermuda Islands.「バミューダ諸島」. 15世紀初頭発見者とされるスペイン人 Juan de Bermúdez に因む. なお Bermuda, Florida, Puerto Rico の3点を結ぶ 'Bermuda Triangle' は現在でも Devil's Triangle と恐れられている海域. cf. p. xxi. **230 under hatches** = below deck. **231 Who** ⇨ *l*. 80 note. **their suff'red labour** i.e. the

225　水夫たちはどうした、うまく処置してくれたな。それに
　　艦隊の船も残っている。

エアリエル　　　　　　　　王の御座船(ござぶね)は
無事港に、そら、いつか真夜中にわたしを
呼び出して、嵐の名所のバミューダから露を採ってこいと
おっしゃった。あの入り江の奥に隠しておきました。
230　水夫たちは全員閉じこめられて船蔵に、
なあにあれだけ働きづめでちょいと魔法をかけられりゃ
もう眠りっぱなし。それから残りの艦隊の方は
散り散りにしておいたのがまた集合して
地中海の波の上を
235　ナポリに向けて傷心の帰路、
王の御座船(ござぶね)は目の前で難破して王さまご自身も
死んでしまったものと思い込んで。

プロスペロー　　　　　　　　　ようしエアリエル、
命令は正確にやり遂げた。だがまだ仕事がある。
いま何時かな？

エアリエル　　正午を過ぎて。

240 **プロスペロー**　二時間というところ。今から六時までの間、
それがわれわれ二人にとって貴重な時間になる。

エアリエル　まだ働かされるのですか？　それじゃ苦労ばっかり、
ねえ、思い出して下さいよ、ご主人さまのお約束を、
まだ頂戴しておりませんよ。

プロスペロー　　　　　　　　どうした、そのふくれっ面(つら)は？

---

task they have undergone.　**232 for** = as for.　**234 flote** = float; wave, billow.（*OED*）
235 7音節．「語り」の間．**236 wracked** = shipwrecked. cf. *l.* 26 note.　**239 mid season** = noon.　**240 two glasses** i.e. two hours.　cf. 'The reference ... is to hour glasses, not to the half-hour glasses used by mariners.'（Orgel）　**241 preciously** = valuably（now *rare* or *obsolete* [*OED*]）．**243 remember** = remind.　**244 me** = for me.
Moody = angry, ill-humoured.

What is't thou canst demand?

ARIEL   My liberty.

PROSPERO Before the time be out? No more.

ARIEL   I prithee,
Remember I have done thee worthy service,
Told thee no lies, made no mistakings, served
Without or grudge or grumblings. Thou didst promise
To bate me a full year.

PROSPERO   Dost thou forget
From what a torment I did free thee?

ARIEL   No.

PROSPERO Thou dost, and thinkest it much to tread the ooze
Of the salt deep,
To run upon the sharp wind of the north,
To do me business in the veins o'th'earth
When it is baked with frost.

ARIEL   I do not, sir.

PROSPERO Thou liest, malignant thing. Hast thou forgot
The foul witch Sycorax, who with age and envy
Was grown into a hoop? Hast thou forgot her?

ARIEL No, sir.

PROSPERO   Thou hast. Where was she born? Speak; tell me.

---

246 I prithee [príði] = please. < I pray thee. **248 made no** F1 は 'made thee no'. 'thee' を error として削除する Rowe の校訂が定着. 前の 'Told thee no lies' の 'thee' に引かれた compositorial error とする. **mistakings** = mistakes. Sh には 'mistake' の綴りはない. **249 or ... or** ⇨ *ll*. 82–83 note. **250 bate me** = abate for me; subtract. **252 ooze** i.e. mud at sea-bottom. **253** 4 音節. Prospero はわざわざ この後に 6 音節の間をとった. **254 run** = ride (on horseback). **255 veins** i.e. streams, which were thought to correspond to veins of the body. (*Riverside*) **256**

　　　　いまさら何が望みだというのだ？
245 **エアリエル**　　　　　　　　　　　　　　わたしの自由。
　プロスペロー　それはまだ期限が来ておらん。うるさいぞ。
　エアリエル　　　　　　　　　　　　　　　　　　そんな、
　　思い出して下さい、これまでのご主人大事のご奉公、
　　嘘ひとつつかず、間違いひとつしでかさず、不平
　　不満も口にせず勤めてきた。まるまる一年年季を
　　縮めてやるって約束したじゃありませんか。
250 **プロスペロー**　　　　　　　　　　　忘れたのか、
　　どんな苦しみからお前を救い出してやったか。
　エアリエル　　　　　　　　　　　　　忘れやしません。
　プロスペロー　いいや、忘れていればこそ大層なことに思うのだ、で、
　　海の底はべとついていやか、
　　ぴゅうぴゅう吹き荒ぶ北風に乗って飛び回るのはいやか、
255　地面が霜で凍てついてかちんかちんのその下の水の流れに潜って
　　わたしのために仕事をするのはいやだというのか。
　エアリエル　　　　　　　　　　　　　め、滅相もない。
　プロスペロー　嘘をつけ、この罰当りが。お前は忘れているな、
　　あの魔女のシコラクスのことを、老齢と邪心で腰が
　　たがのように曲がった、どうだ、もう忘れているのだろう。
　エアリエル　いいえ。
260 **プロスペロー**　　　　　忘れている。あの女はどこの生れだ、さ、言ってみろ。

---

baked = hardened.　**257 malignant**　'Here used in the obsolete sense: "disposed to rebel against God or against constituted authority; disaffected, malcontent" (*OED* 1), rather than "characterized by … intense ill-will" (*OED.* 4)' (Lindley)　**thing** = creature.　**258 Sycorax** [sík(ə)ræks]　ここでは 2 音節 (*l.* 263 は 3 音節). Sh の非登場の（言及されるだけの）人物では Yorick と並ぶ有名人. 古代からの伝説, 物語などの関連が指摘されているが, 名前の語源として最も一般的なのは < Gk. *sus* (= pig) + *korax* (= raven) あたり.　**envy** = malice.

ARIEL   Sir, in Argier.
PROSPERO   O, was she so? I must,
Once in a month, recount what thou hast been,
Which thou forgetest. This damned witch, Sycorax,
For mischiefs manifold and sorceries terrible
To enter human hearing, from Argier,   265
Thou knowest, was banished. For one thing she did
They would not take her life. Is not this true?
ARIEL   Ay, sir.
PROSPERO   This blue-eyed hag was hither brought with child
And here was left by th'sailors. Thou, my slave,   270
As thou reportest thyself, was then her servant;
And, for thou wast a spirit too delicate
To act her earthy and abhorred commands,
Refusing her grand hests, she did confine thee,
By help of her more potent ministers,   275
And in her most unmitigable rage,
Into a cloven pine, within which rift
Imprisoned, thou didst painfully remain
A dozen years; within which space she died
And left thee there, where thou didst vent thy groans   280
As fast as mill-wheels strike. Then was this island,
Save for the son that she did litter here,
A freckled whelp hag-born, not honoured with

---

261 Argier [ɑːdʒíə] Algier の当時の綴り．海賊の基地として聞こえた．**O, was she so?** Prospero の皮肉な口調．Wilson (*Cambridge 2*) の 'Prospero is about to contradict Ariel but does not so; and the text leaves us in doubt as to the birthplace of Sycorax.' は残念ながら見当違い．**266 For one thing she did** この 'one thing' については賑やかな推測がなされてきているが，Ariel の合の手に続く次の説明の流れからも Sycorax の妊娠以外にないと思う．**268**「語り」の合の手，short

エアリエル　アルジェです。

プロスペロー　　　　　　　　ほう、そうだったかな。ま、一月に
　一度はお前にお前の来し方を聞かせてやらんことには、
　お前は忘れてしまうようだな。あの呪いの魔女シコラクスは
　度重なる悪事に加えて、人間には聞くも憚(はばか)る
265　恐怖の妖術のかずかずのせいで、アルジェから
　追放されたのは知ってのとおり、ま、たったの一つに
　情(なさけ)がかけられ殺されるのは免れた。どうだ間違いないな。

エアリエル　はい、そのとおり。

プロスペロー　孕んで目の縁に青い隈(くま)のできたあの鬼婆は、腹に子供を
270　入れたままここに連れられて水夫たちに置き去りにされた。いいか、
　わたしの奴隷よ、あのときお前は女の召使だと言っていたな。
　だがなにしろお前は天上の気高い空気の精だから、
　あの女の下卑た土臭い悪辣な命令を実行することができない、
　主人の要求をことごとに拒否してしまう、そこであの女、
275　お前などとても敵わぬ手下どもに手伝わせて、お前を
　閉じ込めた、腹立ちまぎれの怒りをそのまま、なんと
　松の裂け目の中にだ。お前はそこに挟まれて、
　身動きもならぬその牢獄で、十二年間も
　苦しみ続けた。その間に鬼婆は死ぬ。
280　お前は裂け目からもう出られない、お前の発する呻(うめ)き声は、
　水打つ水車の絶え間ない音もさながら。そのときこの島には、
　あの女がここでひねり出した息子が一人、鬼婆から生れた
　斑(ぶち)の鬼子のほかには、人間らしい姿の生き物はどこにも

---

line. **269 blue-eyed** いくつかの注釈があるが，sign of pregnancy が最も適切．
272 for = because. **delicate** = exquisite: of the air (cf. p. 2, *l*. 14 note). 次行の earthy (i.e. indelicate) に対する．**273 abhorred** = abominable. cf. Abbott 375. **274 hests** = behests; commands. **275 ministers** ⇨ *l*. 131 note. **281 strike** i.e. strike the water. **282 she** F1 は 'he'. Rowe の校訂．おそらく compositorial. **litter** = give birth to. 本来は動物に使う．

A human shape.
ARIEL　　　　　　Yes, Caliban her son.
PROSPERO　Dull thing, I say so; he that Caliban,
Whom now I keep in service. Thou best knowest
What torment I did find thee in; thy groans
Did make wolves howl and penetrate the breasts
Of ever-angry bears. It was a torment
To lay upon the damned, which Sycorax
Could not again undo. It was mine art,
When I arrived and heard thee, that made gape
The pine and let thee out.
ARIEL　　　　　　　I thank thee, master.
PROSPERO　If thou more murmurest, I will rend an oak
And peg thee in his knotty entrails till
Thou hast howled away twelve winters.
ARIEL　　　　　　　　　　　　Pardon, master;
I will be correspondent to command,
And do my spiriting gently.
PROSPERO　　　　　　　　Do so; and after two days
I will discharge thee.
ARIEL　　　　　That's my noble master.
What shall I do? Say what? What shall I do?
PROSPERO　Go make thyself like a nymph o'th'sea.
Be subject to no sight but thine and mine, invisible

---

284 Yes, Caliban her son. Caliban の名前を引き出すための合の手. **285 Dull** = stupid. **say** i.e. said. **295 his** = its. his は OE 以来中性 (hit) の所有格であった. its の初出は *OED* で 1598 年. 同じく *OED* によれば Sh では its は F1 に 1 回, it's が 9 回 (他に of it, thereof が用いられている). **296 Thou hast** リズムの上から [ðaust] と 1 音節に読む. **297 correspondent** = responsive. **298** この渡りは Alexandrine. Prospero の台詞は次の行にかけてそそくさと事務的に聞こえ

見られなかった。
　エアリエル　　　　でもあの女の息子のキャリバンは。
285　**プロスペロー**　間抜けたことを。あいつのほかにはと言っただろう。
　　　そのキャリバンめはいまはわたしの召使。お前の苦しみようは、
　　　お前が自分で知っている、わたしが見つけてやったそのときの。
　　　お前の呻(うめ)き声には狼も遠吠えを吠えて返し、怒りの猛獣の
　　　熊でさえその胸をえぐり抜かれた。あれこそは永劫
290　地獄の責め苦、与えた主のシコラクスさえも
　　　解くことができない。いいか、このわたしの魔法だよ、わたしが
　　　島に着いてお前の呻(うめ)き声を聞きつけて松の幹を大きく開いて
　　　お前を救い出してやったのは。
　エアリエル　　　　　　　　　　　感謝しています、ご主人さま。
　プロスペロー　まだ不平を言うようなら、今度は樫を引っ裂いて
295　あの瘤だらけのその奥に釘づけにしてやろう、どうだ、
　　　十二の冬を吠え続けることになるぞ、
　エアリエル　　　　　　　　　　　　　　ご勘弁を、ご主人さま。
　　　ご命令には打てば響くで従います。もう不平を言わずに
　　　妖精としての働きをいたします。
　プロスペロー　　　　　　　　　　ようし、二日たったら
　　　自由にしてやろう。
　エアリエル　　　　　　　それでこそわがご主人さまだ。
300　何をいたしましょう、さあおっしゃって、仕事は何？
　プロスペロー　まず海の妖精に化けてもらおう、
　　　見えるのはお前とそれにわたしだけ、ほかの

る．**spiriting** = acting as a spirit．**gently** i.e. without complaining．**301–02** リズムが不安定なため，'like a' → 'like to a'（F2 の改訂），'thine and' の削除（Rowe），その他 lineation の校訂などあるが，いずれも bibliographical な根拠がない．本版は（punctuation を除き）F1 に従う．scansion 案 'Go máke thysélf líke a nýmph o'th'séa. / Be súbject to no síght but thíne and míne, invísible' **301 Go make**　go や come の後は inf. の to が落ちやすい．

To every eyeball else. Go, take this shape,
And hither come in't. Go, hence with diligence.   [*Exit Ariel.*]
Awake, dear heart, awake, thou hast slept well;   305
Awake.

MIRANDA   The strangeness of your story put
Heaviness in me.

PROSPERO   Shake it off. Come on;
We'll visit Caliban my slave, who never
Yields us kind answer.

MIRANDA   'Tis a villain, sir,
I do not love to look on.

PROSPERO   But, as 'tis,   310
We cannot miss him. He does make our fire,
Fetch in our wood, and serves in offices
That profit us. — What ho, slave, Caliban.
Thou earth, thou, speak.

CALIBAN [*within*]   There's wood enough within.

PROSPERO Come forth, I say; there's other business for thee.   315
Come, thou tortoise, when?

    Enter Ariel like a water-nymph.

Fine apparition. My quaint Ariel,
Hark in thine ear.   [*Whispers to Ariel.*]

ARIEL   My lord, it shall be done.   [*Exit.*]

PROSPERO Thou poisonous slave, got by the devil himself
Upon thy wicked dam, come forth.   320

---

303 shape = disguise. **304 diligence** = speed, dispatch. **307 Heaviness** = drowsiness.
311 miss = do without. **314 earth** 古代哲学の 4 elements のうち air と fire が Ariel
なら Caliban は earth と water. cf. 1.1.19 note. **[*within*]** F1 の SD. **316** trochee
で始まる 5 音節. **tortoise** 動作ののろさから．あわせて海の異形の生物のイ

だれの目にも映らない。さ、その変装姿で
ここに戻ってこい。いいな、さあ急げ。　　　　　［エアリエル退場］
305 起きなさい、かわいい娘よ、もうぐっすり眠っただろう。
さ、起きるのだよ。

ミランダ　　　　　　不思議なお話を聞いているうちにひどく
眠気がさしてきて。

プロスペロー　　　　その眠気を払いなさい。いいかな、
これから奴隷のキャリバンのところに行こう、どうしても
素直な返事をせんやつだが。

ミランダ　　　　　　あれは悪いやつです、
見るのもいや、わたしは。

310 **プロスペロー**　　　　だが今のところ
あれがおらんと困るのだ、火を起こす、
薪(たきぎ)を集める、ほかにもいろいろと
役に立つ。——おうい、奴隷のキャリバン、
土の塊(かたまり)、返事をしろ。

キャリバン［舞台裏］　　薪(たきぎ)なら家(うち)の中にたんとあるぜ。

315 **プロスペロー**　出てこい、命令だ。ほかにも仕事があるぞ。
出ろ、泥亀(どろがめ)、こののろまめが。

　　　　　エアリエルが海の妖精の姿で登場。

これはまたみごとな格好だ、でかしたぞエアリエル。
ちょっと耳を貸してくれ。　　　　　　　　　［エアリエルに囁く］

エアリエル　　　　　　承知しました、ご主人さま。　　　　［退場］

プロスペロー　やい、毒の塊(かたまり)の奴隷、悪魔がじきじきに
320 魔女に生ませた鬼っ子、出てこい。

メージ（cf. 2.2.24–26）．**316.2** *Enter . . . a water-nymph.* Fl の SD．**317 apparition** = semblance．**quaint** = ingenious．**318** [*Whispers to Ariel.*］ 実質 Orgel の SD を採用．台詞がわかりやすくなる．**319 got** = begotten．**320, 324** いずれも short line．Caliban 登場の前後に間をもたせた．

18世紀の *The Tempest*

18世紀も末近く、みずから版画家でありまた出版業者として聞こえたジョン・ボイデル (John Boydell) が、大陸に比べて劣勢なイギリスの歴史絵画の伝統を盛り立てようと、シェイクスピアの舞台を主題にした絵画の美術館を企画して、当時の代表的な画家たちに創作を依頼した。念願のギャラリーは1789年にロンドンのペル・メル街に開場し評判をとるが、ボイデルはさらに200点に近い収蔵の中から100点を選んで銅版画に複製販売、成功を収めた。1800年ロンドン市長。

右はヘンリー・フューズリ (Henry Fuseli / スイス名 Johann Heinrich Füssli) の1枚。Prospero にしろ、Miranda にしろ、エドマンド・バーク (Edmund Burke) の唱導する「崇高と美」('the Sublime and Beautiful') の表現たりえているが、'a salvage and deformed slave' の Caliban は時代の想像力を超えていたようで、フューズリの筆をもってしても珍妙な描写になったのはやむをえぬことだった。

Enter Caliban.

CALIBAN As wicked dew as e'er my mother brushed
With raven's feather from unwholesome fen
Drop on you both. A south-west blow on ye,
And blister you all o'er.

PROSPERO For this, be sure, tonight thou shalt have cramps,   325
Side-stitches that shall pen thy breath up; urchins
Shall, for that vast of night that they may work,
All exercise on thee. Thou shalt be pinched
As thick as honeycomb, each pinch more stinging
Than bees that made 'em.   330

---

321 dew cf. *l.* 228 note. **brushed** = collected by brushing. **322 raven** cf. *l.* 258 note / *Macbeth* 1.5.36. **323 Drop, blow, 324 blister** いずれも subj. 前に願望の may を補えばよい．**323 south-west** 湿って生暖かい風．**ye** 2人称複数の主

キャリバン登場。

キャリバン　おれのおっ母(かあ)が大鴉の羽根でもって毒気の沼から
　　ありったけかき集めた業(ごう)の病(やまい)の魔法の霧がお前ら
　　二人の上に降りかかれ。南と西の毒の風がお前らの
　　体じゅうに火ぶくれをつくれ。
325 **プロスペロー**　ようし、よく言った、今夜は痙攣で脇腹が
　　引きつって息が通らなくなるぞ、針鼠の小鬼たちが
　　夜長の暴れ放題の間(あいだ)じゅうお前を攻めたてるぞ。
　　お前は蜂に突つかれてどんどんふくれ上る
　　蜂の巣みたいになるぞ、痛いもなにもひと突きひと突き
330　蜂よりもずっと痛いぞ。

格，またここのように目的格にも．**326 pen...up** = close up．**urchins** = goblins (in the shape of hedgehogs)．urchin < OF. *heriçon* (= hedgehog)．**327–28 Shall... thee.** ⇨補．**330 'em** = them． honeycomb の cells (房室)をイメージして．

50   THE TEMPEST

CALIBAN   I must eat my dinner.   330
This island's mine, by Sycorax my mother,
Which thou takest from me. When thou camest first,
Thou strokest me and madest much of me; wouldst give me
Water with berries in't, and teach me how
To name the bigger light, and how the less,   335
That burn by day and night. And then I loved thee
And showed thee all the qualities o'th'isle,
The fresh springs, brine-pits, barren place, and fertile.
Cursed be I that did so. All the charms
Of Sycorax, toads, beetles, bats, light on you.   340
For I am all the subjects that you have,
Which first was mine own king; and here you sty me
In this hard rock, whiles you do keep from me
The rest o'th'island.

PROSPERO   Thou most lying slave,
Whom stripes may move, not kindness. I have used thee,   345
Filth as thou art, with humane care, and lodged thee
In mine own cell, till thou didst seek to violate
The honour of my child.

CALIBAN   Oh ho, Oh ho, would't had been done.
Thou didst prevent me, I had peopled else

---

333 strokest = strokedst. リズムの上から [d] が落ちた. cf. Abbott 473. *l*. 333 scansion 案 'Thou strókest me and mádest múch of mé; wouldst gíve me' **335 the bigger light, the less** cf. 'God then made two great lights: the greater light to rule the day, and the less light to rule the night.'「神二つの巨(おお)いなる光をつくり大なる光に昼を司(つかさ)どらしめ小き光に夜を司どらしめたまう」(*Gen*. 1.16) **337 qualities** = features, characteristics. **339 charms** = spells. **340 toads, beetles, bats** いずれも魔女の familiar. **342 Which** = who (先行詞は *l*. 341 の I). **sty** = confine as in

| | [1.2] | 51 |

330 **キャリバン**　　　　　　飯ぐらいゆっくり食わせろ。
　　これはおれの島だ、おっ母(かあ)のシコラクスのものだったからな、
　　それをお前がおれから分捕った。お前ははじめこの島に来たとき
　　おれの頭を撫でて、おれを大事にしてくれた。木の実の入った
　　飲みものをくれたりした、昼と夜に燃える
335　大きい光、小さい光の名前を教えてくれたのも
　　お前だ。だからおれはお前を大好きになって
　　この島のことならなんでも教えてやった、
　　真水の泉、塩水の溜り、荒れた土地、肥えた土地。
　　ああ、ばかなことをしたものだ。シコラクスの呪いのありったけ、
340　蝦蟇(がま)に甲虫に蝙蝠(こうもり)がみんなお前らにとりつけ。
　　お前の家来たっておれがたった一人、
　　そのおれ様は自分の王さまだったんだぞ、なのに
　　おれをこんなごつごつの岩の中に閉じこめてあとは
　　島の全部を一人占めだ。
　プロスペロー　　　　　　嘘をつくな、奴隷めが、
345　お前に必要なのは情けではない、鞭だ。わたしはその
　　汚らわしいお前を愛情をもって遇し、わたしの岩屋にちゃんと
　　同居させた、それなのにお前はわたしの娘を
　　犯そうとしたではないか。
　キャリバン　　　　　　へ、へ、やっちまえばよかったよ、
　　お前が邪魔しなきゃ、島じゅうキャリバンもどきで

---

a sty.　**mine own king** cf. *l*. 25 note.　**343 whiles** = while. -s は本来は adverbial. **345 stripes** i.e. strokes of the whip.　**346 humane** F1 の綴り．Sh の時代 human/humane の区別がなくアクセントも第 1 音節．cf. 4.1.191 note.　**348**「渡り」に編纂せず別々の 2 行とするおとなしい編纂が伝統的だが，Caliban がすぐさま間を置かず暴力的に返答する Alexandrine の 1 行に編纂したい（Orgel, Lindley が同様）．scansion 案 'The hónour of my chíld. / Oh hó, Oh hó, would't hád been dóne.'　**349 I had peopled** = I should have peopled.

This isle with Calibans.

MIRANDA   Abhorrèd slave, 350
Which any print of goodness will not take,
Being capable of all ill. I pitied thee,
Took pains to make thee speak, taught thee each hour
One thing or other. When thou didst not, savage,
Know thine own meaning, but wouldst gabble like 355
A thing most brutish, I endowed thy purposes
With words that made them known. But thy vilde race,
Though thou didst learn, had that in't which good natures
Could not abide to be with; therefore wast thou
Deservèdly confined into this rock, 360
Who hadst deserved more than a prison.

CALIBAN You taught me language, and my profit on't
Is, I know how to curse. The red plague rid you
For learning me your language.

PROSPERO   Hag-seed, hence.
Fetch us in fuel, and be quick thou'rt best, 365
To answer other business. Shrugest thou, malice?
If thou neglectest, or dost unwillingly
What I command, I'll rack thee with old cramps,
Fill all thy bones with aches, make thee roar,

---

350 MIRANDA Davenant–Dryden の改作 *The Tempest, or The Enchanted Island*（初演 1667）がこの台詞を Prospero に与え，これを受けて Theobald が SH を PROSPERO に校訂，その後定着してきたが，ようやく *Cambridge 2* の Wilson が F1 に回帰，20 世紀中葉のあたりから MIRANDA の SH が多数派になった．これで Miranda の性格が多面的になる．**Abhorrèd** ⇨ *l*. 273 note. **351 Which** = who. **print** = mental impression. **352 capable of** = susceptible to. **356 thing** ⇨ *l*. 257 note. **357 them** i.e. thy purposes. **vilde** [vaild] = vile (⇨ p. vi). **race** = hereditary nature.

　　　　　　いっぱいにしてやったのによ。
350 ミランダ　　　　　　　　　なんて汚らわしい、
　　善の感化はなにごとも受けつけず、
　　悪にはすべてに染まる。かわいそうに思って
　　一生けんめい話ができるようにしてあげた、暇さえあれば
　　あれやこれやとていねいに教えてあげた。お前は野蛮人だから
355 訳のわからぬことをただわめくだけだったのよ、
　　そこでお前の気持をちゃんと伝えることができるようにと
　　言葉を授けたの。でも、卑しい生れつきのお前は、
　　いくら学んだところで、善良な性質の人たちと一緒に
　　暮していける素質に欠けていたのよね。だから
360 お前は当然岩の中に閉じこめられることになったのです、
　　本当なら牢屋に入れたってもまだすまないのだけれど。
　キャリバン　あんたは言葉を教えたそうだが、おれが勉強したのは
　　悪態をつくことだけだ。真赤な腫物で脹れ上ってくたばってしまえ、
　　それが言葉を教えてくれたお返しだ。
　プロスペロー　　　　　　　　鬼婆の腹めが、さっさと行け。
365 燃やす薪(たきぎ)を運んでこい、さっさとやらんと大変だぞ、
　　ほかにもまだ仕事がある。おや、肩をすくめたな、この悪餓鬼(わるがき)、
　　わしの命令を無視したり嫌がったりしてみろ、
　　ひどい目に会うぞ、またあの痙攣だぞ、
　　体じゅうの骨が悲鳴を上げてお前は吠えまくる、

---

362 on't ⇨ *l.* 87 note.　**363 I know how to curse**　Caliban の台詞は特に近年注目を集めてきているが，[1.2] でもたとえば *ll.* 331–44 とともにこれなどみごとに強烈．**The red plague** = the plague that produces red sores.　**rid** = destroy.　**364 learning** = teaching.　**365 thou'rt best** = thou wert best; you had best.　**366 answer** i.e. perform.　**malice** = malicious fellow.　abstract for concrete の例．**368 old**　'of old age' の解が一般だが本注者は = familiar をとりたい．その方が全体の流れに合う．**369 aches** [éitʃiz]　2 音節．

54　THE TEMPEST

That beasts shall tremble at thy din.
CALIBAN　　　　　　　　　　　　No, 'pray thee. —　　　370
I must obey; his art is of such power,
It would control my dam's god, Setebos,
And make a vassal of him.
PROSPERO　　　　　　　　So, slave, hence.　　[*Exit Caliban.*]
　　Enter Ferdinand, and Ariel invisible, playing and singing.
ARIEL [*sings*]
　　Come unto these yellow sands,
　　　　And then take hands;　　　　　　　　　　　　　375
　　Curtsied when you have, and kissed,
　　　　The wild waves whist,
　　Foot it featly here and there,
　　　　And sweet sprites bear
　　The burden. Hark, hark.　　　　　　　　　　　　　380
SPRITES [*sing within, dispersedly*]　Bow-wow.
ARIEL [*sings*]　The watch-dogs bark.
SPRITES [*sing within, dispersedly*]　Bow-wow.
ARIEL [*sings*]　Hark, hark, I hear
　　The strain of strutting chanticleer.　　　　　　　　385

---

370 That = so that. **shall** = will surely. **371** Capell の SD [*Aside.*] が定着しているがその必要を認めない. **372 Setebos** [sétibɔ̀s] マゼランの航海記の英訳 (Richard Eden, *The Decades of the New World of West India*, 1555) に 'great devil of the Patagonians' の名前として出てくる. Patagonia は南米大陸の南端地方. **373.2 *Enter ... singing.*** F1 の SD. '*invisible*' はもちろん Ferdinand には「見えない」という約束, cf. *ll.* 302-03. '*playing*' の楽器はおそらく lute. lute を弾きながら歌っての登場ということであろう. 演出上はむしろ Ariel を先に '*Ferdinand following*' (Capell) とした方がわかりやすい. cf. *ll.* 393-94. **374-86** ⇨補. **374 yellow sands** i.e. sea-shore. yellow は海浜の砂の形容, cf. 'Neptune's yellow sands' (*A Midsummer Night's Dream* 2.1.126). なお *Aeneis* (cf. 2.1.73/76/79 note) の表現の影響を指摘する注も複数みられるが, 指摘の個所が異なるなど多少過

その吠え声にはけだものも震え上がる。

370 **キャリバン**　　　　　　　　　　　　いやだ、勘弁してくれ。——
　　言うことを聞こう、あいつの魔法はとっても強いから
　　おっ母の神さまのセテボスだっても敵わなくって
　　あいつの家来になっちまうぞ。

　　プロスペロー　　　　　　　　よし奴隷、行け。　　［キャリバン退場］

　　　ファーディナンド登場、エアリエルも楽器を奏で歌を歌いながら登場、姿が見えないという想定。

　　エアリエル［歌う］
　　　おいでよここ黄色い砂浜に、
375　　　　手を取りあって
　　　おじぎをして口づけを交せば、
　　　　荒い海も鎮まるよ、
　　　さ、踊れや踊れ、足どり軽く、
　　　妖精たちもはやしてくれる、
380　　　そうらお聞きよあのはやし歌。

　　妖精たち［舞台裏で合唱］　ワーン、ワン、ワン。

　　エアリエル［歌う］　あれは門口の犬たちの声。

　　妖精たち［舞台裏で合唱］　ワーン、ワン、ワン。

　　エアリエル［歌う］　今度はそうら別の声だよ、
385　　　威張りくさった鶏たちのときの声だよ。

熱気味（cf. p. xxiii）．　**376 Curtsied, kissed**　集団の踊りで，足を引いて会釈をし軽く接吻する．F1 には kissed の後にコンマがなく次行の The wild waves が目的語になりうるがやはり kissed (each other) が素直な読み．**377 whist** i.e. being whist. [w] の alliteration. 次行の [f], *l*. 385 の [str] も．whist は whist (vt.) = put to silence の p.p. ([vi.] = become silent もある）．　**378 Foot it featly** = dance gracefully. it は indefinite. **380 burden** = refrain. **381** *dispersedly*　*ll*. 374–86 補注参照．**381 Bow-wow, 386 Cock-a-diddle-dow**　魔法の島が一瞬身近な日常世界と重なる「異化効果」．**385 strain** = tune. **chanticleer** [tʃǽntəkliə] = cock. 中世ヨーロッパの動物寓話物語 *Reynard the Fox* に出る鶏の名前．Chaucer の *The Canterbury Tales* にも出る．< F. *chanter* (= sing) + *cler* (= clear).

SPRITES [*cry within*] Cock-a-diddle-dow.

FERDINAND Where should this music be? I'th'air, or th'earth?
It sounds no more; and sure it waits upon
Some god o'th'island. Sitting on a bank,
Weeping again the King my father's wrack,   390
This music crept by me upon the waters,
Allaying both their fury, and my passion,
With its sweet air. Thence I have followed it,
Or it hath drawn me rather, but 'tis gone.
No, it begins again.   395

ARIEL [*sings*]

>Full fathom five thy father lies,
>Of his bones are coral made;
>Those are pearls that were his eyes,
>Nothing of him that doth fade,
>But doth suffer a sea-change   400
>Into something rich and strange.
>Sea-nymphs hourly ring his knell.
>Hark, now I hear them, ding-dong bell.

SPRITES [*sing within*] Ding-dong bell.

FERDINAND The ditty does remember my drowned father.   405
This is no mortal business, nor no sound
That the earth owes. I hear it now above me.

PROSPERO The fringèd curtains of thine eye advance,

---

386 -dow ここでは Bow-wow に合わせて [dau]. **388 sure** = surely. **waits** = attends. **390 again** i.e. again and again. **wrack** ⇨ *l*. 26 note. **392 passion** i.e. deeply felt sorrow. **393 Thence** = from that place. **396–404** ⇨補. **396 fathom** = fathoms. 水深の単位に用いられる．1 fathom は約 6 feet．語源（< OE. *fæpm* (outstretched arms)）も含めて日本語の「尋」（人が両手を左右に拡げた長さ）

妖精たち［舞台裏で大声］　コッケ、コッ、コー。

ファーディナンド　あの歌はどこから聞こえてくるのだろう？
　空の中か？　地面の下か？　あれ、もう止んでいる。きっと
　この島の神さまのためのものだ。浜辺に坐ってお父上の
390　難破をくり返しくり返し嘆き悲しんでいたら、あの音楽が
　海の上を渡って耳に響いてきた、荒れ狂う波も、こみ上げる
　わたしの悲しみも、甘い調べで静かに治まったかのよう。
　あの後を追って、というよりかあの調べに引き寄せられて
　ずうっとついてきたというのに消えてしまうだなんて。
395　あ、また始まったぞ。

エアリエル［歌う］

　　　お父さまはね、深い五尋海の底、
　　　お骨は珊瑚になり変り、
　　　お目は二つの真珠玉、
　　　変る体のここかしこ、
400　　　海の魔法を身に受けて、
　　　今では不思議な宝もの。
　　　お葬いの鐘の音は
　　　海の乙女が鳴らすのさ、そうらディンドンベル。

妖精たち［舞台裏で歌う］　ディン、ドン、ベル。

405 **ファーディナンド**　あの歌は溺れて死んだお父上を弔う歌、
　とても人間業とは思えない。地上の音楽の
　はずはない、そら、天上から聞こえてくる。

プロスペロー　長い睫の目の帷を開けて、さ、向うに

に似る．　**397 are**　主語は倒置された coral だが前の bones に引かれた．cf. 1.1.15 note.　**399 fade**＝decay．　**400 suffer**＝undergo．　**403 ding-dong bell**　*The Merchant of Venice* 3.2.71 にもこの refrain が出る．　**405 ditty**＝song．**remember**＝commemorate．　**406 nor no**　double negative．　**407 owes**＝owns．　**408 fringèd** eyelashes を fringe に見立てた表現．　**advance**＝lift up．

And say what thou seest yond.
MIRANDA   What is't? A spirit?
Lord, how it looks about. Believe me, sir, 410
It carries a brave form. But 'tis a spirit.
PROSPERO No, wench; it eats and sleeps, and hath such senses
As we have, such. This gallant which thou seest,
Was in the wrack; and but he's something stained
With grief, that's beauty's canker, thou mightst call him 415
A goodly person. He hath lost his fellows
And strays about to find 'em.
MIRANDA   I might call him
A thing divine, for nothing natural
I ever saw so noble.
PROSPERO [*aside*]   It goes on, I see,
As my soul prompts it. Spirit, fine spirit, I'll free thee 420
Within two days for this.
FERDINAND   Most sure, the goddess
On whom these airs attend. — Vouchsafe my prayer
May know if you remain upon this island,
And that you will some good instruction give
How I may bear me here. My prime request, 425
Which I do last pronounce, is, O you wonder,
If you be maid or no?
MIRANDA   No wonder, sir,

---

409 yond = yonder.   **411 carries** = bears.   **brave** ⇨ *l*. 206 note.   **412 wench** ⇨ *l*. 139 note.   **413 gallant** = fine gentleman, ladies' man. 'often, as here, with playful or semi-ironic overtones.' (Orgel)   **414 wrack** ⇨ *l*. 26 note.   **and but** = except that. **something** (adv.) = somewhat.   **stained** = disfigured.   **415 canker** = canker-worm.

[1.2]

　　　　　　　　　　　　見えるのは何か言ってごらん。

　ミランダ　　　　　　　　　　　何かしら？　精霊かしら？
410　あらら、ぐるぐる見回してる。ねえ、お父さま、
　なんて立派な姿なのでしょう。でも、きっと精霊よね。

　プロスペロー　いいや、娘。あれは食べもすれば眠りもする、感覚も
　人間の感覚を備えている、人間のな。たしかに優男(やさおとこ)だが、
　例の難破船の一人で、悲しみのためにいくぶん面やつれしている。
415　なにせ悲しみは美を蝕(むしば)む害虫だから、それさえなければ
　ま、美男子と呼んでよいだろうな。仲間を見失って
　探し回っているところなのだよ。

　ミランダ　　　　　　　　　　いいえ、わたしなら
　天上のお方と呼びたい。だってこの自然界で
　あんなに気高いお方は初めてだもの。

　プロスペロー［傍白］　　　　　　　うまくいっているな、
420　思いどおりの展開だ。妖精よ、よくやった、褒美に
　二日以内に解放してやろう。

　ファーディナンド　　　　間違いない、あの歌は
　この女神に捧げられたものだ。──お祈りとともにお訊ねを
　いたします、女神さまはこの島にご鎮座なのでしょうか。
　この島におけるわが行動についてどうかありがたい
425　ご教示を賜りますよう。しかしいちばんお聞きしたいことが
　最後になってしまった、それは、ああ奇蹟のお方よ、あなたは
　結婚なさっておいでなのでしょうか。

　ミランダ　　　　　　　　　わたくしは奇蹟などではありません。

---

416 goodly = handsome.　**418 natural** i.e. in the realm of nature.　**419 [*aside*]** Pope 以来の SD.　**It** i.e. my plan.　**420 Spirit** Ariel への呼び掛けとする必要はない．[*aside*] のままが自然．cf. *l.* 494 補．**prompts** = suggests.　**422 airs** = songs.　**423 remain** = dwell.　**425 bear me** = conduct myself.　**426 you wonder** cf. p. 2, *l.* 2 note.

But certainly a maid.
FERDINAND　　　　　My language? Heavens!
I am the best of them that speak this speech,
Were I but where 'tis spoken.
PROSPERO　　　　　　　　How? The best?　　　　430
What wert thou, if the King of Naples heard thee?
FERDINAND　A single thing, as I am now, that wonders
To hear thee speak of Naples. He does hear me,
And that he does, I weep. Myself am Naples,
Who with mine eyes, ne'er since a ebb, beheld　　　435
The King my father wracked.
MIRANDA　　　　　　　　Alack, for mercy.
FERDINAND　Yes, faith, and all his lords, the Duke of Milan
And his brave son being twain.
PROSPERO [*aside*]　　　　The Duke of Milan,
And his more braver daughter could control thee,
If now 'twere fit to do't. At the first sight　　　440
They have changed eyes. Delicate Ariel,
I'll set thee free for this. — A word, good sir;
I fear you have done yourself some wrong; a word.
MIRANDA　Why speaks my father so ungently? This
Is the third man that e'er I saw; the first　　　445
That e'er I sighed for. Pity move my father

---

428 Heavens! ！は F1 の：の転換．諸版も同様．　**429 best** = chief.　**431 wert** = would be.　**432 thing** ⇨ *l.* 257 note.　**433 Naples** = the King of Naples. cf. *l.* 109 note.　**436 wracked** ⇨ *l.* 26 note.　**437 faith** = in faith; indeed.　**438 his brave son** ⇨補．**twain** i.e. two of them.　[*aside*] Dyce 以来の SD．なお *ll*. 441–42 の 'Delicate Ariel, . . . this.' を Steevens は [*aside*] から外し直接 Ariel への台詞とするが，それではその後の Ferdinand への呼び掛け ('A word, good sir') が出しにくくな

ただの未婚の娘です。

ファーディナンド　わたしの国の言葉を？　驚いたなあ！
ぼくはね、その言葉を使う人たちの中で最高位にある者です、
その国語の国にいればの話だけど。

430 **プロスペロー**　　　　　　　　　まさか？　最高位だと？
ナポリ王がこれを聞いたなら、お前はどういうことになるかな。

ファーディナンド　どうもこうも、今と同じただの一人、なんで今さら
ナポリ王などと言うのです。たしかにナポリ王はぼくの話を
聞いている、聞きながらこうしてぼくは泣いている。ぼくが今は
435 ナポリ王、だってこの目が、涙の潮の引くことのないこの目が、
ぼくの父、あの国王の難破を見届けたのだから。

ミランダ　　　　　　　　　　　　　ああ、なんてかわいそう。

ファーディナンド　そうとも、本当だとも、お供の貴族たちもみんな、
ミラノ公爵とご立派なご嫡男もその中に。

プロスペロー[傍白]　　　　　　　　ミラノ公爵なら、
もっとご立派なご令嬢と今ここで口を揃えて、それは違うと
440 言いたいところだが、まだその時機ではない。さてさて、たがいに
ひと目で恋の視線を交したか。さすがはエアリエル、
ご褒美は自由だとも。——おい君、ちょっとひと言。
君はどうやら出過ぎたもの言いをしているのではないかな、え。

ミランダ　お父さまったらずいぶん不躾な言い方だこと。このお方は
445 わたしが目にした三番目の男の人、それにわたしが溜息を捧げた
はじめての人。お父さまもどうか憐れみのお心でわたしと同じ

る．cf. *l.* 494 補．　**439 more braver**　cf. *l.* 19 note．　**control** = challenge, refute．
440–41 At...eyes Christopher Marlowe の長篇詩 *Hero and Leander* の名句 'Who ever loved that loved not at first sight?' が *As You Like It* [3.5] で引かれている（Norton TLN 1854）．なお *The Merchant of Venice* 3.2.67–69 も参照．　**441 changed** = exchanged．　**Delicate** = graceful. cf. *l.*272 note．　**443 done...wrong** i.e. told a lie about yourself．（わざともって回った言い方．）　**446 move**　願望の subj..

To be inclined my way.
FERDINAND   O, if a virgin,
And your affection not gone forth, I'll make you
The Queen of Naples.
PROSPERO   Soft, sir, one word more.
[*Aside*] They are both in either's pow'rs. But this swift business 450
I must uneasy make, lest too light winning
Make the prize light. — One word more. I charge thee
That thou attend me. Thou dost here usurp
The name thou owest not, and hast put thyself
Upon this island as a spy, to win it   455
From me, the lord on't.
FERDINAND   No, as I am a man.
MIRANDA There's nothing ill can dwell in such a temple.
If the ill spirit have so fair a house,
Good things will strive to dwell with't.
PROSPERO [*to Ferdinand*]   Follow me. —
[*To Miranda*] Speak not you for him; he's a traitor. — Come, 460
I'll manacle thy neck and feet together.
Sea-water shalt thou drink; thy food shall be
The fresh-brook mussels, withered roots and husks
Wherein the acorn cradled. Follow.
FERDINAND   No,
I will resist such entertainment till   465

---

449 Soft = wait a moment. **450 [*Aside*]** Johnson 以来の SD. **either's** = each other's.
451 light = easy. 次行では i.e. unimportant. Sh 得意の antanaclasis. **453 attend**
= listen to. **454 owest** ⇨ *l*. 407 note. **456 on't** ⇨ *l*. 87 note. **as I am a man** i.e. as
sure as I am a man. **457 can** 前に that を補う． **temple** cf. 'your body is the temple
of the holy Ghost, *who is* in you, whom ye have of God.' 「汝らの身はその内にあ
る，神より受けたる聖霊の宮にして」(*1 Cor.* 6.19) **458–59** ルネサンス期

気持になって下さるように。
　　ファーディナンド　　　　　　ああ、もしもあなたが未婚のお方で
　　まだ心に決めた男性がいないのだったら、あなたには
　　ナポリ王妃になっていただきたい。
　　プロスペロー　　　　　　　　待ちなさい、いいかな——
450　［傍白］二人ともたがいに恋の虜か。だがこうも手早く進んでは
　　少々困難も味わわせてやらなくては、手軽に手に入れたものは
　　価値の方も軽くなる。——いいかな、心してようく
　　聞くのだぞ。お前はこの地において本来
　　お前のものではない名を僭称している、島に
455　密偵として入り込み、領主たるこのわたしから、この島を
　　奪い取ろうとの魂胆だ。
　　ファーディナンド　　　違います、断じて違います。
　　ミランダ　このような御社に悪の入り込むはずはありません。
　　こんなに美しい家が悪霊の家だとしても、善なるものが
　　ここに住みついて、悪を善に慣らしてしまうでしょうに。
　　プロスペロー［ファーディナンドに］　　　　　　　　　　ついてこい。
460　［ミランダに］こいつのために弁じてはならぬ、こいつは謀反人だ。
　　　——さ、来い、
　　お前の首と足とを繋いで枷をはめてやる。
　　飲みものは海の塩水、食べものは小川の
　　川貝、しなびた木の根と、どんぐりの実を
　　抜いた外の殻だ。来んのか。
　　ファーディナンド　　　　　　いやだ、
465　そのような扱いは受けんぞ、これでも敵を

---

neo-Platonism の信条の，いかにも Miranda らしいナイーヴな表現．**459** [*to Ferdinand*], **460** [*To Miranda*]　ともに Johnson の SD．わかりやすさから採用．**463 mussels**　一般には海産のムラサキガイだが，ここでは淡水産（fresh-brook）のドブガイ．cf. 'The river mussels are not for meat (= food). (1603)' (cited in *OED* source)．**464 cradled**　i.e. lay as in a cradle．**465 entertainment** = treatment.

Mine enemy has more pow'r.

[Draws, and is charmed from moving.]

MIRANDA O dear father.
Make not too rash a trial of him, for
He's gentle, and not fearful.

PROSPERO What, I say,
My foot my tutor? — Put thy sword up, traitor,
Who makest a show, but darest not strike, thy conscience   470
Is so possessed with guilt. Come from thy ward,
For I can here disarm thee with this stick
And make thy weapon drop.

MIRANDA Beseech you, father.

PROSPERO Hence! Hang not on my garments.

MIRANDA Sir, have pity,
I'll be his surety.

PROSPERO Silence! One word more   475
Shall make me chide thee, if not hate thee. What,
An advocate for an impostor? Hush!
Thou thinkest there is no more such shapes as he,
Having seen but him and Caliban. Foolish wench,
To th'most of men this is a Caliban   480
And they to him are angels.

MIRANDA My affections
Are then most humble; I have no ambition
To see a goodlier man.

PROSPERO *[to Ferdinand]* Come on, obey.

---

466 [*Draws . . . moving.*] 実質F1 の SD. **468 gentle, and not fearful** i.e. noble, and therefore not a coward. (Orgel) fearful = timorous, cowardly. cf. 2.1.169 note. **469 My foot my tutor?** cf. 'Do not make the foot the head.' (Tilley F562) **471 ward** = defensive posture. **474 Hence** = go away. ！は *ll.* 475, 477 の！とともにF1 の：の

[1.2]

倒すだけの力は備わっている。　　　　　［剣を抜くが魔法で動けない］

ミランダ　　　　　　　　　　　　ああ、お父さま、
そんな乱暴なやり方でこの方を試してはいけません、
立派なお生れなのよ、だから臆病なんかじゃないの。

プロスペロー　　　　　　　　　　　　　　　何を言う、
目上の父親に指図する気か。——やい謀反人、剣を納めろ、
470　抜いてはみせても振り下すことはできまい、罪の意識で
動きがならんのだ。さあ、その構えをやめろ、
やめんとこの杖のひと振りでお前の力を封じ
剣を叩き落してみせる。

ミランダ　　　　　　　　ね、お父さま、お願い。

プロスペロー　離れろ！　わたしの衣にすがるな。

ミランダ　　　　　　　　　　　　　　　　堪忍してあげて、
わたしが保証に立ちますから。

475 **プロスペロー**　　　　　　　　　　えい、うるさいぞ！　これ以上
口を挟むと、どんなにかわいくてもお前を叱らねばならん。
まさか、こんな詐欺師の弁護をする気か？　言うな！
これぐらいの姿かたちの男なら掃いて捨てるほどある、お前は
こいつとキャリバンしか見たことがないからな。ばかな娘だ、
480　大概の男に比べればこいつはまるでキャリバンだ、
こいつに比べれば大概の男はみんな天使なのだよ。

ミランダ　　　　　　　　　　　　　　　そんなら
わたくしの望みはごくごくつつましい、この方以上などと
高望みはいたしません。

プロスペロー［ファーディナンドに］　ついて来い、命令だぞ。

転換．**478 there is** 後置の複数主語に単数動詞が用いられた例．'there (here) is' が多い．(Abbott 335)　**479 wench** ⇨ *l*. 139 note.　**480 To** = compared to. 次行の 'to' も同じ．**481 affections** = inclinations　i.e. wish.　**483 goodlier** ⇨ *l*. 416 note. [*to Ferdinand*] Steevens の SD．'Come on, obey.' を Miranda への台詞とする演出も可能だが Miranda との芝居がうるさくなる．次行への繋がりからもやは

Thy nerves are in their infancy again,
And have no vigour in them.
FERDINAND So they are. 485
My spirits, as in a dream, are all bound up.
My father's loss, the weakness which I feel,
The wrack of all my friends, nor this man's threats,
To whom I am subdued, are but light to me,
Might I but through my prison once a day 490
Behold this maid. All corners else o'th'earth
Let liberty make use of; space enough
Have I in such a prison.
PROSPERO [*aside*] It works. [*To Ferdinand*] Come on.
[*To Ariel*] Thou hast done well, fine Ariel. Follow me.
Hark, what thou else shalt do me.
MIRANDA Be of comfort, 495
My father's of a better nature, sir,
Than he appears by speech. This is unwonted
Which now came from him.
PROSPERO Thou shalt be as free
As mountain winds; but then exactly do
All points of my command.
ARIEL To th'syllable. 500
PROSPERO [*to Ferdinand*] Come, follow. [*To Miranda*] Speak not for him. [*Exeunt.*]

り Ferdinand. ← **484 nerves** = sinews. **again** ⇨ 1.1.44 note. **488 wrack** ⇨ *l.* 26 note. **nor** i.e. or. 'light' に含まれる「大したことではない」という否定の気持から nor が出た. 'and' (Rowe), 'or' (Capell) への校訂があるがその必要はない. **492 liberty** i.e. those who are free. abstract for concrete. cf. *l.* 366 note. **493**

お前の筋肉は赤子の頃に戻っている、
　　　もうなんの力もないはずだ。
485 **ファーディナンド**　　　　　　　本当だ。
　　　気力もなにもがんじがらめでまるで夢の中にいるよう。
　　　父上の死も、いま感じているこの無力感も、
　　　友だちみんなの難破も、この男の脅しだって、結局
　　　従うほかないのだけど、いまのぼくには大したことではない、
490　牢屋に繋がれても格子から一日に一度この人の姿を
　　　見られればそれでいい。あとは地上の隅から隅まで
　　　自由な人たちが勝手に使うがいい、ぼくにはその牢屋が
　　　天地の広さだ。
　　　プロスペロー[傍白]　思いどおり。[ファーディナンドに] さあついてこい。
　　　[エアリエルに] でかしたぞ、エアリエル。離れないでくれ。
　　　いいか、お前にはまだ仕事がある。
495 **ミランダ**　　　　　　　　ご安心なさいな、
　　　ねえ、父は本当はとってもいい人なの、ちょっと
　　　乱暴に聞こえるでしょうけど。今みたいな言い方は
　　　いつもはないことなのです。
　　　プロスペロー　　　　　　自由にしてやるとも、
　　　山の峰を渡る風のように。だがそのためにはわたしの命令の
　　　一つ一つ正確に実行してもらわねばならん。
500 **エアリエル**　　　　　　はい、ひと言も違(たが)えずに。
　　　プロスペロー[ファーディナンドに] ぐずぐずするな。[ミランダに] この
　　　男の弁護はならん。　　　　　　　　　　　　　　[一同退場]

[*aside*] Capell 以来の SD．[*To Ferdinand*] Collier の SD．わかりやすさから採用．**494** [*To Ariel*] ⇨補．**495 do me** = do for me．**498–99 as free . . . winds** cf. 'As free as the air (wind).' (Tilley A 88) **501** [*to Ferdinand*], [*To Miranda*] ともに Johnson の SD．わかりやすさから採用．

[2.1]   *Enter Alonso, Sebastian, Antonio, Gonzalo, Adrian, Francisco and others.*

GONZALO   Beseech you, sir, be merry. You have cause,
So have we all, of joy; for our escape
Is much beyond our loss. Our hint of woe
Is common; every day some sailor's wife,
The masters of some merchant and the merchant
Have just our theme of woe. But for the miracle,
I mean our preservation, few in millions
Can speak like us. Then wisely, good sir, weigh
Our sorrow with our comfort.

ALONSO   Prithee, peace.

SEBASTIAN [*to Antonio*]   He receives comfort like cold porridge.

ANTONIO [*to Sebastian*]   The visitor will not give him o'er so.

SEBASTIAN   Look, he's winding up the watch of his wit; by and by it will strike.

GONZALO   Sir.

SEBASTIAN   One. Tell.

GONZALO   When every grief is entertained that's offered,
Comes to the entertainer —

SEBASTIAN [*to Gonzalo*]   A dollar.

GONZALO   Dolour comes to him indeed. [*To Sebastian*] You have spoken truer than you purposed.

SEBASTIAN [*to Gonzalo*]   You have taken it wiselier than I meant

---

[2.1]   **0.1–0.2** *Enter...others.* F1 の SD.   **3 hint** ⇨ 1.2.134 note.   **5 masters** = chief officers.   **merchant** 前は = merchant vessel. 後は = owner of it. ほかにもいくつかの解や校訂の試みがあるが，これが最大公約数的納得．   **6 for** = as for.   **9 Prithee** ⇨ 1.2.246 note.   **peace** = hold your peace.   **10 [*to Antonio*], 11 [*to Sebastian*]** ⇨補.   **10 cold porridge** 前行の peace を pease(-porridge, hot) に掛ける．   **11 visitor** = parish visitor who comforts the sick and the distressed.   **give**

[2.1] アロンゾー、セバスチャン、アントーニオ、ゴンザーロ、エイドリアン、フランシスコー、ほか登場。

ゴンザーロ　どうかお元気をお出し下さい。陛下にはわれらと同じくお喜びになってしかるべく、こうして九死に一生を得たる上は失われたものはなにほどのことがありましょうぞ、われらの嘆きなど日常の茶飯事、船乗りの女房ならだれかれと
5 　日を措かず、商船の船長だち、それに商船の船主にしてから同じ嘆きの経験者。となればこの奇蹟はですな、つまりわれらの生き残りましたるは、百万に一人(いちにん)の幸運な話。さ、ここはひとつ陛下のご賢明をもって悲しみと喜びとを量り比べて下さるよう。

アロンゾー　　　　　　　　　　　　　　もう言うな。

10 **セバスチャン**［アントーニオに］　言うな語るな口先の慰め、か。

アントーニオ［セバスチャンに］　慰め手ってのはしつこいですからね。

セバスチャン　そうら、知恵の時計のねじ巻きの最中だ。もうすぐ鳴るぞ。

ゴンザーロ　恐れながら。

15 **セバスチャン**　カーン。そうらね。

ゴンザーロ　それ、訪るる悲しみの一つ一つ、真情をもって遇さんか、心は右往左往の主人役――

セバスチャン［ゴンザーロに］　宿屋だったら大儲け。

ゴンザーロ　なるほど、大儲けのくたびれ儲け。［セバスチャンに］儲け
20 とはお上手お上手。

セバスチャン［ゴンザーロに］　どういたしまして、憚りながらお前の方

---

him o'er = abandon him (= Alonso). **12 by and by** = immediately. **13 strike** cf. 'Striking or "repeating" watches were invented about the year 1510.' (Kermode) **15 Tell** = count. **16–17** ⇨補. **17 entertainer** = inn-keeper.（performer の解もある.）**18–22** ⇨補. **18 dollar**　16 世紀初めに鋳造されたドイツの大型銀貨. 次行の Dolour = sorrow と homonymic pun. *King Lear* 2.4.46–47 にも同じ pun がみられる. **20 purposed** = intended.

you should.

GONZALO　Therefore, my lord —

ANTONIO　Fie, what a spendthrift is he of his tongue.

ALONSO　I prithee, spare.　　　　　　　　　　　　　　　　25

GONZALO　Well, I have done. But yet —

SEBASTIAN　He will be talking.

ANTONIO　Which, of he or Adrian, for a good wager, first begins to crow?

SEBASTIAN　The old cock.　　　　　　　　　　　　　　　　30

ANTONIO　The cockerel.

SEBASTIAN　Done. The wager?

ANTONIO　A laughter.

SEBASTIAN　A match.

ADRIAN　Though this island seem to be desert —　　　　　　35

ANTONIO　Ha, ha, ha.

SEBASTIAN　So you're paid.

ADRIAN　Uninhabitable, and almost inaccessible —

SEBASTIAN　Yet.

ADRIAN　Yet —　　　　　　　　　　　　　　　　　　　　40

ANTONIO　He could not miss't.

ADRIAN　It must needs be of subtle, tender, and delicate temperance.

ANTONIO　Temperance was a delicate wench.

SEBASTIAN　Ay, and a subtle, as he most learnedly delivered.　　45

---

25 spare = refrain.　**29 crow**　cf. 'The young cock crows as he the old hears. (Tilley C 491)　**33 laughter**　cock の縁語として 'The whole number of eggs laid by a fowl before she is ready to sit. < lay (v.)' (*OED*) の意味を読み込むことができる．なお cf. 'He laughs that wins.' (Tilley L 93)　**35 desert** = deserted.　**36–37** ⇨補.　**41 miss't**　i.e. escape saying 'yet'.　**42 needs** ⇨ 1.2.108 note.　**42–43 temperance** = climate. 次行の Temperance は女性名．Puritans はこうした「美徳」の抽象名

こそ聞き上手。

ゴンザーロ　さればこそ、陛下——

アントーニオ　ちえっ、口の減らんやつだ。

アロンゾー　もうよい、差し出口は。

ゴンザーロ　はいはい、もうやめました。ですが——

セバスチャン　差し出口は止まらない。

アントーニオ　まずときを作るのはあいつか、エイドリアンか、どうです、賭けようじゃありませんか。

セバスチャン　老いぼれの雄鶏(おんどり)。

アントーニオ　若造の雄鶏。

セバスチャン　よし、賭けは？

アントーニオ　大笑い。

セバスチャン　賭けた。

エイドリアン　この島はあたかも無人島のごとく——

アントーニオ　は、は、は。

セバスチャン　その大笑いで掛け金はお前に支払いずみ。

エイドリアン　住むには適せず、近寄り難きにみえるが——

セバスチャン　なんの。

エイドリアン　なんの——

アントーニオ　そうらきた。

エイドリアン　見せかけとは大違い、探れば探るほど豊けくも奥深く——

アントーニオ　例の女もそうでしたな。

セバスチャン　それに手練手管も奥深かったよ、あいつが今いみじくも宣(のたま)ったように。

詞の名前を好んだ．しかし本注解者はむしろ娼婦の名前としたい．*Cambridge 2* の Wilson は同時代の戯曲 Chapman の *May Day* に出る 'indelicate' な名前を示唆している．なお *The Revenger's Tragedy* [1.3] には Grace という名前の bawd への言及がある．**44 delicate** ここでは = voluptuous, given to pleasure.　**45 subtle** = cunning, sly.　**learnedly delivered**　'was a popular phrase among Puritans who wanted to appear pious.' (*Norton*)

ADRIAN The air breathes upon us here most sweetly.
SEBASTIAN As if it had lungs, and rotten ones.
ANTONIO Or as 'twere perfumed by a fen.
GONZALO Here is everything advantageous to life.
ANTONIO True, save means to live. 50
SEBASTIAN Of that there's none, or little.
GONZALO How lush and lusty the grass looks! How green!
ANTONIO The ground indeed is tawny.
SEBASTIAN With an eye of green in't.
ANTONIO He misses not much. 55
SEBASTIAN No, he doth but mistake the truth totally.
GONZALO But the rarity of it is, which is indeed almost beyond credit —
SEBASTIAN As many vouched rarities are.
GONZALO That our garments being, as they were, drenched in the 60 sea, hold notwithstanding their freshness and glosses, being rather new-dyed than stained with salt water.
ANTONIO If but one of his pockets could speak, would it not say he lies?
SEBASTIAN Ay, or very falsely pocket up his report. 65
GONZALO Methinks our garments are now as fresh as when we put them on first in Afric, at the marriage of the King's fair daughter Claribel to the King of Tunis.
SEBASTIAN 'Twas a sweet marriage, and we prosper well in our return. 70

---

50 save = except. **51 that** i.e. means to live. **52 lush** = soft, tender. **lusty** = vigorous. 次の looks とともに [l] の alliteration. なおこの行の！は２つとも F1 の？の転換. **54 eye** = spot. **55 He ... much.** i.e. He sees even the smallest spot of greenness. **56 mistake** misses との pun. **57 rarity** = exceptional quality, unusualness. **of it** it は indefinite. **58 credit** = belief. **59 vouched** = asserted, guaranteed.

エイドリアン　空気はいと甘く、吹く息はまことにかぐわしく。

セバスチャン　はて、この島に肺があったのかな、あるとすれば腐った肺。

アントーニオ　沼の瘴気でかぐわしくなったかな。

ゴンザーロ　ここにはすべて生活に役立つものが揃っておりましょう。

50 アントーニオ　その代り生命の保証はできんだとさ。

セバスチャン　できん、できん、ま、保証は無理だ。

ゴンザーロ　なんとみずみずしい草の茂み！　あざやかな緑！

アントーニオ　なんとあざやかな土気色(つちけいろ)。

セバスチャン　緑は小ちゃな点ひとつ。

55 アントーニオ　ご老体見逃しませんでしたな。

セバスチャン　偉い、偉い、木を見て山を見ず。

ゴンザーロ　ですがわけても驚くべきは、というより信じ難きは──

セバスチャン　驚くべきは信じ難いって相場が決ってる。

60 ゴンザーロ　われらのこの衣裳、確かに海水にどっぷり浸かったはず、にもかかわらずですな、この新しさ、この色つや、塩水に汚れたとはどこ吹く風、あらたに染め直したかのよう。

アントーニオ　嘘を言え、まっ白な白地はどうなんだ。

65 セバスチャン　そこはちゃんとシラを切る。

ゴンザーロ　いやはや、われらの衣裳はそれ、アフリカの地で初めて着(ちゃく)したるときそのままのま新しさ、われらが国王の姫君クラリベルとテュニス王とのご婚儀の折に。

セバスチャン　結構なご婚儀だったよ、おかげで帰途はめでたしめでた
70 し。

---

60 That *l*.57 の 'it is' に続く．　**61 glosses** = glossiness, lustre.　**65 pocket up** = conceal.　put away out of sight; (hence) conceal or leave unheeded. (Onions)　**67 Afric** [ǽfrik] = Africa.　**68 Claribel** [krǽribèl]　Spenser の *The Faerie Queene* にも Claribel の名前の女性が 3 人出る．< L. *clara* (= clear) + *bellus* (= beautiful). ただし L. *bellum* = war もありうるか．**Tunis** [tjúːnis]　アフリカの北部テュニジア (Tunisia) の首都．中世，近世を通してイスラム文化の最有力の都市であった．

ADRIAN   Tunis was never graced before with such a paragon to their queen.

GONZALO   Not since widow Dido's time.

ANTONIO   Widow? A pox o'that. How came that widow in? Widow Dido!

SEBASTIAN   What if he had said widower Aeneas too? Good Lord, how you take it.

ADRIAN   Widow Dido, said you? You make me study of that; she was of Carthage, not of Tunis.

GONZALO   This Tunis, sir, was Carthage.

ADRIAN   Carthage?

GONZALO   I assure you, Carthage.

ANTONIO   His word is more than the miraculous harp.

SEBASTIAN   He hath raised the wall, and houses too.

ANTONIO   What impossible matter will he make easy next?

SEBASTIAN   I think he will carry this island home in his pocket, and give it his son for an apple.

ANTONIO   And sowing the kernels of it in the sea, bring forth more islands.

GONZALO   Ay.

ANTONIO   [*seeing Gonzalo turn towards Alonso*]   Why, in good time.

---

73 Dido [dáidou], **76 Aeneas** [iníəs/ni:ǽes], **79 Carthage** [ká:θidʒ]   Dido (ディード) はカルタゴの女王．漂着した Aeneas (アイネアース) と結ばれるが，男はローマ建国の使命にうながされて恋を捨て，女は火壇に登って自殺する．ローマの詩人ウェルギリウス (英語名 Virgil/Vergil) の叙事詩 *Aeneis* (英語名 *The Aeneid*) の中の物語．*The Merchant of Venice* 5.1.9–12 / *Hamlet* 2.2.418 などにも言及がある．訳では 2 人の名前は英語読みとした (この方が一般的だから)．なお Dido は物語では widow. Aeneas も系図上一応は widower ではあるが，ここでは Dido に自殺されたということで 'widower' と呼ばれたのであろう．*The Tempest* と *Aeneis* との関連については p. xxiii 参照．**74 A pox o'** ⇨ 1.1.36

エイドリアン　テュニスはあれほどみごとな王妃を迎えたことはかつてありませんでしたなあ。

ゴンザーロ　さよう、夫を亡くしたダイドー以来。

アントーニオ　夫を亡くした？　縁起でもない。そいつは禁句だよ。夫を亡くしたダイドーとはねえ！

セバスチャン　ついでに妻を亡くしたイニーアスってのはどうかね。つまらんことを気にしなさんな。

エイドリアン　「夫を亡くしたダイドー」とはこれはこれは。つらつらおもんみるにダイドーはカルタゴの女性でテュニスとは関係ありませんな。

ゴンザーロ　失礼ながら、テュニスはその昔カルタゴであった。

エイドリアン　カルタゴ？

ゴンザーロ　さよう、カルタゴ。

アントーニオ　あいつの話はアンピオンの奇蹟の竪琴以上。

セバスチャン　なにしろテーベの城壁どころか家並までも全部建てようってんだからな。

アントーニオ　さて、お次はいともやすやすとどんな不可能事を。

セバスチャン　この島をポケットに入れて持ち帰って息子へのお土産、りんごの代りってとこかな。

アントーニオ　りんごの種を海に播けば島がどんどん生えて出る。

ゴンザーロ　そうとも、そうとも。

アントーニオ　[ゴンザーロがアロンゾーの方に振り向くのを見て]　やれやれ、やっと話が進みそうですな。

---

note. **75 Dido**! はF1. **78 study of** = think intently. **80 This Tunis ... Carthage.** ⇨補. **83 the miraculous harp**　ギリシャ神話のアンピオン（Amphion）の harp. ヘルメスから竪琴を授かり、その名手となった．テーベ（Thebai / Thebes）建造のときその楽の音に石がおのずと動いて城壁をなした．**88 kernels** = seeds. **90 Ay.** ⇨補．**91 [*seeing ... Alonso*]**　本版の SD. **in good time**　i.e. at last. 作劇的にも本筋に戻る頃合．たとえば *New Folger* の 'an expression of ironical agreement（responding to Gonzalo's "Ay").' は違うと思う．

GONZALO Sir, we were talking that our garments seem now as fresh as when we were at Tunis at the marriage of your daughter, who is now queen.

ANTONIO And the rarest that e'er came there.

SEBASTIAN Bate, I beseech you, widow Dido.

ANTONIO O, widow Dido; ay, widow Dido.

GONZALO Is not, sir, my doublet as fresh as the first day I wore it, I mean, in a sort —

ANTONIO That sort was well fished for.

GONZALO When I wore it at your daughter's marriage?

ALONSO You cram these words into mine ears, against
The stomach of my sense. Would I had never
Married my daughter there. For, coming thence,
My son is lost; and, in my rate, she too,
Who is so far from Italy removed,
I ne'er again shall see her. O thou, mine heir
Of Naples and of Milan, what strange fish
Hath made his meal on thee?

FRANCISCO   Sir, he may live.
I saw him beat the surges under him,
And ride upon their backs. He trod the water,
Whose enmity he flung aside, and breasted
The surge most swollen that met him; his bold head
'Bove the contentious waves he kept, and oared
Himself with his good arms in lusty stroke

---

95 rarest cf. *l.* 57 note.　**96 Bate** = except (as a verb); don't mention. (*Norton*)
98 doublet Sh 時代の男子の上着．キルティングなどの二重仕立てになっているのでこの名がある．　**99 in a sort** = in some way. 次行の sort は = lot.

[2.1]

ゴンザーロ　さてさて陛下、ただ今も話し合っておりましたが、われらの
衣裳のこのま新しさ、ご婚儀の折に着しましたるといささかも変ら
ず、陛下のかのお姫君、今はめでたくもかの地の御后。

95 アントーニオ　かの地の迎えたる驚嘆の御后、か。

セバスチャン　おいおい、夫を亡くしたダイドーってのがあったよな。

アントーニオ　そうそう、ダイドー、ダイドー、忘れちゃ困る。

ゴンザーロ　ご覧なさりませ、この上着も仕立て下ろしのまま、なんと申
しましょうか、まるでほやほや──

100 アントーニオ　ひねった言葉もほやほや。

ゴンザーロ　ご婚儀に着用したるままのま新しさ。

アロンゾー　お前たちのその言葉、食欲のない耳に
無理に食事を詰め込むようなもの。ああ、せっかくの娘を
あの地に嫁がせねばよかったのだ。どうだ、その帰途に

105 息子を失うてしもうた。それになあ、考えてみれば、娘とて
同じこと、イタリアの地からこうも離れていては
もう二度と会うことは叶うまい。ああわが息子よ、
ナポリとミラノの後継者よ、お前はさだめし得体の知れぬ
魚の餌食になったことであろう。

フランシスコー　　　　　　　　　陛下、生きておられましょうとも。

110 わたくしはこの目で見ております、荒波を蹴り、
荒波に打ち跨るお姿を。襲うてかかる
波頭をばなにをとばかり打ち払い、山なす怒濤をば
たじろがず胸に受けて水上を押し進む、御頭は
常に昂然と敵勢波の上、両の腕は

115 頑強なる櫂もさながら岸を目ざして漕ぎ出せば、

'Antonio's metaphor is of drawing lots.'（Orgel）　**100 fished for** = caught at.　fish
は前の Gonzalo の fresh との音の遊び.　**103 stomach** = appetite.　**105 rate** =
estimation.　**110 surges** = waves.　**114 contentious** = quarrelsome.

To th'shore, that o'er his wave-worn basis bowed,
As stooping to relieve him. I not doubt
He came alive to land.

ALONSO No, no, he's gone.

SEBASTIAN Sir, you may thank yourself for this great loss,
That would not bless our Europe with your daughter, 120
But rather lose her to an African;
Where she at least is banished from your eye,
Who hath cause to wet the grief on't.

ALONSO Prithee, peace.

SEBASTIAN You were kneeled to and importuned otherwise
By all of us; and the fair soul herself 125
Weighed between loathness and obedience, at
Which end o'th'beam should bow. We have lost your son,
I fear, for ever. Milan and Naples have
Moe widows in them of this business' making
Than we bring men to comfort them. The fault's 130
Your own.

ALONSO So is the dear'st o'th'loss.

GONZALO My lord Sebastian,
The truth you speak doth lack some gentleness
And time to speak it in; you rub the sore,

---

116 his i.e. shore's ⇨ 1.2.295 note. **wave-worn** i.e. eroded by waves. **basis** = base.
117 As = as if. **I not doubt** notの前の'do'が落ちた形。(Abbott 305) **119 thank
...for** = hold responsible for (in ironical use). Sebastianの演技圏Aへの介入 (cf.
ll. 10, 11 補)。 **121 lose** i.e. throw away. 近年 F1の綴り'loose'を回復して
'sexual connotations'を読み込もうとする向き (Arden 3) があるが、Wilsonの
Hamletを意識し過ぎたか (cf. Hamlet 2.2.162 note)。l. 119の'loss', l. 127の
'lost'からもRowe以来のmodernized spellingを採る。 **African** cf. 'not a racial
remark: North Africans were considered Caucasians. (Yale) **123 Who** 前行の

波にえぐられせり出したるその岸辺、あたかも体(たい)を
屈するがごとくに王子を救い入れられましたぞ。必ずや
ご無事上陸に相違ありません。

アロンゾー　　　　　　　　　　　　いやいや、もう生きてはおらん。

セバスチャン　兄上、このたびの大いなる損失、ま、身から出た錆、
120　せっかくの姫をわれらヨーロッパの祝福とはせず
むざむざアフリカなどに放り投げてしまった。
あんな所ではその目から遠く追放されたも同然、おかげで
目の方がそれを嘆いて早速濡れている。

アロンゾー　　　　　　　　　　　　　　　もう言うな。

セバスチャン　われら一同跪いてお止しなさいと
125　懇願相勤めた。あの美しい姫にしてから嫌悪と
孝行とを秤にかけて、はてどちらの方に
従うべきか決めかねた。わが国はどうやら世継ぎの王子を
失った、永久に。ミラノとナポリは今度の船旅のおかげで
寡婦だらけ、無事にわれわれ男どもが帰ったところで、
130　とても慰めてやれる数ではない。それだってあなたの
せいですぞ。

アロンゾー　何よりつらいわが損失もわたしのせい。

ゴンザーロ　　　　　　　　　　　　　　　セバスチャンさま、
おっしゃることは本当でも、優しさというものがありましょうが、
とりわけ今は言うべきときではない、あなたのは軟膏代りに

'your eye' を受ける. **on't** ⇨ 1.2.87 note.　**127 should bow**　前に she を補う.
128 Milán　cf. p. 2, *l*. 1 note.　**129 Moe** [mou]　more (sing.) との区別があった. **of this business' making**　i.e. made by this affair (→ sea voyage).　**131**　2音節. 8音節の空白に Alonso の悔恨. F1 の lineation は 'Then we bring men to comfort them: / The faults your owne. /'　**132**　前半 Alonso の 'So ... o'th' loss.' を *l*. 131 と渡りにし後半 Gonzalo の 'My lord Sebastian,' を short line にして間を置く編纂が定着してきたが、「間」は *l*. 131 にある. *Oxford, Arden 3* が *l*. 132 について本版の lineation と同じ.　**dear'st** (1音節) = most heartfelt.

When you should bring the plaster.
SEBASTIAN   Very well.   135
ANTONIO And most chirurgeonly.
GONZALO It is foul weather in us all, good sir,
  When you are cloudy.
SEBASTIAN   Foul weather?
ANTONIO   Very foul.
GONZALO Had I plantation of this isle, my lord —
ANTONIO He'd sow't with nettle-seed.
SEBASTIAN   Or docks or mallows.   140
GONZALO And were the king on't, what would I do?
SEBASTIAN 'Scape being drunk for want of wine.
GONZALO I'th'commonwealth I would by contraries
  Execute all things, for no kind of traffic
  Would I admit. No name of magistrate;   145
  Letters should not be known; riches, poverty,
  And use of service, none; contract, succession,
  Bourn, bound of land, tilth, vineyard, none;
  No use of metal, corn, or wine, or oil;
  No occupation; all men idle, all;   150
  And women too, but innocent and pure;
  No sovereignty.
SEBASTIAN   Yet he would be king on't.
ANTONIO The latter end of his commonwealth forgets the beginning.

---

136 short line. 演技圏の再分離 (cf. *ll.* 10, 11 補) への助走. **chirurgeonly** [kairə́:dʒənli] = (you speak) like a surgeon. chirurgeon < Gk. *kheir* (= hand) + *erg-* (= work). surgeon はこの語の転化. **138 Foul weather?** ⇨補. **139–63** ここ の Gonzalo の理想国家論には, モンテーニュ *Les Essais* の John Florio による英 語訳 (1603) の 1 章 'Of the Caniballes (= cannibals)' の影響が指摘される. ⇨

傷口を擦り上げるってやつだ。

135 **セバスチャン**　　　　　　　　　立派なお言葉。

　アントーニオ　外科医も顔負け。

　ゴンザーロ　ねえ陛下、陛下がお顔を曇らせますと、
　われら嵐の中。

　セバスチャン　　なるほど、嵐ねえ。

　アントーニオ　　　　　　　　　そう大嵐。

　ゴンザーロ　わたくしがこの島の植民を任せられたとなりますと──

　アントーニオ　まずイラクサでも播きますか。

140 **セバスチャン**　　　　　　　　　それともスカンポ、ゼニアオイ。

　ゴンザーロ　さよう、わたくしがこの島の国王、さて施政やいかに？

　セバスチャン　葡萄の酒がないから酔っ払いもいない。

　ゴンザーロ　万事逆の方向に進めましょうな、
　国家といたしまして。まず交易はすべて

145 　これを認めませんな。役人なるものはおらず、
　学問は不要。富、貧困、
　雇用、なし。契約、相続、
　境界、地所、田畑の耕作、なし。
　金属、穀物、酒、油、無用。

150 　職業、なし。男は全員仕事せず、全員ですぞ。
　女も同様、だが純潔にして無垢。
　王権もない。

　セバスチャン　どっこい自分は王になる気だ。

　アントーニオ　ご老体の国家論の結論部分は前提を忘れておりますな。

---

p. xxiii.　**139 plantation** = colonization.　**142** short line.　cf. *l*. 136 note.　**144 Exécute** アクセント第2音節.　**146 Letters** = learning.　**147 use of service** = employment of servants.　**148 Bourn** = boundary.　**tilth** = tillage.　**149 corn, wine, oil** Biblical.（cf. *Deut*. 7.13 etc.）（念のため，Montaigne–Florio には 'oil' はない.）　**151 but**　cf. 'Idleness begets lust.'（Tilley I 9）　**153** 散文が定着.

GONZALO All things in common nature should produce
Without sweat or endeavour. Treason, felony, 155
Sword, pike, knife, gun, or need of any engine,
Would I not have; but nature should bring forth
Of it own kind, all foison, all abundance,
To feed my innocent people.
SEBASTIAN No marrying 'mong his subjects? 160
ANTONIO None, man, all idle; whores and knaves.
GONZALO I would with such perfection govern, sir,
T'excel the Golden Age.
SEBASTIAN 'Save his majesty!
ANTONIO Long live Gonzalo! 165
GONZALO And — do you mark me, sir?
ALONSO Prithee, no more. Thou dost talk nothing to me.
GONZALO I do well believe your highness; and did it to minister occasion to these gentlemen, who are of such sensible and nimble lungs that they always use to laugh at nothing. 170
ANTONIO 'Twas you we laughed at.
GONZALO Who in this kind of merry fooling am nothing to you; so you may continue and laugh at nothing still.
ANTONIO What a blow was there given.
SEBASTIAN And it had not fallen flat-long. 175

---

154 All things 行末の produce の目的語. **in common** i.e. to be shared in common. **156 engine** = implement of warfare. **158 it** = its. (h)it がそのまま属格に用いられた. its の初出は 1598 年 (*OED*). cf. 1.2.295 note. **kind** = nature. Of it own kind i.e. naturally. **foison** = abundance. **159, 163** いずれも short line. cf. *l*. 136 note. **163 T'excel** = as to excel. 前行の such と呼応. cf. Abbott 281. **the Golden Age** Elizabeth 1 世, James 1 世の治世への讃美にしばしばこの語が持ち出された. Ben Jonson に仮面劇 *The Golden Age Restored* がある. **164 'Save** = God save. **164, 165** ! はともに本版(諸版も同様). **167** Alonso は

ゴンザーロ 万物これ共有、自然が産出するからして
汗水たらした労働の必要はない。反逆、犯罪、
剣、槍、短剣、銃砲、その他いかなる兵器も
わが国には不用。自然の産出は
おのずと潤沢にして豊穣、
わが純朴の民を養うて余りある。

セバスチャン あいつの人民は結婚せんのだろうか?

アントーニオ 男はしない、みんなのらくら。いるのは淫売と悪党だけ。

ゴンザーロ わたくしの統治は、陛下、完全無欠にして
いにしえの黄金時代を凌ぐ。

セバスチャン 陛下万歳!

アントーニオ ゴンザーロ万歳!

ゴンザーロ それに——おや、どうなさいました、陛下?

アロンゾー もうよい、お前の話はわたしにはつまらん。

ゴンザーロ さようでございましょうとも。わたくしはここのお二人に笑いの種を提供いたしたいと思いましてな、なにしろ大層敏感活発な肺臓をお持ちのようで、つねづねつまらんことに笑って下さる。

アントーニオ ぼくたちの笑っていたのはあんただよ。

ゴンザーロ はてはて、手前はこのようなふざけごっこには、お二人に比べればまるでつまらぬ不粋者、となるとあなた方の笑いの種は相も変らぬつまらぬものということになりますかな。

アントーニオ これは参った、一本取られた。

セバスチャン なんの、ただの峰打ち、痛くも痒くもない。

---

blank verse を保持. **168–69 and ... gentlemen** 演技圏の交錯の表示 (cf. *ll.* 18–22 補). **minister occasion** = provide an opportunity (for laughter). **169 sensible** = sensitive. 語尾が -ble, -ful, -ive, -less などの形容詞は active と passive の両方の意味に用いられる. (Abbott 3) **170 use to —** = be in the habit of -ing. **172 Who** 先行詞は前行 Antonio の 'you'. つまり = I. **175 And** = if. and は等位接続詞だけでなく条件接続詞にも用いられた. **flat-long** i.e. with the flat of the sword (not the edge). -long については 'headlong', 'sidelong' など参照.

84   THE TEMPEST

GONZALO You are gentlemen of brave mettle. You would lift the
moon out of her sphere if she would continue in it five weeks
without changing.
  Enter Ariel playing solemn music.
SEBASTIAN We would so, and then go a-bat-fowling.
ANTONIO Nay, good my lord, be not angry.　　　　　　　　　　180
GONZALO No, I warrant you; I will not adventure my discretion
so weakly. Will you laugh me asleep, for I am very heavy.
ANTONIO Go sleep, and hear us.
    [*All sleep but Alonso, Sebastian and Antonio.*]
ALONSO What, all so soon asleep? I wish mine eyes
 Would with themselves shut up my thoughts; I find　　　185
 They are inclined to do so.
SEBASTIAN　　　　　　　　Please you, sir,
 Do not omit the heavy offer of it.
 It seldom visits sorrow; when it doth,
 It is a comforter.
ANTONIO　　　　　　　We two, my lord,
 Will guard your person while you take your rest,　　　　190
 And watch your safety.
ALONSO　　　　　　　Thank you. Wondrous heavy.　[*Sleeps.*]
             [*Exit Ariel.*]
SEBASTIAN What a strange drowsiness possesses them.

---

176 mettle = spirit.　metal と同音だから sword の縁語になる．（当時は綴りでの区別がなかった．F1 ではここは 'mettal'.）　**176–78 You would ... changing, 179 go a-bat-fowling** ⇨補．**178.2. Enter ... music.** F1 の SD．Malone が Ariel の後に 'invisible' を加えているがわざわざ断るほどのことではない．**181 adventure** = put at risk.　**182 heavy** = sleepy．*l*. 187 も同じ．**183 Go sleep** ⇨ 1.2.301 note.　[***All ... Antonio.***]　実質 Capell の SD．**186 Please you** ⇨ 1.2.65

ゴンザーロ　争いとなるとずいぶんと勇ましい方たちだ。火の中にだってずかずか飛び込んでいかれるだろうて。もっとも、火とは言っても絵の中の話。

　　　　エアリエルが重々しい音楽を奏しながら登場。

セバスチャン　絵だろうとなんだろうと、燃えさし持ってきてお前をいぶし出してやるよ。

180 **アントーニオ**　まあご老体、お怒り召さるな。

ゴンザーロ　なんのなんの、そんなに簡単に分別の堪忍袋を破ったりしませんとも。せいぜいお二人の笑い声で寝かしつけて下さらんか、なんだか眠くなってきた。

アントーニオ　お眠んなさい、ぼくらの声が子守歌だ。

　　　　　［アロンゾー、セバスチャン、アントーニオを除き全員眠る］

アロンゾー　まさか、こんなにばたばたとみな眠りおって。わたしも
185　この目を閉じてついでにこのつらい思いも閉じてしまいたい。
　おや、なんだか瞼が重くなってきた。

セバスチャン　　　　　　　　　お眠りなさい、兄上、
　せっかくの眠りの誘いを無下にすることはない。
　悲しみに眠りは訪れぬものとか。せっかくの慰めの
　訪問はありがたい話でしょう。

アントーニオ　　　　　　　　　陛下、われら両人、
190　お寝(やす)みの間じゅうご身辺の警護に当りご安全を
　見張っておりましょう。

アロンゾー　　　　　それは忝(かたじけ)ない。妙に眠くなってきた。［眠る］
　　　　　　　　　　　　　　　　　　　　　［エアリエル退場］

セバスチャン　なんとも不思議な眠気に取りつかれたものだ、みんな揃いも揃って。

---

note.　**187 omit** = neglect.　**it**　i.e. the inclination to shut up your eyes.　**191 Wondrous**（adv.）= wonderfully.　**[*Sleeps.*]**　CapellのSD.　**191.2 [*Exit Ariel.*]** Arielの退場のタイミングは演出に開かれているが、MaloneのSDが定着.

ANTONIO It is the quality o'th'climate.
SEBASTIAN   Why
  Doth it not then our eyelids sink? I find
  Not myself disposed to sleep.
ANTONIO Nor I. My spirits are nimble.
  They fell together all, as by consent
  They dropped, as by a thunder-stroke. What might,
  Worthy Sebastian? O, what might? No more.
  And yet methinks I see it in thy face
  What thou shouldst be. Th'occasion speaks thee, and
  My strong imagination sees a crown
  Dropping upon thy head.
SEBASTIAN   What, art thou waking?
ANTONIO Do you not hear me speak?
SEBASTIAN   I do, and surely
  It is a sleepy language, and thou speakest
  Out of thy sleep. What is it thou didst say?
  This is a strange repose, to be asleep
  With eyes wide open; standing, speaking, moving,
  And yet so fast asleep.
ANTONIO   Noble Sebastian,
  Thou letest thy fortune sleep, die rather; winkest
  Whiles thou art waking.
SEBASTIAN   Thou dost snore distinctly;
  There's meaning in thy snores.
ANTONIO I am more serious than my custom. You

---

194 sink＝cause to sink.　**195, 196**　冒頭の 'Not' を前行 *l.* 194 の末尾に回して，この 2 行を渡りの 1 行とする Rowe 2 以来の lineation が定着しているが，本版はリズムの崩れた short lines とする (F1 どおりの lineation)．ここの 2 人に

アントーニオ　ここの気候によるものでしょうか。
セバスチャン　　　　　　　　　　　　　どうして
二人の瞼は重くならないのだろう。
わたしは一向に眠くならん。
アントーニオ　わたしも。かえって頭が潑剌としてきた。
どうです、みんな眠ってしまった、まるで申し合わせたように
倒れている、雷に打たれたようだ。さあてこの後の筋書は、
え、大事なセバスチャン、さあ、さあ、さあ。おっと合点、
聞かずとも、将来のお姿はどうやらそのお顔に
書いてある。そうら、機会があなたに呼びかけている、
わたしの逞しい想像力も目の前に王冠を描き出した、
あなたの頭上に載っかるところを。
セバスチャン　　　　　　　　　　おい、夢を見ているのか？
アントーニオ　あなたこそ聞こえますか。
セバスチャン　　　　　　　　　　聞こえてるよ、そんなのは
まるでうわ言だ、寝言を言ってるのと
同じだ。え、いま寝言で何て言った。
目を大きく開いていながら眠っているとは
不思議な眠りだな。立って、しゃべって、動いている、
そのくせぐっすり眠っている。
アントーニオ　　　　　　　　　え、ご立派なセバスチャン、
あなたこそ幸運を眠らせて、いや死なせている。そらちゃんと
目を覚ましているのに目を閉じている。
セバスチャン　　　　　　　　　今度は鼾(いびき)かね、
それも意味のはっきりした。
アントーニオ　わたしは真剣ですよ、いつもと違う。さあ

驚きの間を持たせたい．（近年では Righter, Lindley, *New Folger*, *Yale* などが本版と同じ．）　**201 occasion** = opportunity．　**210 winkest** = closest thy eyes．　**211 Whiles** = while．　**212**　6音節の short line．舞台のリズムに間のほしいところ．

Must be so too, if heed me; which to do
Trebles thee o'er.
SEBASTIAN　　　　　　Well; I am standing water. 215
ANTONIO I'll teach you how to flow.
SEBASTIAN　　　　　　　　Do so. To ebb
Hereditary sloth instructs me.
ANTONIO　　　　　　O!
If you but knew how you the purpose cherish
Whiles thus you mock it; how in stripping it
You more invest it. Ebbing men, indeed, 220
Most often do so near the bottom run
By their own fear or sloth.
SEBASTIAN　　　　　Prithee, say on.
The setting of thine eye and cheek proclaim
A matter from thee, and a birth indeed
Which throes thee much to yield.
ANTONIO　　　　　　Thus, sir. 225
Although this lord of weak remembrance, this
Who shall be of as little memory
When he is earthed, hath here almost persuaded —
For he's a spirit of persuasion, only
Professes to persuade — the King his son's alive, 230
'Tis as impossible that he's undrowned
As he that sleeps here swims.
SEBASTIAN　　　　　　I have no hope

---

217 O! ！はF1. **218–19 If you...mock it** i.e. if you only realized that your mockery reveals how great your desire is.（Orgel） **223 proclaim** 主語は 'The setting' だが前の 'eye and cheek' に引かれた. **225 throes** = agonizes as in childbirth.（Onions）

いいですか、あなたの方も真剣になるはずだ。三倍層の
身分が待っている。

215 セバスチャン　　　　　なあに、わたしは溜りの水さ。

アントーニオ　上げ潮の方法を教えましょう。

セバスチャン　　　　　　　　　　頼む。わたしの方は
生れついての怠惰で引き潮専門だからね。

アントーニオ　　　　　　　　　ばかな！
ちゃんと白状してしまいなさいよ、そうやって茶化しながら
茶化した望みを自分の胸にじっと秘めている、裸に脱いだと
220 みせかけてじつは衣で大事に温(あっ)めてる。引き潮の男とやらは
往々にして水底(みずそこ)深く沈んでしまいがちだが、それというのも
己の恐怖、怠惰のせい。

セバスチャン　　　　　その先を聞かせてくれないか。
お前の目、お前の顔、ただならぬその気配から、確かに
重大な話だな。さぞかし難産、いかにも
口に出すのが苦しげだが。

225 アントーニオ　　　　　よろしいですか。
ここのご老体はもの覚えも怪しい、ま、土の中に
葬られれば覚えててくれる人ももういない、
そんな男の話などなにほどのこともあるまいが、
この説得専門の説得居士は、どうやら
230 王子は生きているなどと王を説得した、ですがねえ、
王子が溺れ死んでいないとすれば、このご老体が
眠ったままで泳ぎ出しましょうよ。

セバスチャン　　　　　　　　確かに望みはないな、

---

yield = deliver.　**226 this lord**　i.e. Gonzalo.　Ferdinand が無事であることを説得したのは *ll*. 109–10 の Francisco であるが特にこだわるほどのことではない．**228 earthed** = buried.　**230 the King**　*l*. 228 の persuaded に続く．

That he's undrowned.

ANTONIO   O, out of that no hope
What great hope have you. No hope that way is
Another way so high a hope that even
Ambition cannot pierce a wink beyond,
But doubts discovery there. Will you grant with me
That Ferdinand is drowned?

SEBASTIAN   He's gone.

ANTONIO   Then tell me,
Who's the next heir of Naples?

SEBASTIAN   Claribel.

ANTONIO She that is Queen of Tunis; she that dwells
Ten leagues beyond man's life; she that from Naples
Can have no note unless the sun were post —
The man i'th'moon's too slow — till new-born chins
Be rough and razorable. She that from whom
We all were sea-swallowed, though some cast again,
And by that destiny, to perform an act
Whereof what's past is prologue, what to come
In yours and my discharge.

SEBASTIAN What stuff is this? How say you?
'Tis true my brother's daughter's Queen of Tunis,
So is she heir of Naples, 'twixt which regions

---

236 pierce a wink = catch a glimpse. **237 doubts discovery there** i.e. is uncertain of seeing clearly even there. (*Riverside*) **241 leagues** ⇨ 1.2.145 note. **242 note** = information. **242 the sun, 243 th'moon** cf. 'The point is that the moon requires a month to complete its cycle, whereas the sun takes only a day.' (Orgel) **242 post** = messenger. **243 The man i'th'moon** ⇨ 2.2.122–23 note. **244 razorable** Sh の

王子が生きているという。
アントーニオ　　　　　　そうら、その望みなしから
　　あなたの大きな望みが生れる。向こうに望みがなければ
235　こっちの望みは空高く舞い上る、どんなに高望みしようと
　　その先遠く目が届かないほど、雲の上の上の
　　茫漠たる世界。どうです、ファーディナンドは確かに
　　溺れ死んでいる。
セバスチャン　　死んだとも、あいつは。
アントーニオ　　　　　　　　　　そんならどうなります、
　　次のナポリ王位の後継者は？
セバスチャン　　　　　　　クラリベル。
240 **アントーニオ**　テュニスの王妃のクラリベル、住むのは人間一生の
　　旅より遠くさらに十リーグの彼方、ナポリから知らせを
　　届けるとなりゃ太陽を急使に雇わぬ限りまずは無理、なにしろ
　　月では遅すぎるから、それ生れたばかりの赤ん坊が顎に
　　ごわごわの鬚が生えて剃刀で当ろうかって話だ。帰りの船旅では
245　全員海に呑まれ、こうして岸に打ち上られた者は数えるばかり。
　　幸か不幸かその運命のおかげで、さて行動を起すとなれば、
　　これまでの幕はほんの前座の前口上、この先の展開こそが
　　あなたの出番、わたしの役割。
セバスチャン　どういう話だ？　何が言いたい？
250　確かにわが兄の娘はテュニスの王妃にして
　　ナポリの世継ぎ、両国の間には

---

coinage か？ (*OED* で唯一の例.) **She that from whom** i.e. she in coming from whom. **245 cast** = cast up on shore. **again** = back. **246 perform, act, 247 prologue** theatrical term の連続. **248** 6 音節の short line. **discharge** = execution; performance (theatrical). **249** 'What stuff is this?' と 'How say you?' の間に 3 音節の間. **stuff** = matter. = nonsense の解もあるが Sebastian はもう積極的.

There is some space.

ANTONIO A space whose every cubit
Seems to cry out, 'How shall that Claribel
Measure us back to Naples? Keep in Tunis,
And let Sebastian wake.' Say this were death   255
That now hath seized them, why, they were no worse
Than now they are. There be that can rule Naples
As well as he that sleeps; lords that can prate
As amply and unnecessarily
As this Gonzalo. I myself could make   260
A chough of as deep chat. O, that you bore
The mind that I do. What a sleep were this
For your advancement. Do you understand me?

SEBASTIAN Methinks I do.

ANTONIO And how does your content
Tender your own good fortune?

SEBASTIAN I remember   265
You did supplant your brother Prospero.

ANTONIO True.
And look how well my garments sit upon me,
Much feater than before. My brother's servants
Were then my fellows, now they are my men.

SEBASTIAN But, for your conscience?   270

ANTONIO Ay, sir; where lies that? If it were a kibe
'Twould put me to my slipper; but I feel not

---

252 cubit 正式には肘から中指の先端まで．約 17〜21 inches.　**254 Measure us** i.e. traverse us (= cubits).　**Keep** = stay.　**255 Say** = suppose.　**this** i.e. this sleep.　**256–57 they ... they are** cf. 'Sleep is the image of death.' (Tilley S 527) **256 were** = would be.　**257 There be** be は indic. pres. pl.　**that** = those who.

　　　　　かなりの距離がある。
　アントーニオ　　　　　その距離のひと足ひと足が
　叫んでますよ、「一歩一歩を踏みしめてクラリベルが
　ナポリまで帰ることがあるものか。テュニスで結構、代りは
255　のうのうと寝ているセバスチャンだ」。どうです、
　いまこの連中を攫まえてるのが死神だったとしたら、え、
　じっさい死んだも同然のこの姿。ナポリを統治する能力は
　寝ているお方だけのものではない。家臣だっておりますよ、
　このゴンザーロぐらいの無駄口をたっぷり叩いて
260　お釣りの出るような。このわたくしだってそのぐらいの
　深遠なおしゃべりはりっぱにやって進ぜよう。ああ、あなたに
　わたしの心があったなら。ああこの眠り、あなたの栄達のための
　この眠り。まだ飲み込めませんか、わたしのこの気持？
　セバスチャン　どうやら飲み込めたようだ。
　アントーニオ　　　　　　　　　　で、肝心のあなたの
　お気持はどうなんです、この幸運への。
265　**セバスチャン**　　　　　　　　そう言えばお前は
　実の兄のプロスペローを追い出して。
　アントーニオ　　　　　　　　　そのとおり。
　ご覧なさいな、この衣裳、ちゃんとこの身に納って、
　前の人よりずっとよく似合う。兄の召使は
　わたしの同僚だったが今はわたしの家来だ。
270　**セバスチャン**　しかしお前の良心の方は？
　アントーニオ　良心ねえ。でもそいつはどこにいる。 皸(あかぎれ)だったら
　スリッパを履かにゃならん。だがねえ、その神さまは

---

260 myself . . . make = turn myself into.　**261 chough** [tʃʌf] = jackdaw.　**deep** ironical.　**264 content** = inclination.　**265 Tender** = care for.　**268 feater** = more becomingly.　**270**　short line.　?は本版。ダッシュの版もあるが、いずれにせよ間がほしい．**for** = as for; what about.　**272 put me to**　i.e. force me to wear.

94   THE TEMPEST

This deity in my bosom. Twenty consciences,
That stand 'twixt me and Milan, candied be they,
And melt ere they molest. Here lies your brother,   275
No better than the earth he lies upon,
If he were that which now he's like, that's dead;
Whom I, with this obedient steel, three inches of it,
Can lay to bed for ever; whiles you, doing thus,
To the perpetual wink for aye might put   280
This ancient morsel, this Sir Prudence, who
Should not upbraid our course. For all the rest,
They'll take suggestion as a cat laps milk;
They'll tell the clock to any business that
We say befits the hour.

SEBASTIAN   Thy case, dear friend,   285
Shall be my precedent. As thou gotest Milan,
I'll come by Naples. Draw thy sword. One stroke
Shall free thee from the tribute which thou payest,
And I the King shall love thee.

ANTONIO   Draw together.
And when I rear my hand, do you the like,   290
To fall it on Gonzalo.

SEBASTIAN   O, but one word.

Enter Ariel with music.

ARIEL   My master through his art foresees the danger

---

273 Twenty 漠然と多数. **274 Milan** ⇨ 1.2.109 note. **candied** = sugared. 諸注ではむしろ = congealed の方が多いが Kermode, *Riverside* とともに前者を採る. cf. *Hamlet* 3.2.64. **275 melt** = melted. cf. Abbott 342/472. **279 doing thus** Gonzalo を刺す仕草. **280 wink** = sleep. **for aye** [éi] = forever. **281 ancient** = old. **morsel** = remnant (Schmidt) of a meal. **282 Should** = would surely. **For** = as for. **283 suggestion** = prompting (to evil). **284 tell the clock** = count the stroke

　　　　わたしの胸にいる気配はない。わたしとミラノ大公との間で
　　　　良心とやらがうじゃうじゃ邪魔をしようと、砂糖をまぶしゃ
275　　苦い味などとろけてしまう。それ、ここの兄じゃ人、
　　　　こうして土の上に伸びておいでだが、土とまるで変りなし、
　　　　今のこのお姿のままなら、つまり死人だ。
　　　　ここに言うことの聞く白刃がある、長さ三インチ、
　　　　こいつをぐさりでもはや永遠の眠りの床、それであなたはですな、
280　　これこうやって下されば、死に損ないのこの老いぼれの残り滓、
　　　　この慎重居士も永遠に目を開けることはない、二人の
　　　　行動を非難できるはずもない。残りの奴らはなあに、
　　　　誘いに乗ること猫がミルクをなめるが如し、
　　　　時計を数えるのと一緒ですよ、こっちの都合の時間に合わせて
　　　　なんにだってボーン、ボン。
285　**セバスチャン**　　　　　　　お前はわたしの腹心、
　　　　お前のやり方に倣おう。お前はミラノを手に入れ、
　　　　わたしはナポリだ。剣を抜け。その一撃、
　　　　それでお前の納める年貢は免除される。わたしは
　　　　ナポリ王としてお前を見捨てることはない。
　　　アントーニオ　　　　　　　　　　　　一緒に抜きましょう。
290　　わたしが剣を振り上げる、あなたも剣を振り上げる、
　　　　さ、ゴンザーロの上に。
　　　セバスチャン　　　　　その前にちょっとひと言。
　　　　　　エアリエルが音楽を奏しながら登場。
　　　エアリエル　ご主人さまは魔法の力でお見通し、大事な味方の

---

of the clock.（Onions）　**290 rear** = raise.　**291 fall it** = let it fall. vi. を vt. に使った例.　**O, but one word.** 登場する Ariel に一時舞台を預ける. [*They talk apart.*] などの SD を付する版もある. **291.2** F1 の SD は 'Enter Ariell with Musicke and Song.'. 'Song' の方は *l*. 294.2 の anticipatory. 'Musicke' は 'band of musicians' の解もありうるが 'Song' との続き具合からやはり 1.2.373.2 と同じく lute の演奏ということであろう. '*invisible*'（Capell）の説明は不要（cf. *l*. 178.2 note）.

That you, his friend, are in; and sends me forth —
For else his project dies — to keep them living.
[*Sings in Gonzalo's ear*]

>While you here do snoring lie, 295
>Open-eyed conspiracy
>>His time doth take.
>If of life you keep a care,
>Shake off slumber and beware,
>>Awake, awake. 300

ANTONIO Then let us both be sudden.
GONZALO [*waking*]   Now, good angels
Preserve the King.   [*They wake.*]
ALONSO Why, how now, ho, awake! Why are you drawn?
Wherefore this ghastly looking?
GONZALO   What's the matter?
SEBASTIAN Whiles we stood here securing your repose, 305
Even now, we heard a hollow burst of bellowing
Like bulls, or rather lions; did't not wake you?
It strook mine ear most terribly.
ALONSO   I heard nothing.
ANTONIO O, 'twas a din to fright a monster's ear,
To make an earthquake. Sure it was the roar 310
Of a whole herd of lions.
ALONSO   Heard you this, Gonzalo?
GONZALO Upon mine honour, sir, I heard a humming,
And that a strange one too, which did awake me.

294.2 [*Sings ... ear*] F1 の SD (redundant). **295–300** trochaic tetrameter (行末の「弱」欠) と iambic dimeter の 6 行. rhyme-scheme は a a b c c b. **297 His** ⇨ 1.2.295 note. **time** = opportunity. **301 [*waking*]** Dyce の SD. **302** 4 音節. [*They*

あなたに危険が迫っているとわたしを送ってよこした。みんなに
生きていてもらわないとせっかくの計画が死んでしまうんだとさ。
［ゴンザーロの耳もとで歌う］

295 　　　ここであんたは大いびき、
　　　　だが陰謀の方の目は爛々、
　　　　　今か今かと。
　　　　そうら、命を大事にしなさいよ、
　　　　眠気を払ってご用心、
300 　　　起きろよ起きろ。

アントーニオ　じゃいいですね、ここでぐさっと。

ゴンザーロ［目を覚まして］　　　　　　　　　　天使たちよ、
王を護らせたまえ。　　　　　　　　　　　　　［一同目覚める］

アロンゾー　どうした、どうした、みんな起きろ！　おや、その剣は？
そんなおびえた顔をして？

ゴンザーロ　　　　　　　　何事です、その剣は？

305 **セバスチャン**　寝ている皆さんをここで警護しておりますと、
今の今、空中にこだまする突然の唸り声、
牡牛か、はたまたライオンか、それで目を覚ましたのでは？
この耳にいやなんとも恐ろしい。

アロンゾー　　　　　　　　　　なにも聞かなかったが。

アントーニオ　それはもう恐怖も恐怖、あれには怪物も耳を塞ぎ、
310 大地も震え上がろうという。まさしくライオンの大群の
大挙した吠え声に相違ない。

アロンゾー　　　　　　　　　　聞いたか、ゴンザーロ？

ゴンザーロ　いやいや、わたくしの聞いたのは歌声、
それも不思議な歌声で、それで目が覚めました。

---

wake.］のための間．SD は Rowe．**303 awake!**　！は F1 の？の転換．**304 ghastly** = full of terror．**305 securing** = guarding．**306 Even now** = just now．**308 strook** = struck．

I shaked you, sir, and cried. As mine eyes opened,
I saw their weapons drawn. There was a noise, 315
That's verily. 'Tis best we stand upon our guard,
Or that we quit this place. Let's draw our weapons.
ALONSO Lead off this ground, and let's make further search
For my poor son.
GONZALO Heavens keep him from these beasts,
For he is, sure, i'th'island.
ALONSO Lead away. 320
ARIEL Prospero my lord shall know what I have done;
So, King, go safely on to seek thy son. [*Exeunt.*]

[2.2] *Enter Caliban with a burden of wood.*
A noise of thunder heard.

CALIBAN All the infections that the sun sucks up
From bogs, fens, flats, on Prosper fall, and make him
By inch-meal a disease. His spirits hear me,
And yet I needs must curse. But they'll nor pinch,
Fright me with urchin-shows, pitch me i'th'mire, 5
Nor lead me like a firebrand in the dark
Out of my way, unless he bid'em. But
For every trifle are they set upon me;
Sometime like apes that mow and chatter at me
And after bite me, then like hedgehogs which 10

---

314 shaked = shook. (Franz 170) **316 verily** be の補語に adv. が用いられた例. **321, 322** 場面を締める couplet. 4.1.123, 124 にも concluding couplet がみられるが (cf. 4.1.123 補③), *The Tempest* は rhyme が極端に少ない作品である. [2.2] **0.1** F1 の SD. **0.2** F1 の SD (括弧つき), 0.1 に続けて 1 行に. これを anticipatory としてたとえば *l.* 3 の 'By inch-meal a disease.' の後に置く編纂もあるが ('Caliban takes the thunder as a threatening response to his curse.' [Orgel]),

　　　　　早速陛下をばゆすり起して叫び声を上げました次第。すると
315　　なんと目の前にお二人の白刃(しらは)の剣が。音はいたしましたとも、
　　　　　たしかに物音が、われら一同警護を固めるが肝心、
　　　　　できればこの場所を離れましょうぞ。皆々、さ、剣を抜いて。
アロンゾー　行こうここから、あわれな息子の捜索をこの先
　　　　続けなくては。
ゴンザーロ　　　　神よ、王子を猛獣どもからお護り下さい、
　　　　きっとこの島においでに違いない。
320 **アロンゾー**　　　　　　　　　　　さ、先に立て。
エアリエル　ご主人さまに知らせよう、わたしのこの働きを。
　　　　それでは王さま、無事に王子の捜索を。　　　　　　[全員退場]

[2.2]　　キャリバンが薪(たきぎ)を背負って登場。
　　　　　遠くに雷鳴。
キャリバン　おてんとさまが沼やら沢やら溝(どぶ)の中から吸い上げた
　　　　毒気という毒気がみんなプロスペローに降りかかれ、体が
　　　　一寸刻みにじわじわと腐ってしまえ。手下の妖精たちが聞いて
　　　　いようと、呪いをかけずにいられるものか。だがなあ、あいつらは
5　　　　おれを抓(つね)る、小鬼に化けておどす、泥の中に抛(ほう)り込む、
　　　　ちかちか狐火をともして闇夜に道を迷わせる、
　　　　それもこれもみんなあいつの命令だ。ほんの小っちゃな
　　　　ことにもいちいちあいつらをけしかけておれをいじめさせる、
　　　　猿に化けて歯をむいてキイキイわめいて
10　　　はてはおれに嚙みつく、今度は針鼠になっておれの裸足の

少々穿ち過ぎ. **2 flats** = swamps.　**Prosper** [próspə]　F1 の綴り、リズムの上から 2 音節. Caliban の忌々しさが籠められているか(?). **fall**　願望の subj.. **3 By inch-meal** = inch by inch.　**4 needs** ⇨ 1.2.108 note.　**4–6 nor . . . Nor** ⇨ 1.2.147 note.　**5 urchin-shows** = elf-like apparitions.　**6 firebrand**　「松明」のような狐火.　**9 Sometime** = sometimes. *l*. 12 の 'Sometime' も同じく.　**mow** [mau] = make mouths.　**10 after** ⇨ 1.2.184 note.

Lie tumbling in my barefoot way and mount
Their pricks at my foot-fall. Sometime am I
All wound with adders, who with cloven tongues
Do hiss me into madness.

Enter Trinculo.

                Lo now, lo,
Here comes a spirit of his, and to torment me   15
For bringing wood in slowly. I'll fall flat.
Perchance he will not mind me.

TRINCULO Here's neither bush nor shrub to bear off any weather
at all, and another storm brewing. I hear it sing i'th'wind; yond
same black cloud, yond huge one, looks like a foul bombard   20
that would shed his liquor. If it should thunder as it did before,
I know not where to hide my head. Yond same cloud cannot
choose but fall by pailfuls. What have we here? A man or a
fish? Dead or alive? A fish, he smells like a fish; a very ancient
and fish-like smell; a kind of not-of-the-newest poor-John; a   25
strange fish. Were I in England now, as once I was, and had but
this fish painted, not a holiday-fool there but would give a piece
of silver. There would this monster make a man; any strange
beast there makes a man. When they will not give a doit to
relieve a lame beggar, they will lay out ten to see a dead Indian.   30

---

11 mount = raise. **13 wound** [waund] **with** = entwined by. **17** short line で prose に移る．次にたとえば [*He lies down and covers himself with his cloak.*] (Orgel) を補う編纂もあるが，*l*. 16 の 'I'll fall flat.' (internal SD) で十分．**Perchance** = perhaps. **mind** = notice. **18 bear off** = keep off. **19 brewing** *l*. 20 の bombard への縁語にもなる．**20 same** this (these), that (those) などの demonstratives や，またここのように 'yond(er)' を強める．**yond** = yonder. **bombard** = leather jug or bottle for liquor.（本来は cannon の意味，その形から．） **21 his** ⇨ 1.2.295 note. **24 ancient** = stale. **25 poor-John** dried, salted hake. common food for the poor.

道にごろごろ待ち伏せて針を立てておれの足の裏を
ちくちく刺す。体じゅうに毒蛇がいっぱい
からみついて先の割れた舌でシュッシュッて音を立てるから
おれはもう気が狂いそうになる。

　　　　トリンキュロー登場。

　　　　　　　　　　　　　　　　ほうらまた来たぞ、
あいつの妖精だ、おれをまたいじめる気だ、
薪（たきぎ）を運ぶのが遅いって。そうだ、平らになって隠れていよう、
気がつかずに行くかもしれない。

トリンキュロー　藪（やぶ）もなければ茂みもない、これじゃ雨風もまるで凌げない、なのにもうひと荒れ来そうな気配だ。風が嵐の歌を歌ってる、向こうの黒い雲はむくむくとでっかくて、まるで薄汚い酒の革袋、今にも中味の酒をぶちまけそうだ。さっきみたいな雷が来たひにゃ、さあて頭をどこに隠したらいいのやら。どうだ、あの雲の恰好は、降るとなったら桶をひっくり返したようなどしゃ降りに決ってる。おっと、これは何だ？　人間か、魚か？　死んでるのか、生きてるのか？　うん魚だ、魚の臭いがする。ずいぶんと黴くさい魚の臭いだ、ま、なんだな、かなり古くなった干鱈（ひだら）っていうか、とにかく珍妙な魚だ。ここがイギリスだったら、おれは以前あそこで暮してたことがあるが、見世物にこの魚の看板を掛けただけで、縁日見物の阿呆どもが銀貨一枚木戸銭に払うだろうて。あそこじゃこの化物でひと財産だ。ちんばの乞食（びた）には鐚一文恵まんくせに、死んだインディアン見物には十枚重ねて散財しようって奴らだ。脚が生えてるぞ、人間並みに、両鰭（ひれ）は腕みた

---

26 Were I in England　以下の諷刺（くすぐり）はたとえば *Hamlet* 5.1.134– などに同じ。**27 painted**　paint は「絵看板に描く」。**holiday-fool**　Ben Jonson の *Bartholomew Fair* に出る Bartholomew Cokes などその典型。**but** = that . . . not.
28 make a man = make a man's fortune.　**29 doit**　オランダの通貨で England では 1/2 farthing（1 farthing = 1/4 penny）。まさしく「鐚一文」。**30 lay out** = expend.
Indian　Sir Martin Frobisher は 1576 年と 1577 年に American Indians を生捕りにして連れて帰り見世物にした．

新大陸とシェイクスピア

15世紀末コロンブスが新大陸に到着してから、ヨーロッパの白色人種はこの広大な大陸をたちまち植民地化していく。イベリア両国に後れをとったイギリスはエリザベス女王朝に入ってにわかにアメリカに目を向けた。サー・ジョージ・サマーズの「海洋冒険号」(cf. p. xxi) はその1例に過ぎない。だがその植民地化の負の面を、シェイクスピアの相対的な視線はけして見逃すことがなかった。

The Tempest 批評は18世紀的「崇高と美」の後を受けて、19世紀から20世紀へと長く寓意的、象徴主義的解釈が主流であったが、20世紀も後半に入ると、折からのポスト・コロニアリズム(脱植民地主義)に触発されて、その恰好の先陣に躍り出た。右は1590年出版の新大陸紹介のAmerica (第1巻) からの彫版画。右上で、長い鬚を蓄えたヨーロッパ人が食人種の饗宴に驚怖の目を向けている。彼はひたすらに神に祈りを捧げるほかないであろう。だがシェイクスピアがこの絵に接することができたなら、彼はそのキリスト者に、逆に、caniball(e) の anagram (cf. p. 4, l. 13 note) の Caliban を重ね合わせることができたに違いない。

Legged like a man, and his fins like arms. Warm, o'my troth. I do now let loose my opinion, hold it no longer; this is no fish, but an islander, that hath lately suffered by a thunderbolt.

[*Thunder.*]

Alas, the storm is come again. My best way is to creep under his gaberdine; there is no other shelter hereabout. Misery ac- 35
quaints a man with strange bedfellows. I will here shroud till the dregs of the storm be past.

Enter Stephano singing, a bottle in his hand.

STEPHANO I shall no more to sea, to sea,

---

31 o'my troth = by my faith.   troth = truth.   **32 let loose** = abandon.   **33 suffered** = perished.   [***Thunder.***] Capell の SD.   **34 again** ⇨ 1.1.44 note.   **35 gaberdine** = cloak of coarse cloth.   Shylock の着衣 (*The Merchant of Venice* 1.3.104).   **36 shroud** = take shelter.   **37 dregs**   i.e. the last drops of liquor.   cf. bombard (*l*. 20).

研究社の本
http://www.kenkyusha.co.jp

● 基本語重視、使いやすさにもこだわった新版
ライトハウス和英辞典 [第5版]
小島義郎・竹林 滋・中尾啓介・増田秀夫〔編〕
B6変型判 2色刷／2,730円／978-4-7674-2214-5

● 基礎の確認に、入試対策に　最新の6万7千語
ライトハウス英和辞典 [第5版]
B6変型判 2色刷 CD1枚付／3,045円／978-4-7674-1505-5

ライトハウスの上級辞典
収録語句約10万。
大学入試やTOEIC®テスト受験者に最適の辞典。
ルミナス英和辞典 [第2版]
B6変型判 2色刷／3,360円／978-4-7674-1531-4

明解な語法と約10万の最新語彙。
入試・実用に広く使える。
ルミナス和英辞典 [第2版]
B6変型判 2色刷／3,570円／978-4-7674-2229-9

[CD-ROM版] ルミナス英和・和英辞典　8,820円／978-4-7674-7207-2

総収録語数10万超。累計で1200万部を超える本格派辞典！
新英和中辞典 [第7版]
・並装　3,360円／978-4-7674-1078-4
・革装　5,250円／978-4-7674-1068-5

携帯版和英辞典最大級の18万7千項目！
新和英中辞典 [第5版]
・並装　3,780円／978-4-7674-2058-5
・革装　5,565円／978-4-7674-2048-6

IT用語からシェイクスピアまで、収録項目26万。
新英和大辞典 [第6版]
・並　装　18,900円／978-4-7674-1026-5
・背革装　22,050円／978-4-7674-1016-6
・EPWING版 CD-ROM　16,800円／978-4-7674-7203-4

収録項目約48万。日本語用例も多彩で豊富。
新和英大辞典 [第5版]
・並　装　18,900円／978-4-7674-2026-4
・背革装　22,050円／978-4-7674-2016-5
・EPWING版 CD-ROM　16,800円／978-4-7674-7201-0

EPWING版 CD-ROM　研究社 新英和大辞典 ＆ 新和英大辞典　26,250円／978-4-7674-7204-1

専門語から新語まで27万語をコンパクトに収録。
リーダーズ英和辞典 [第2版]
松田徳一郎〔編〕　・並装 7,980円／978-4-7674-1431-7
・革装 10,500円／978-4-7674-1421-8

『リーダーズ英和辞典』を補強する19万語。
リーダーズ・プラス
松田徳一郎 ほか〔編〕
・B6変型判 10,500円／978-4-7674-1435-5

CD-ROM Windows 版　リーダーズ＋プラス GOLD　10,500円／978-4-7674-7205-8
DVD-ROM Windows 版　電子版 研究社 英語大辞典　31,500円／978-4-7674-7206-5

Web英語青年
英語・英文学研究に関心のある方のためのオンラインマガジン
● 閲覧無料　● 毎月1日更新

http://www.kenkyusha.co.jp からアクセスできます。

研究社の本
http://www.kenkyusha.co.jp

■新刊■見出し語4万5千。近代の学術用語も収めたコンパクトなラテン語辞典
羅和辞典 [改訂版]
水谷智洋〔編〕 四六判 914頁／6,300円／978-4-7674-9025-0
古ラテン語から近代の学術用語まで幅広く収録、古典語学習者のみならず宗教音楽や動植物の学名などに関心のある方にも便利。カナ表示付きで人名・地名等の固有名も多数収録。

■新刊■「アラフォー(2008年の流行語大賞)」「マジありえねー」
いまどきのニホン語を英語にする「ネタ系」和英辞典
いまどきのニホン語 和英辞典
俗語・流行語・業界用語〜なにげに使ってるコトバを英語にしてみる
デイヴィッド・P・ダッチャー〔編著〕 研究社辞書編集部〔編〕
四六判 248頁／1,890円／978-4-7674-9104-2
「おサイフケータイ」「彼女いない歴」「いじられキャラ」など、流行語・業界用語・口語表現のあれこれを集めた雑学ネタ系和英辞典。リアルな日本語を映す語彙・例文を収録。

■新刊■翻訳者だからわかる、ほんとうは言いたくない、翻訳の秘密。
翻訳の秘密 翻訳小説を「書く」ために
小川高義〔著〕 四六判 240頁／1,785円／978-4-327-45219-3
アーサー・ゴールデン『さゆり』では京都弁を使いこなして訳出し、ジュンパ・ラヒリ『停電の夜に』を大ベストセラーに押し上げた、名翻訳者が教える「翻訳の秘密」。

翻訳の技法	英文翻訳を志すあなたに	飛田茂雄〔著〕 四六判 200頁／1,785円／978-4-327-45122-6
翻訳の基本	原文どおりに日本語に	宮脇孝雄〔著〕 四六判 192頁／1,785円／978-4-327-45141-7
創造する翻訳	ことばの限界に挑む	中村保男〔著〕 四六判 244頁／2,100円／978-4-327-45146-2

■シリーズ500万部突破！ 英会話教本の超定番。CD付き。
アメリカ口語教本
＜最新改訂版＞
W. L. クラーク〔著〕 各巻CD付き

入門用	A5判 192頁／1,995円／978-4-327-44087-9 英検3級〜準2級・TOEIC300〜450レベル	中級用
初級用	A5判 268頁／2,415円／978-4-327-44088-6 英検準2級〜2級・TOEIC 400〜600レベル	上級用

■英語の思考回路が身につく、ひとクラス上の会話書。「中級編」全面改訂！
必ずものになる **話すための英文法** [CDブック] 市橋

● Step 5 [中級編Ⅰ] 978-4-327-45211-7 ● Step 6 [中級編Ⅱ] 978-4-327-45212-4

| 既刊 6冊 | 四六判 148〜156頁 各巻1470円 | ● 超入門編(上巻) 978-4-327-45201-7 ● 超入門編(下巻) 978-4-327-45202-5 | ● Step 1 [入門編Ⅰ] 978-4-327-45... ● Step 2 [入門編Ⅱ] 978-4-327-45... |

■新刊 ■1日1冊、余裕で読める! 特別な「才能」も「努力」も一切不要な速読法。
究極の速読法 リーディングハニー® 6つのステップ
松崎久純〔著〕 四六判210頁／1,470円／978-4-327-37726-7
「リーディングハニー」は、ちょっとした工夫で誰にでも習得ができる速読法です。「速読」を妨げているものをハッキリとさせ、6つのステップでその習得を可能にします。

■一見やさしそうなイディオムも使い方には要注意!
日本人が使えない 英語の重要フレーズ125
ジョン・ビントリフ、森田久司〔著〕 A5判158頁 CD付／1,680円／978-4-327-45218-6

日本人が知らない 英語の必須フレーズ150
このイディオムがわかれば、あなたもネイティブ・レベル
ジョン・ビントリフ、森田久司〔著〕 A5判192頁／1,575円／978-4-327-45205-6

■新刊 あなたは、日本語で、自分らしく語れますか
「私」を生きるための言葉 日本語と個人主義
泉谷閑示〔著〕 四六判192頁／1,470円／978-4-327-37815-8
すべての人間は透明な言葉を生むようにできている——。気鋭の精神科医が豊富な臨床経験をもとに日本語に潜む神経症性を徹底分析。借り物でない言葉とは何なのかを探求する。

■新刊 既存文法と言語の現実とのギャップを埋める
英語動詞の統語法 日英語比較の新たな試み
秦　宏一〔著〕 A5判300頁／3,675円／978-4-327-40153-5
英語の文法は一つではない。本書では現代英語のあるがままの姿を直視した上で徹頭徹尾日本人の観点から英文法を解説する。

/2,730円／978-4-327-44089-3
準1級・TOEIC 500〜750レベル

/3,150円／978-4-327-44090-9
TOEIC 700〜レベル

頁　各巻1,575円
初級編Ⅰ〕978-4-327-45195-9
初級編Ⅱ〕978-4-327-45196-7

携帯電話でリーダーズ英和辞典が引ける!
リーダーズ＋プラス英和辞典（46万語収録）に毎月約1,000語の新語を追加!

英語を引いたらすぐに携帯電話の辞書検索サイトへ。
簡単な操作で手軽に辞書を引くことができます。

【NTTドコモiモード】 メニューリスト → 辞書・便利ツール → 辞書 → 携帯リーダーズ
【au EZweb】 EZトップメニュー → カテゴリーで探す → 辞書・便利ツール → 研究社英語辞典
【SoftBank yahoo!ケータイ】 メニューリスト → 辞書・ツール → 辞書 → 研究社英語辞書＋

研究社のホームページ リニューアル！

無料 辞書検索サービス 開始！

http://www.kenkyusha.co.jp

ルミナス英和辞典 第2版
▶ 収録語句約10万。
大学入試やTOEIC®テスト受験者に最適の辞典。

ルミナス和英辞典 第2版
▶ 明解な語法と約10万の最新語彙。
入試・実用に広く使える。

★電子版ならではの、各種検索が可能となりました。
さらに、英語を使って活躍する方々へのインタビューなど、新しいコンテンツの連載も始まりました。

研究社のオンライン辞書検索サービス・・・・・・KOD

KOD
[ケー オー ディー]

定評ある18辞典を自在に検索、引き放題。毎月最新の語彙を追加。

新会員募集中！

定評のある研究社の18辞典＋「大辞林」（三省堂）が24時間いつでも利用可能。毎月、続々と追加される新項目を含め、オンラインならではの豊富な機能で自在に検索できます。
270万語の圧倒的なパワーをぜひ体感してください。
＊6ヶ月3,150円（税込み）から

http://kod.kenkyusha.co.jp

◎図書館や団体でのご加入・公費対策など、お問い合わせはお気軽にどうぞ。

● この出版案内には2009年3月現在の出版物から収録しています。
● 表示の価格は定価（本体価格＋税）です。重版等により定価が変わる場合がありますのでご了承ください。
● ISBNコードはご注文の際にご利用ください。

〒102-8152 東京都千代田区富士見2-11-3 TEL 03(3288)7777 FAX 03(3288)7799 [営業

[2.2]

いだぞ。うん、あったかい、確かにあったかい。うん、先の見解は撤回する、あれはもう取り消しだ、これは魚類ではない、島の住人だ、さっきの雷にやられて伸びちまったんだ。　　　　　　　　　　［雷鳴］

くわばら、くわばら、嵐のやつが戻ってきやがった。こいつの上っ張りの下にもぐり込むのがいちばんだ、ほかに隠れ場所がないからな。そりゃ人間落ちぶれりゃだれとだって寝ますとも。ま、雲の酒袋が嵐で全部空になるまでここに隠れてましょうと。

　　　ステファノーが歌いながら登場、手に酒瓶を持つ。

ステファノー　海に出るのはよしにして、

37.2 *a bottle in his hand* Capell の SD. bottle は最小限必要な小道具. **38**　F1 は *l*. 39 を続けて 1 行に印刷. iambic tetrameter と iambic trimeter の 2 行に編纂したのは Capell. 以来この lineation が定着した. 'more' と 'ashore' の rhyme は行末に生かせていないが, [ʃ] の alliteration が小唄ふうに軽快. **shall**　助動詞の後の動詞 (go) の省略, 方向を示す phrase (to sea) があるので落ちやすい.

            Here shall I die ashore —
This is a very scurvy tune to sing at a man's funeral. Well, 40
here's my comfort. [*Drinks.*]
[*Sings*] The master, the swabber, the boatswain and I,
        The gunner and his mate,
    Loved Mall, Meg, and Marian and Margery,
        But none of us cared for Kate. 45
        For she had a tongue with a tang,
        Would cry to a sailor, 'Go hang!'
    She loved not the savour of tar nor of pitch,
    Yet a tailor might scratch her where'er she did itch.
        Then to sea, boys, and let her go hang. 50
This is a scurvy tune too; but here's my comfort. [*Drinks.*]
CALIBAN Do not torment me, O.

STEPHANO What's the matter? Have we devils here? Do you put tricks upon's with salvages and men of Ind? Ha, I have not 'scaped drowning to be afeard now of your four legs; for it hath 55 been said, as proper a man as ever went on four legs cannot make him give ground; and it shall be said so again while Stephano breathes at nostrils.

CALIBAN The spirit torments me, O.

---

41 [*Drinks.*] F1 の SD. **42–50** iambic 崩れの 4-stressed line の couplet 2 連に 3-stressed line の triplet と couplet を交えた. **42 swabber** 甲板を swab で洗う船員. **44 Mall** [mɔ́:l], **Meg, Marian, Margery** [m] の alliteration. Mall/Marian は Mary の, Meg/Margery は Margaret の愛称. **45 Kate** *The Taming of the Shrew* の「じゃじゃ馬」が Kate (Katherina). **46 tang** = sting. もちろん前の 'tongue' との pun. **47 Go hang** cf. 1.2.301 note. **48 tar, pitch** 本造の船体に用いられた. **49 tailor** sailor と両極端の「弱い男」の代表. cf. *A Midsummer Night's Dream* p. 2, *l*. 13 補. **51 [*Drinks.*]** F1 の SD. **54 upon's** = upon us. **salvages** = savages. cf. p. 4, *l*. 13 note. **men of Ind** = (American) Indians. **55 afeard** = afraid. **four legs**

　　　　　どうせ死ぬなら陸(おか)の上——

40　こいつは人間を葬るにはちょいとお粗末な歌だ。ま、おれには別口の
　　楽しみがあらあ。　　　　　　　　　　　　　　　　　　　［飲む］
　　［歌う］船長も掃除係も水夫長もおれも、
　　　　　　大砲ぶっぱなす砲手も相棒も、
　　　　　　ほれた女はいろいろとあるが、
45　　　　　ケイトにほれる男はいない。
　　　　　　口の荒いは世界一、
　　　　　　海の男もかたなしさ。
　　　　　　潮の匂いがお嫌いらしくて、
　　　　　　あそこを搔かせるのは青瓢箪(あおびょうたん)ときた。
50　　　　　なんだあんな女、こっちは海の男だ、海が待ってるぜ。
　　この文句もやっぱりお粗末だよなあ。だがおれにはこの楽しみ、この
　　楽しみ。　　　　　　　　　　　　　　　　　　　　　　［飲む］
キャリバン　いじめないでくれよう、いやだよう。
ステファノー　こいつは驚いた。悪魔の巣か、ここは。やい、野蛮人やイ
　　ンディアンをたぶらかそうたってお門違いだ。へっ、土左衛門から助
55　かったこのおれ様が、今さら四本脚を見てびくびくするわけがあるも
　　んか。おれは噂のおあにいさんだ、二本脚の、おっとここじゃ四本脚
　　か——ご立派なお侍がかかってこようと逃げも隠れもしねえってな。
　　どうだその噂をひとつ試してやろうか、ステファノーはこれこのとお
　　り鼻で息をして立ってらあ。
キャリバン　妖精がいじめるよう、いやだよう。

もちろん Caliban と Trinculo の脚．**56 as proper . . . four legs** cf. 'As good a man as ever trod on shoe (neat's) leather (as ever went on legs).' (Tilley M 66) ここでは (two) legs を *l*. 55 の 'four legs' に．訳もそのあたりの呼吸を加えてある．**57 give ground** = retreat.　**58 at nostrils**　[-t] との assimilation で at の後の the が脱落．F1 の 'at' nostrils' の省略符を Crane の sophistication として編纂から外した (cf. 1.1.55 note.) Rowe は 'at his nostrils' に校訂している．**59** Stephano は Caliban を踏みつけにしたか．あるいはほかにも演出の工夫のあるところ．

STEPHANO This is some monster of the isle with four legs, who hath got, as I take it, an ague. Where the devil should he learn our language? I will give him some relief if it be but for that. If I can recover him and keep him tame and get to Naples with him, he's a present for any emperor that ever trod on neat's leather.

CALIBAN Do not torment me, prithee. I'll bring my wood home faster.

STEPHANO He's in his fit now and does not talk after the wisest. He shall taste of my bottle; if he have never drunk wine afore, it will go near to remove his fit. If I can recover him and keep him tame, I will not take too much for him; he shall pay for him that hath him, and that soundly.

CALIBAN Thou dost me yet but little hurt; thou wilt anon, I know it by thy trembling; now Prosper works upon thee.

STEPHANO Come on your ways. Open your mouth; here is that which will give language to you, cat. Open your mouth; this will shake your shaking, I can tell you, and that soundly. You cannot tell who's your friend; open your chaps again.

 [Caliban drinks.]

TRINCULO I should know that voice. It should be — but he is drowned, and these are devils. O, defend me.

---

61 the devil 疑問の強め.　**62 that** i.e. learning our language.　**64–65 that ever … leather** cf. *l*. 56 note.　neat = cattle.　**68 after the wisest** = after the manner of the wisest; wisely.　**69 of** partitive.　**afore** = before.　**71 I will not take too much** i.e. I will take as much as I can get.（Kermode）　**72 and that soundly** Stephano の口癖.　**73 anon** = immediately.　**74 trembling** Stephano も *ll*. 52, 59 の Caliban の叫び声におびえている（'devils' [*l*. 53], 'monster' [*l*. 60] 参照）.　Wilson の 'The drunkard's hand shakes.'（*Cambridge 2*）は近代劇的.　**Prosper** ⇨ *l*. 2 note.　**75**

60 **ステファノー**　こいつはこの島の四本脚の怪物だ。ぶるぶる震えてるとこを見るとどうやら瘧(おこり)にかかったな。それにしてもどこでおれたちの言葉を習ったのか。気付薬をやるとしよう、とにかく言葉を学習しただけでも偉いじゃないか。瘧を直して飼いならしてナポリに連れて帰ろう、うん、世界じゅうのどんなお偉い皇帝陛下だってびっくり仰天の
65 　贈り物だぜ。

キャリバン　いじめないでくれよう、お願いだよう、もっとさっさと薪(まき)運びするからさあ。

ステファノー　発作を起しているから言うことがまるで支離滅裂だ。ようし、この瓶からひと口飲ませてやるか。酒を飲んだことがなきゃ、な
70 んとか発作が治まるかもしれんぞ。うまく直して飼いならしゃ、へ、儲けは莫大だぜ。買手には吹っかけてやるとも、そうさ、しこたま吹っかけてやるとも。

キャリバン　まだひどいことしてないが、そらすぐに始める気だ、そうやって震えてるからよくわかる、プロスペローがお前に魔法をかけたんだ。

75 **ステファノー**　こっちへ来いよ。さあ口を開けて、いいか野良猫、これを飲めば猫も口をきくって百薬の長だ。口を開けってば、そのぶるぶるもぶるぶるって退散する妙薬だ、ほんとだとも、そうさ絶対にほんとだとも。おいおい、こうみえてもおれはお前のためを思ってるんだぜ。ほら、もう一ぺんちゃんと顎を開きな。　　　　［キャリバンが飲む］

トリンキュロー　その声には聞き覚えが。あれはたしか——いや、あいつは溺れて死んでいるはず、となるとこいつらは悪魔だ。ひえーっ、助
80 　けてくれ。

Come on your ways = come along.　ways の -s は adverbial genitive.　**76 cat**　cf. 'Ale (Liquor) that would make a cat speak.' (Tilley A 99)　**77 shake** = shake off. 後の shaking (= trembling) と pun (polysemantic).　**and that soundly**　cf. *l*. 72 note. **77–78 You cannot tell**　i.e. you don't know.　**78 chaps** = chops; jaws.　**78.2** [*Caliban drinks.*] ⇨補.　**79 should** = ought to.　**80 defend me** = God defend me.

STEPHANO   Four legs and two voices; a most delicate monster. His forward voice now is to speak well of his friend; his backward voice is to utter foul speeches, and to detract. If all the wine in my bottle will recover him, I will help his ague. Come. Amen, I will pour some in thy other mouth. 85

TRINCULO   Stephano.

STEPHANO   Doth thy other mouth call me? Mercy, mercy. This is a devil and no monster. I will leave him, I have no long spoon.

TRINCULO   Stephano, if thou beest Stephano, touch me, and speak to me; for I am Trinculo. Be not afeard, thy good friend Trinculo. 90

STEPHANO   If thou beest Trinculo, come forth. I'll pull thee by the lesser legs. If any be Trinculo's legs, these are they. Thou art very Trinculo indeed. How camest thou to be the siege of this mooncalf? Can he vent Trinculos?

TRINCULO   I took him to be killed with a thunder-stroke. But art 95 thou not drowned, Stephano? I hope now thou art not drowned. Is the storm overblown? I hid me under the dead mooncalf's gaberdine for fear of the storm. And art thou living, Stephano? O Stephano, two Neapolitans scaped?

STEPHANO   Prithee, do not turn me about; my stomach is not con- 100 stant.

CALIBAN   These be fine things and if they be not sprites.

---

81 delicate = exquisitely made. **83 detract** = speak disparagingly. **84 help** = cure. **Amen** i.e. that's enough; that's the end.（Lindley） *Cambridge 2* は前に [*Caliban drinks again.*] の SD. **88 long spoon** long spoon は悪魔と食事するときの用意. cf. 'He must have a long spoon that will eat with the devil.'（Tilley S 771） **92 these are they** Trinculo 役者は短足だったのか（?）. **93 siege** = excrement; shit. **94 mooncalf** = monster; idiot. 誕生時に月の影響を受けたためとされた. *Bartholomew Fair* に出る屋台の女将 Ursula（小熊[座]）の給仕の名前が Mooncalf. **vent** = excrete. **96 hope** = think. **97 overblown** = blown over. **me** = myself. **102–04** F1

[2.2]

ステファノー 脚が四本に声が二つ、これはまた精巧な怪物だぜ。前の声はどうやら好意的のようだが、尻の方はまるでぞんざい、悪態を叩く口だ。ま、この瓶一本あらかた飲んで直るもんなら瘧(おこり)治療といくとするか。そら。ようし、今度は尻の方の口だ。

トリンキュロー ステファノー。

ステファノー 別口の方がおれの名前を呼んだぞ。くわばら、くわばら。こいつは悪魔だ、怪物なんかじゃねえや。逃げろ、悪魔の相手はおおいにくさま。

トリンキュロー おいステファノー。そうだお前はステファノー、さわってみてくれ、話をしてみてくれ。おれはトリンキュローだ。そんなに怖がらんでくれよ、親友のトリンキュローじゃないか。

ステファノー トリンキュローだ？ なら出てこいよ。ようし、短い方の脚を二本引っぱり出してやらあ。これだ、これはたしかにトリンキュローの脚だ。間違いない、お前はたしかにトリンキュロー。こうして尻の方から出てくるなんてお前はこの化物のうんこか、え。トリンキュローがぞろぞろ何本も出てくるってのか。

トリンキュロー おれはこいつを雷に打たれて死んじまった化物かと思ってた。だがステファノー、お前は溺れて死んだんじゃないんだな。どうやら死んではいないようだ。嵐はもう行っちまったのかい？ おれは雷が怖くてこの死んだ化物の上っ張りの下に隠れてたんだ。ようしステファノー、大丈夫幽霊じゃないんだよな。ナポリっ児がこうして二人助かったんだよな。

ステファノー おいおい、そう振り回さないでくれ、吐き気がまだ治ってないんだぞ。

キャリバン 妖精じゃないんならこれは立派な人たちだよなあ。

は散文の印刷だが，本版は [2.2] の Caliban の台詞を，冒頭の 17 行（F1 も韻文）に続けて blank verse を主体に編纂する．Trinculo と Stephano の散文に対し Caliban の台詞を韻文にした（であろう）Sh の意図を編纂に正しく生かしたい．(*l*. 104 は short line.) cf. 3.2.21–22 note.　**102 These be** ⇨ 2.1.257 note.　pl. **things** ⇨ 1.2.257 note.　**and if** = if.　and (= if [⇨ 2.1.175 note]) に if を重ねた形.

That's a brave god and bears celestial liquor.
I will kneel to him.

STEPHANO How didst thou scape? How camest thou hither? Swear 105
by this bottle, how thou camest hither. I escaped upon a butt of
sack, which the sailors heaved o'erboard, by this bottle, which
I made of the bark of a tree with mine own hands, since I was
cast ashore.

CALIBAN I'll swear upon that bottle to be thy true subject; for the 110
liquor is not earthly.

STEPHANO Here, swear then how thou escapedest.

TRINCULO Swom ashore, man, like a duck. I can swim like a
duck, I'll be sworn.

STEPHANO Here, kiss the book. [*Gives Trinculo the bottle.*] 115
Though thou canst swim like a duck, thou art made like a goose.

TRINCULO O Stephano, hast any more of this?

STEPHANO The whole butt, man. My cellar is in a rock by the
seaside, where my wine is hid. How now, mooncalf, how does
thine ague? 120

CALIBAN Hast thou not dropped from heaven?

STEPHANO Out o'th'moon, I do assure thee. I was the man
i'th'moon, when time was.

CALIBAN I have seen thee in her, and I do adore thee;

---

103 brave ⇨ 1.2.206 note.　**107 sack**　i.e. wine.　正確には Spain や Canary 諸島などの辛口の白葡萄酒.　*The Taming of the Shrew* の Induction の飲んだくれの tinker, Sly は飲むのは ale ばかりで sack は飲んだことがないと言っている (Norton TLN 159).　**110–11, 121**　Caliban の台詞だが散文. cf. *ll.* 102–04 note.
113 Swom　F1 の綴り,　swim の pret.　**duck**　cf. 'To swim like a fish (duck).' (Tilley F 328)　**115 kiss the book**　酒瓶が聖書並みに.　[***Gives Trinculo the bottle.***] 本版の SD.　たとえば *Oxford* は [*Trinculo drinks.*] と具体的.　**116 goose**　間抜け,

そっちの人はすごい神さまだよ、天国の飲物を持ってるもん。
あの人の前にひざまずこう。

ステファノー お前はどうして助かった？ どうやってここまで来た？ さ、この酒瓶に誓って言え。おれは水夫たちが海に抛り投げた酒樽につかまって助かった。この酒瓶に誓って本当の話さ。こいつは岸に打ち上げられてから木の皮で瓶に仕立てた手造りだ。

キャリバン おれもその瓶にかけて誓うよ、あんたの忠実な家来になるよ、その飲物は地上のものじゃないからなあ。

ステファノー さあ、誓って話せ、どうして助かった？

トリンキュロー 岸まで泳いできたさ、あひるみたいに。誓って言うがおれはあひるみたいに泳げるんだ。

ステファノー よし、この聖書に接吻しろ。

　　　　　　　　　　　　　　　[トリンキュローに酒瓶を預ける]
あひるみたいに泳げるたって、お前の体の出来具合は鵞鳥だよな。

トリンキュロー おいステファノー、こいつはまだ残ってるのかね？

ステファノー ひと樽まるごと、どうだい。酒蔵は浜辺の岩の中、そこに酒が隠してある。どうした化物、瘧は治ったかい？

キャリバン あんたは天から降ってきたのかね？

ステファノー 月からだ、本当だとも。おれはな、その昔月の住人だった。

キャリバン お月さまの中にあんたを見たことがある、ありがたいお方なんだあんたは。

臆病の象徴であるが，ここでは 'thou art made like' からも Trinculo の肉体的特徴を揶揄しているのかもしれない．cf. *l.* 92 note.　**117 hast** (thou)　[-st] の後の [ðau] の assimilation による脱落．**122 Out ... assure thee** cf. 'Stephano's claim to be descended from the moon was commonly made by unscrupulous voyagers who seized the chance of turning to account the polytheism of the Indians.' (Kermode) **122–23 man i'th'moon** 当時の俗信．Sabbath に柴木を盗んだ（または集めた）男が月に追われた．　**123 when time was** = once upon a time.

My mistress showed me thee, and thy dog, and thy bush.

STEPHANO　Come, swear to that. Kiss the book; I will furnish it anon with new contents. Swear.　　　[*Gives Caliban the bottle.*]

TRINCULO　By this good light, this is a very shallow monster. I afeard of him? A very weak monster. The man i'th'moon? A most poor credulous monster. — Well drawn, monster, in good sooth.

CALIBAN　I'll show thee every fertile inch o'th'island;
And I will kiss thy foot. I prithee, be my god.

TRINCULO　By this light, a most perfidious and drunken monster. When's god's asleep he'll rob his bottle.

CALIBAN　I'll kiss thy foot. I'll swear myself thy subject.

STEPHANO　Come on then; down and swear.

TRINCULO　I shall laugh myself to death at this puppy-headed monster. A most scurvy monster. I could find in my heart to beat him —

STEPHANO　Come, kiss.

TRINCULO　But that the poor monster's in drink. An abominable monster.

CALIBAN　I'll show thee the best springs; I'll pluck thee berries;
I'll fish for thee, and get thee wood enough.
A plague upon the tyrant that I serve.
I'll bear him no more sticks, but follow thee,
Thou wondrous man.

TRINCULO　A most ridiculous monster, to make a wonder of a poor drunkard.

---

125 My mistress i.e. Miranda.　cf. 1.2.352–54.　**dog, bush**　cf. *A Midsummer Night's Dream* 3.1.49 note. この blank verse 崩れの 2 行で韻文のリズムが回復.
127 anon ⇨ *l.* 73 note.　[***Gives Caliban the bottle.***] 本版の SD. *Oxford* は [*Caliban*

おれのお嬢さんがあんたを指さして教えてくれた、あんたの犬と、あんたの柴も。

ステファノー　よし、この瓶にかけて誓え。これが聖書だ、接吻しろ。中味はまた入れてやる。さ、誓えよ。　　　［キャリバンに酒瓶を預ける］

トリンキュロー　このありがたいおてんとさまにかけて、こいつはとんだ浅はかな化物だ。こんな野郎が怖いことがあるもんか。なんて泣虫の化物だ。月の住人とはねえ。こんな騙されやすい化物は見たことがない。──いよう、いい飲みっぷりだ、いよう、いよう。

キャリバン　この島の肥えた土地をひとつひとつ教えてやるよ、
あんたの足に接吻するよ。どうかおれの神さまになって下さい。

トリンキュロー　言ったな、おいおい、油断のならない酔っ払いの化物だ。お前の神さまが寝込んだら酒瓶を盗もうって奴だ。

キャリバン　足に接吻するよ、あんたの家来になるって誓うよ。

ステファノー　ようし、そんならひざまずいて誓え。

トリンキュロー　この阿呆な化物を見てると笑い死してしまうよ。まるででたらめの化物だ。いっそ殴り倒してやりたいところだが──

ステファノー　ほら、接吻。

トリンキュロー　相手が酔っ払ったかわいそうな化物じゃなあ。こりゃひどすぎる化物だ。

キャリバン　いちばんいい泉を教えてあげる。木の実を捥いで、
魚を捕って、あんたのために、薪だってどっさり運んであげる。
おれの主人のあの暴君なんか、もうくたばっちまえ。
あいつには小枝一本運んでやるもんか、おれの主人はあんただ。
あんたはほんとにすごい人だ。

トリンキュロー　お臍が茶を沸かすよ、この化物には。すごいもなにも相手はただの飲んだくれだぜ。

---

drinks.]　**128 this good light** = i.e. the sun.　**shallow** = silly.　**130 drawn** = drunk.
131 sooth = truth.　**138 puppy-headed** = stupid.　**139 find in my heart** = i.e. feel inclined.　find の後に it を補うと読みやすい．　**142 But that** = if . . . not.

CALIBAN   I prithee, let me bring thee where crabs grow;
And I with my long nails will dig thee pig-nuts;
Show thee a jay's nest and instruct thee how
To snare the nimble marmazet. I'll bring thee
To clust'ring filberts, and sometimes I'll get thee   155
Young scamels from the rock. Wilt thou go with me?
STEPHANO   I prithee, now lead the way without any more talking.
— Trinculo, the King and all our company else being drowned,
we will inherit here. — Here, bear my bottle. Fellow Trinculo,
we'll fill him by and by again.   160
CALIBAN   Farewell, master, farewell, farewell.
TRINCULO   A howling monster, a drunken monster.
CALIBAN [*sings drunkenly*]
   No more dams I'll make for fish,
      Nor fetch in firing
      At requiring,   165
   Nor scrape trenchering, nor wash dish.
   'Ban, 'Ban, Ca-Caliban
   Has a new master, get a new man.
Freedom, high-day, high-day freedom. Freedom high-day, free-
dom.   170
STEPHANO   O brave monster, lead the way.   [*Exeunt.*]

---

151 crabs = crab-apples.   **152 pig-nuts** 別名 earth-nuts; earth chestnuts, 'The nutty root is only obtained by digging; it cannot be pulled up.' (*Arden 3*)   **154 marmazet** = marmoset; small monkey.   **156 scamels** 誤植説も含めて諸説紛々．だが補注にするほどのことではない．'Meaning unknown, but apparently either shellfish or rock-inhabiting birds. Some editors emended to *sea-mels*, i.e. sea-mews.' (*Riverside*) 校訂せずともイメージはそのあたり．   **159 inherit** = take possession.   **160 him** i.e. bottle.   **by and by** ⇨ 2.1.12 note.   **163 [*sings drunkenly*]** F1 は *l*. 160.2 の位

キャリバン　ねえ、野りんごの生(な)るとこに案内してやるからさ、
　　この長い爪で土の中の珍しい実を掘ってやるよ、
　　かけすの巣も教えるとも、はしっこいねずみ猿の
　　罠のかけ方だって知ってるんだよ。はしばみの実が
155　どっさり生ってるとこも案内するよ、そうだなあ、岩の間から
　　鷗の雛を捕ってくるのもいいよなあ。ねえ、一緒に行こうよ。

ステファノー　わかったわかった、もうしゃべらんでもいいから案内して
　　くれ。――トリンキュロー、王とほかの連中もみんな溺れて死んじまっ
　　たんだから、おれたちがこの島を領有する。――おい、酒瓶を持て。ト
160　リンキュロー、ご同輩、瓶の方は早速に一杯にするとしようや。

キャリバン　さよならご主人、さよならご主人。

トリンキュロー　わめく化物、酔っ払いの化物。

キャリバン　[酔っ払って歌う]
　　　魚捕りの簗(やな)なんかもう作らないぞう、
　　　薪(まき)運びもやらん、
165　　　頼まれてもやらん、
　　　盆も拭かないし皿も洗わないぞう。
　　　バン、バン、キャキャリバンにゃ
　　　新しいご主人、そっちの召使なんかもう知らないぞう。
170　自由万歳、万歳自由、自由だ万歳、自由だぞう。

ステファノー　これは愉快な化物だ、案内頼む。　　　　　　[一同退場]

置に．しかし *l.* 161 の1行は romans で活字体が変らず，*ll.* 163–68 で italics. rhyme の上からも Caliban の歌はこの6行とすれば F1 の SD は明らかに anticipation（misplacement）である．　**163–68** trochaic tetrameter が基本の song. *ll.* 164–65 は F1 では1行であるが rhyme を重視して2行にしたのは Capell. **164 firing** = firewood.　**165 requiring** = request.　**166 trenchering** = trenchers (collectively).　rhythm の上から Pope 以来の 'trencher' への校訂があるが，-ing を重ねた軽快な調子がいかにも '*drunkenly*' の即興にふさわしい．　**169–70** 酔っ払った散文．**169 high-day** = day of celebration.　**171 brave** ⇨ 1.2.206 note.

[3.1] *Enter Ferdinand bearing a log.*

FERDINAND There be some sports are painful, and their labour
Delight in them set off. Some kinds of baseness
Are nobly undergone, and most poor matters
Point to rich ends. This my mean task
Would be as heavy to me as odious, but
The mistress which I serve quickens what's dead
And makes my labours pleasures. O, she is
Ten times more gentle than her father's crabbed,
And he's composed of harshness. I must remove
Some thousands of these logs and pile them up,
Upon a sore injunction. My sweet mistress
Weeps when she sees me work, and says such baseness
Had never like executor. I forget.
But these sweet thoughts do even refresh my labours,
Most busil'est when I do it.

Enter Miranda, and Prospero at a distance unseen.

MIRANDA   Alas, now pray you,
Work not so hard. I would the lightning had
Burnt up those logs that you are enjoined to pile.
Pray, set it down and rest you. When this burns
'Twill weep for having wearied you. My father

[3.1] **0.1 *bearing a log*** F1 の SD. **1 There be** ⇨ 2.1.257 note. **sports** = recreations. 後に that を補う．**painful** = laborious. **2 set off** = take off. 前行の their labour が目的語．主語は Delight だから F1 の 'set' を Rowe が 'sets' に校訂，それが定着してきたが，本版は Orgel とともにあえて F1 のままとする．おそらく 'Delight in them' が pl. に意識されたのかもしれない．なお = add lustre to (主語は their labour) の解もある．**baseness** i.e. base labour. **3 undergone** = endured. **4 This my mean task** PE なら this mean task of me となるところ．**5 but** = unless. **6**

[3.1]　ファーディナンドが丸太を運んで登場。

ファーディナンド　遊びにも苦労がつきまとうというが、喜びが
　　その労を取り除いてくれる。賤しい労働に耐えながら高貴な志を
　　忘れないということもありうるだろう。貧のどん底にありながら
　　なお富の高みを望む。今のこの賤しい仕事にしても、いつもの
5　わたしならとうてい我慢のならぬ苛酷な重労働、ああだが
　　わたしが今僕(しもべ)として仕えるあのお嬢さんが、死に生命を与え、
　　労働を快楽に変えてくれた。ああ、あの人の心の優しさ、
　　あの気難しい父親の何十倍も優しいあの人、
　　だが父親の方はまるで頑固一徹。あーあ、こんな丸太を
10　何千本も運んで積み上げなくてはならない、
　　ひどい命令だよなあ。あのお方はわたしの働く姿を見て
　　泣いてくれた。こんな賤しい仕事をあなたのような高貴な方が
　　おやりになるなんてと言ってくれた。おっといけない仕事だ仕事。
　　しかしまあこうしてあの人のことを思っていればつらい労働も
　　気分爽快、忙しければ忙しいほどいい。

　　　　ミランダとプロスペロー登場、プロスペローは離れていてファー
　　　　ディナンドとミランダから見えない。

15　**ミランダ**　　　　　　　　　　　あらあらかわいそう、
　　そんなにきつく働かないで下さいな。こんなに丸太を積めだなんて、
　　いっそさっきの雷で全部燃えてしまえばよかったのに。ねえ、
　　その丸太を下ろして休んでね。あなたをこんなに苦しめただなんて、
　　燃えながらじくじく滲む丸太の樹脂はお詫びの涙よ。父は

---

which = whom.　**quicken** = make alive.　**8 crabbed** = sour-tempered, peevish.　**12 such** i.e. such a noble.　**13 executor** = worker.　**I forget**　i.e. I am forgetting my work. **14 even** = exactly.　**15 Most . . . it.** ⇨ 補. **busil'est**（adv.）= busiliest.　前の Most とともに busily の double superlative、次の 'when I do it' の 'do' を修飾する. **it**　i.e. labours.　**15.2 *at a distance unseen*** Rowe の SD. 最小限必要な付加として採る.　**18 you** = yourself.　**19 weep**　木が燃えるときの resin を涙に見立てて.

118   THE TEMPEST

Is hard at study; pray now, rest yourself.   20
He's safe for these three hours.
FERDINAND   O most dear mistress,
The sun will set before I shall discharge
What I must strive to do.
MIRANDA   If you'll sit down,
I'll bear your logs the while. Pray give me that,
I'll carry it to the pile.
FERDINAND   No, precious creature,   25
I had rather crack my sinews, break my back,
Than you should such dishonour undergo,
While I sit lazy by.
MIRANDA   It would become me
As well as it does you, and I should do it
With much more ease; for my good will is to it,   30
And yours it is against.
PROSPERO [*aside*]   Poor worm, thou art infected;
This visitation shows it.
MIRANDA   You look wearily.
FERDINAND No, noble mistress, 'tis fresh morning with me
When you are by at night. I do beseech you
Chiefly, that I might set it in my prayers,   35
What is your name?
MIRANDA   Miranda. O my father,

---

21 safe i.e. not likely to come out. **22 discharge** = execute. **26 sinews** = tendons. **31 [*aside*]** *l*. 74 とともに Capell の SD. **worm** ここでは expression of affection. **32 visitation** = ① (charitable) visit (to the sick), ② attack of plague. 両義とも前の 'infected' の縁語. **wearily** cf. 2.1.316 note. **34 by** = nearby. **34–35 I ... Chiefly**

20　いま勉強で夢中です。ね、休んで下さいね。
　　ここ三時間は大丈夫ですから。
　ファーディナンド　　　　　　　でも、お嬢さん、
　　早く片づけないと日が暮れてしまいます、
　　一生けんめいにやらなくては。
　ミランダ　　　　　　　あなたは坐っていればいい、
　　その間わたしが運びますから。ねえ、その丸太をどうぞ、
　　わたしが積んで参ります。
25　**ファーディナンド**　　　いいえ、そんなもったいない、
　　この腕の筋(すじ)が切れようと、背中の骨が折れようと、
　　あなたにこんな賤しい仕事をさせるわけにはいかない、
　　わたしの方がただだらしなく坐っているなんて。
　ミランダ　　　　　　　　　　　　　　　あなたに
　　ふさわしいお仕事ならわたしにだって同じこと、それにわたしなら
30　もっと楽にやれる。だってね、わたしは進んでやりたいのだから、
　　気の進まぬあなたとは違うでしょう。
　プロスペロー〔傍白〕　　　　　いじらしい奴だ、いよいよ恋の病に
　　冒されたな、見舞にきたのも感染の確かな証拠。
　ミランダ　　　　　　　　　　　　　　そんな辛(つら)そうに。
　ファーディナンド　いいえ貴いお嬢さん、あなたがそばにいてくれれば
　　闇夜もわたしにはすがすがしい夜明けです。ねえ、これはわたしの
35　大事なお願いです、この先のお祈りにあなたの名前を唱えますから、
　　ね、名前を教えて。
　ミランダ　　　　ミランダ。あ、お父さま、ごめんなさい、

---

i.e. I make my principal request.（Lindley）Chiefly の後のコンマは F1 のまま．Rowe がこのコンマを前行最後に移し，さらに Pope が *l*. 35 の全体を parentheses で囲んだ．以来この方向が編纂の主流になってきたが，本版は Lindley とともに F1 に還る．

I have broke your hest to say so.

FERDINAND   Admired Miranda!
Indeed the top of admiration, worth
What's dearest to the world. Full many a lady
I have eyed with best regard, and many a time   40
Th'harmony of their tongues hath into bondage
Brought my too diligent ear. For several virtues
Have I liked several women; never any
With so full soul but some defect in her
Did quarrel with the noblest grace she owed,   45
And put it to the foil. But you, O you,
So perfect and so peerless, are created
Of every creature's best.

MIRANDA   I do not know
One of my sex; no woman's face remember,
Save from my glass, mine own; nor have I seen   50
More that I may call men than you, good friend,
And my dear father. How features are abroad,
I am skill-less of; but, by my modesty,
The jewel in my dower, I would not wish
Any companion in the world but you;   55
Nor can imagination form a shape
Besides yourself, to like of. But I prattle
Something too wildly, and my father's precepts

---

37 broke = broken.（Franz 170）**hest** ⇨ 1.2.274 note. **to say** = in saying. Sh 時代の to-infinitive の用法は PE に比べて自由だった．このように prep. + gerund の形に paraphrase することができる．（Franz 655）**Admired** = admirable. passive participle の -ed が -able の意味に用いられた例．cf. 1.2.273 note. **Miranda!** ！は本版．諸版も同様．（F1 はコンマ．）**38 Indeed** cf. p. 2, *l*. 2 note. **39 dearest** = most valuable. **40 best regard** = highest approval.（Frye）**42 diligent** = attentive,

お言い付けに背いて名前を言ったりして。
ファーディナンド　　　　　　　　　　　名前がミランダ！
ああ名前のとおり驚くべき奇蹟の女性だ、
この世にまたとない宝物の女性だ。わたしは
40 これまで数多くの女性の姿に目を奪われ、
また奏でる声の音楽の美しさに聞き入って
幾度となくこの耳を奪われてきた。それぞれの魅力ゆえに
それぞれの女性を好もしく思ったりもした。だが心から
魅了されるのには遠かった、どの人も必ずどこか欠点があり
45 せっかく具えた最高の魅力もその欠点と相争って
打ち負かされてしまう。ああ、けれどもあなたは、
あああなたこそは完璧にして無比、あらゆる被造物の最高の
美質をすべて集めて造られている。
ミランダ　　　　　　　　　　わたくしは女性というものを
一人として知りません。顔を見たこともありません、見るのは
50 ただ鏡に映ったわたくしの顔だけ。男性というのでしょうか、
その男性にしてもあなただけ、ねえ信じて下さいますよね、
それとわたくしのお父さま。よその土地ではどのような姿形なのか
知るよしもない。けれどもね、このわたくしの純潔、
それがわたくしの宝ものの持参金、その純潔にかけて誓います、
55 世界じゅうあなたがたった一人わたしの連れ添うお方、
あなたのほかに好きなお方の姿などもう
思い浮かべることができないのだもの。いけない、すっかり
取り乱して口走ってしまった、これではお父さまの

---

heedful. **several** = different. *l.* 43 でも同じ. **virtues** = accomplishments. **44 but** = that...not. **45 owed** ⇨ 1.2.407 note. **46 foil** = defeat.（Onions）Lindley があらたに 'soil' への校訂を行ったが 'much ado about nothing' の気味. **51 that** = what. **52 features** = boily shapes. **abroad** = elsewhere. **53 skill-less of** = ignorant of. **modesty** = virginity. **54 dower** = dowry. **57 like of** = like. **58 Something**（adv.）= somewhat.

I therein do forget.

FERDINAND I am in my condition
A prince, Miranda; I do think a king —
I would not so! — and would no more endure
This wooden slavery than to suffer
The flesh-fly blow my mouth. Hear my soul speak,
The very instant that I saw you did
My heart fly to your service, there resides
To make me slave to it; and for your sake
Am I this patient log-man.

MIRANDA Do you love me?

FERDINAND O heaven, O earth, bear witness to this sound,
And crown what I profess with kind event
If I speak true; if hollowly, invert
What best is boded me to mischief. I,
Beyond all limit of what else i'th'world,
Do love, prize, honour you.

MIRANDA I am a fool
To weep at what I am glad of.

PROSPERO [*aside*] Fair encounter
Of two most rare affections. Heavens rain grace
On that which breeds between 'em.

FERDINAND Wherefore weep you?

MIRANDA At mine unworthiness; that dare not offer
What I desire to give, and much less take
What I shall die to want. But this is trifling,

---

59 condition = rank. **61 so!** ！は本版．諸版も同様． **63 blow** = deposit eggs in. **66 it** i.e. your service. **68 sound** = utterance. **69 kind event** = happy outcome. **70 hollowly** = falsely. **71 What** = whatsoever. **boded** = foretold to. **mischief** =

戒めを忘れたことになる。

ファーディナンド　　　　　ね、ミランダ、ぼくの身分は
王子なのです、きっと王になっているのかもしれない——
いやいやまだそんなことのないように！——だからね、本当は
こんな奴隷みたいな材木運びの仕事は我慢ならないんだ、青蠅に
口の中に卵を産みつけられるよりかもっといやなんだ。でもね、
どうかぼくの真心を聞いて下さい、あなたをひと目見たその瞬間に
ぼくの心はあなたに仕えるためにそばに飛んで行き、そのまま
奴隷となってお側に控えているのです。丸太運びにもじっと
耐えていられるのもあなたのため。

ミランダ　　　　　　　　　愛して下さるの、わたしを？
ファーディナンド　ああ天よ、地よ、この言(げん)の証しとなれ、
わが言葉真ならばすなわち幸(さきわい)をもって
わが誓いの首尾を飾れ、偽ならばすなわち
わが幸運の予言を凶に変えよ。ああわたしにはあなたのほかの
この世のものはもはやなんの価値もない、ただひたすらにあなたを
愛し、尊(たっと)び、敬います。

ミランダ　　　　　　　　わたしってばかよねえ、こんなに
うれしいのに泣いたりして。

プロスペロー［傍白］　　　美しい出会いだ、
この世のものとも思えぬ愛と愛との。天よ、二つの愛の
結実に恩寵を雨と降らせたまえ。

ファーディナンド　　　　　　泣くなんて、どうして？
ミランダ　あなたにそぐわぬわたくしだから。差し上げたいと
願いながら気後れがして差し出せない、頂けなければ死んでしまう
ほどなのにそれがとても言い出せない。でもこんなつまらない

---

misfortune.　**72 all limit** = the utmost extent.　**77 that** = who. 先行詞は mine に含まれる 'I'.　**79 to want** = from lacking. cf. *l*. 37 note.　want = lack.　**trifling** i.e. frivolous prattling.

And all the more it seeks to hide itself 80
The bigger bulk it shows. Hence, bashful cunning,
And prompt me, plain and holy innocence —
I am your wife, if you will marry me;
If not, I'll die your maid. To be your fellow
You may deny me, but I'll be your servant 85
Whether you will or no.

FERDINAND My mistress, dearest,
And I [*kneeling*] thus humble ever.

MIRANDA My husband then?

FERDINAND Ay, with a heart as willing
As bondage e'er of freedom. Here's my hand.

MIRANDA And mine, with my heart in't; and now farewell 90
Till half an hour hence.

FERDINAND A thousand-thousand.
[*Exeunt Ferdinand and Miranda severally.*]

PROSPERO So glad of this as they I cannot be,
Who are surprised withal. But my rejoicing
At nothing can be more. I'll to my book,
For yet ere suppertime must I perform 95
Much business appertaining. [*Exit.*]

80–81 念のため付け加えておくと，'The imagery here is of a secret pregnancy.' (Righter) ただしこうした方向は当然 Miranda という character のとらえ方，ひいては *The Tempest* 全体の解釈に及ばざるをえないだろう. **81 Hence** ⇨ 1.1.15 note. **bashful cunning** i.e. dissimulation of bashfulness. cf. *Romeo and Juliet* 2.2.85–89. **82 prompt** = instruct, i.e. suggest words. **84 maid** = ① maid-servant, ② virgin. **86 My mistress** Miranda の言う 'your servant' (*l.* 85) との対照. 前に

80　おしゃべりをして。隠そうとすればするほど思いの丈が大きく
　　現れてくるというのに。だからさあ消えておしまい、恥らいの装い、
　　代りに飾らぬ清らな無垢の心よ、わたしに言葉を授けて――
　　そう、あなたの妻になります、わたくしとの結婚をお望みなら。
　　お望みでないのならあなたの侍女として死ぬまで純潔のまま。
85　連れにするのがおいやでもわたくしはあなたの召使、
　　あなたのお気持がどうあろうとも。

ファーディナンド　　　　　　　いいや、あなたの方こそわたしの主人、
　　［跪いて］さあ、こうしていつまでもお仕えします。

ミランダ　それではわたしの夫に？

ファーディナンド　　　　　　もちろんです、心の底から、
　　囚人が自由を求めるのと同じ心で。さ、約束にぼくの手を。

90 ミランダ　わたくしの手も、心を添えて。ではさよならね、
　　これから半時間のあいだ。

ファーディナンド　　　　　　さようなら百万遍も。
　　　　　　　　　　　　　　　　　　　［ファーディナンドとミランダ別々に退場］

プロスペロー　恋の成就に驚くあの二人の喜びようはどうだ。
　　だがわたしの方はあんなに喜んでばかりはいられない。
　　ともあれわたしにはなによりのこの慶事、さて魔法の本に
95　戻るとにしようか、このためには夕食前にまだいろいろとか片づけて
　　おかなくてはならない仕事がある。　　　　　　　　　　　　　　　　　　　［退場］

'You are' を補う．**dearest** 名詞として用いた．**87** 7音節の short line．[*kneeling*] の間．なおこの SD は本版．**89 bondage** = captivity, i.e. prisoner (abstract for concrete). i.e. slave の解は *ll.* 64–67 から不適．**my hand** i.e. in betrothal. **91.2** *severally* = separately. Capell の SD. cf. 1.1.0.3 note．**92 I cannot be** 曖昧な表現だが後に控える仕事を思ってか (*ll.* 95–96)．**93 withal** = with it．**96 appertaining** = related to this．short line は次の場の散文への用意にもなる．

[3.2] *Enter Caliban, Stephano and Trinculo.*

STEPHANO Tell not me. When the butt is out, we will drink water; not a drop before. Therefore bear up, and board'em. Servant-monster, drink to me.

TRINCULO Servant-monster? The folly of this island; they say there's but five upon this isle; we are three of them. If th'other 5 two be brained like us, the state totters.

STEPHANO Drink, servant-monster, when I bid thee. Thy eyes are almost set in thy head.

TRINCULO Where should they be set else? He were a brave monster indeed, if they were set in his tail. 10

STEPHANO My man-monster hath drowned his tongue in sack. For my part, the sea cannot drown me; I swam ere I could recover the shore, five-and-thirty leagues, off and on. By this light, thou shalt be my lieutenant, monster, or my standard.

TRINCULO Your lieutenant, if you list; he's no standard. 15

STEPHANO We'll not run, monsieur monster.

TRINCULO Nor go neither; but you'll lie like dogs, and yet say nothing neither.

STEPHANO Mooncalf, speak once in thy life, if thou beest a good mooncalf. 20

[3.2] **1 out** = exhausted. **2 bear up** 「舵を風上に向けて切る」. **board**「(敵艦に)乗り込む」. ともに「攻撃」のため. 'em は酒を敵艦に見立てて. **8 set** = drunkenly fixed. 次行の set は = placed. **9 brave** ⇨ 1.2.206 note. **10 tail** = arse. **12 recover** = reach. **13 leagues** ⇨ 1.2.145 note. five-and-thirty (約 170 km) はもちろん大げさ. **By this light** F1 の ', by this light' を Capell が 'by this light.' として前文に繋げたが, 流れはやはり F1 どおり. **14 standard** = standard-bearer; ancient. 前の lieutenant とともに *Othello* を思い出させる. **15 list** = please. **he's no standard** i.e. he cannot stand upright. standard = something upright or erect.

[3.2]　キャリバン、ステファノー、トリンキュロー登場。

ステファノー　うるせいや。酒樽が空になりゃ水だって飲むが、酒があるうちは飲むのは酒だ。ようし、酒の戦艦に向かって進めえ、攻撃だぞう。――おい、召使の化物、おれの健康を祝して乾杯しろ。

トリンキュロー　召使の化物ときたか。こりゃ島じゅう珍騒動だよ。この島じゃ五人しかいないっていうが、そのうち三人がおれたちだ。残りの二人の頭もご同類ってことになりゃ、この国はそうれ千鳥足。

ステファノー　やい飲め、召使の化物、おれが飲めと言ったら飲め。お前のその顔は目が坐ってきたな、え。

トリンキュロー　顔のほかに目の坐ってるとこがあるのかね。尻に坐っていたらこりゃみごとな化物だ。

ステファノー　おれの召使の化物は舌が酒の中で溺れてらあ。ま、このおれ様は海にだって溺れやしねえ、ちゃんと泳いで岸まで辿り着いた、三十と五リーグもあっちへぶらぶら、こっちへぶらぶら。ようし化物、おてんと様の光にかけてお前はおれの副官だ、ま、旗手でもいいか。

トリンキュロー　だったら副官の方がよござんすよ、旗手となったらこんなふらふらじゃ旗を持てやしない。

ステファノー　おれたちは敵に後ろは見せんのだ、いいか、化物君。

トリンキュロー　かと言って前にも行けんよなあ、そうやって犬みたいに寝そべってるだけでキャンとも言えんのだよなあ。

ステファノー　おいでき損ない、一生に一度ぐらいもの言ったらどうだ、お前だってでき損ないの中じゃ上物(じょうもの)だろう。

(Onions) **16 run** i.e. from the enemy. **monsieur** [məsjɔ́ː] (F) = Mr. **17 Nor ... neither, 18 nothing neither** ともに double negative. **17 go** cf. He may ill run that connot go.' (Tilley R 208) go = walk. **lie like dogs** proverbial. 'To lie like a dog' の lie は ① lie down, ② tell lies の両義. そこで 'and yet' がきた. (ただしここでは特に ② の意味を利かせることはない. また *Norton, Riverside* は Wilson [*Cambridge 2*] を引き継いで lie = excrete を加えているが, 意味の荷重は会話を弾ませない.) **19 Mooncalf** ⇨ 2.2.94 note.

CALIBAN   How does thy honour? Let me lick thy shoe.
I'll not serve him, he is not valiant.
TRINCULO   Thou liest, most ignorant monster. I am in case to
justle a constable. Why, thou deboshed fish thou, was there ever
man a coward that hath drunk so much sack as I today? Wilt thou 25
tell a monstrous lie, being but half a fish and half a monster?
CALIBAN   Lo, how he mocks me. Wilt thou let him, my lord?
TRINCULO   'Lord' quoth he? That a monster should be such a
natural!
CALIBAN   Lo, lo, again. Bite him to death, I prithee. 30
STEPHANO   Trinculo, keep a good tongue in your head. If you
prove a mutineer, the next tree. The poor monster's my subject,
and he shall not suffer indignity.
CALIBAN   I thank my noble lord. Wilt thou be pleased
To hearken once again to the suit I made to thee? 35
STEPHANO   Marry, will I. Kneel, and repeat it. I will stand, and so
shall Trinculo.

Enter Ariel invisible.

CALIBAN   As I told thee before, I am subject to a tyrant,
A sorcerer, that by his cunning hath cheated me
Of the island. 40
ARIEL   Thou liest.

21–22 F1 は散文の印刷だが blank verse に編纂. cf. 2.2.102–04 note. Caliban の台詞を韻文にした Sh の意図を尊重したい．近年ではたとえば Lindley が散文説を唱えているがとるに足らない． **21 thy honour** cf. 'Your (Her) Majesty'. **23 in case** = ready, prepared. **24 justle** = jostle. **deboshed** [dibɔ́ʃt] = debauched. [ʃ] はフランス語の発音から． **25 man** 次に who was を補う． a coward の次の 'that' の先行詞は man. **26 monstrous** = ① enormous, ② of a monster. **29 natural** = one 'naturally' deficient in intellect; idiot. これに対し monster は 'unnatural'. ! は F1 の ? の転換． **31 keep ... head** cf. 'Keep your tongue within your teeth.' (Tilley T

キャリバン　閣下さま、ご機嫌よろしゅう。靴を嘗めさせて下さい。おれはあいつの家来にはならないんだ、弱虫だから。

トリンキュロー　でたらめ言うな、無知蒙昧の化物めが。おれはな、お巡りとだってちゃんと取っ組み合いの喧嘩のできる男だ。ちぇっ、へべれけの腐れ魚めが、いいか、おれが弱虫であってたまるか、今日だっ
25　ておれが飲んだぐらい飲める豪傑がいるかってんだ。化物みたいな途方もないでたらめを言いやがって、え、化物半分、魚半分のでき損ないの分際で。

キャリバン　ほら、ひどい悪口だ、言わせておくのかい、ご主人さま。

トリンキュロー　「ご主人さま」だって？　こりゃ驚いた、化物がこれだけひどいばか者だとはねえ。

30　**キャリバン**　ほら、まただよ、噛み殺しておくれよ、ねえ。

ステファノー　トリンキュロー、口のきき方に気をつけろよ。反抗罪で即刻縛り首だぞ。こんな化物でもおれの臣下だ、臣下への侮辱は許さん。

キャリバン　ご主人さま、うれしいよ。どうか聞いて下さい、
35　さっきのおれのお願い、もう一度言うから。

ステファノー　よろしい、承知した。さ、跪いて願いをくり返すがよい。わしは立つぞ、トリンキュローにも立ってもらおう。

　　　　　エアリエルが見えない姿で登場。

キャリバン　さっきも言ったとおり、おれはある暴君の臣下です、そいつは魔法使いで、術でもっておれからこの島を
40　騙し取った。

エアリエル　嘘をつけ。

---

392) head は日本語なら「口」と言うところ．**32 next tree** i.e. you'll be hanged to.　next = nearest（本来は 'nigh' の最上級，near はその比較級）．**34–35** cf. *ll*. 21–22 note. なお *l*. 35 について Steevens が 2 つの 'to' を取って meter を整えたが 'To héarken once agáin to the súit I máde to thée?' で問題はない．**35 Marry** mild oath < by the Virgin Mary. **37.2 *Enter Ariel invisible.*** F1 の SD. cf. 1.2.373.2 note.　**38–40** F1 で韻文．lineation も F1, *l*. 40 は short line. Ariel の介入の間．**39 cunning** = skill.

寄席芸を侮るな

ピーター・ブルックから 10 年たって、2001 年 5 月~6 月にロイヤル・シェイクスピア劇団 (RSC) の *The Tempest* が東京グローブ座に来演した。巡業用の軽装版だが、簡便な装置を逆手に取って、現代の発達した映像装置を駆使してみせたお手並はなんともあざやかなものだった(演出ジェイムズ・マクドナルド [James Macdonald])。だがそれよりもなによりも舌を巻いたのは、いまさらながら vaudevillians のみごとな演技である。特に Stephano のジェイムズ・サクソン (James Saxon) の軽快な演技力。ここの [3.2] など Ariel との掛け合いが絶品で、ほかにも Caliban をはじめ Sebastian, Antonio の隅々まで達者な芸が揃っている。

思うに、こうした vaudeville の寄席芸は、数世紀にわたって倦まずたゆまず、イギリスの舞台でしぶとく錬磨されてきたのだろう。その伝統は右の舞台絵からも感じ取ることができる。'Mr. A. Younge as Stephano / and / Mr. H. Nye as Trinculo.' とあるがこの 2 人の vaudevillians の詳細はわからない。下に印刷された台詞はちょうど *ll*. 45–47. *The Tempest* の舞台はこうした寄席芸の芸人たちによって下支えされてきたのである。だが、それにしても、日本のテレビのお笑い芸人たちのなんとまあ「芸」のないこと。

CALIBAN Thou liest, thou jesting monkey thou;

I would my valiant master would destroy thee.

I do not lie.

STEPHANO Trinculo, if you trouble him any more in his tale, by 45

this hand, I will supplant some of your teeth.

TRINCULO Why, I said nothing.

STEPHANO Mum then and no more. — Proceed.

CALIBAN I say, by sorcery he got this isle

From me, he got it. If thy greatness will 50

Revenge it on him — for I know thou darest,

But this thing dare not —

42–44 F1 の lineation, *l*. 44 は short line. **42 jesting** Trinculo は jester. cf. p. 2, *l*. 12 note. **43 destroy** ⇨ 1.2.139 note. **45–46 by this hand** swearing. もちろん上の舞台絵のように握り拳をつくって. **46 supplant** = uproot. **48 Mum ...**

キャリバン　お前こそ嘘をつけ。お前は道化の猿だ、お前なんか。
　　おれの勇敢なご主人に叩き殺してもらうからな。
　　おれは嘘なんかつかないぞ。
45 **ステファノー**　トリンキュロー、もうこいつの話の邪魔するな、邪魔した
　　ら、いいか、その歯を四、五本引っこ抜くからな。
トリンキュロー　ちぇっ、おれは何も言ってないよ。
ステファノー　なら口を閉じてもうしゃべるんじゃない。──さ、続けろ。
キャリバン　それでね、魔術でもっておれからこの島を
50　分捕った、分捕ったんだよ。あんたは偉い人だから
　　きっとあいつに復讐してくれる、あんたにはその勇気がある、
　　こいつにはないけどね──

---

more　cf. 'I say nothing (nought) but mum.' (Tilley N 279)　**50 thy greatness** cf. *l*. 21 note.　**52** 次のStephanoの台詞との渡りに編纂（渡りの間に1 footの余裕）. StephanoもCalibanのblank verseに引き込まれた形.　**thing** ⇨ 1.2.257 note.

STEPHANO　　　　　　　　　That's most certain.

CALIBAN　Thou shalt be lord of it and I'll serve thee.

STEPHANO　How now shall this be compassed? Canst thou bring me to the party?

CALIBAN　Yea, yea, my lord; I'll yield him thee asleep, Where thou mayst knock a nail into his head.

ARIEL　Thou liest, thou canst not.

CALIBAN　What a pied ninny's this? Thou scurvy patch! I do beseech thy greatness, give him blows, And take his bottle from him. When that's gone He shall drink nought but brine, for I'll not show him Where the quick freshes are.

STEPHANO　Trinculo, run into no further danger. Interrupt the monster one word further, and, by this hand, I'll turn my mercy out o'doors and make a stockfish of thee.

TRINCULO　Why, what did I? I did nothing. I'll go further off.

STEPHANO　Didst thou not say he lied?

ARIEL　Thou liest.

STEPHANO　Do I so? Take thou that.　　　　[*Beats Trinculo.*]
As you like this, give me the lie another time.

TRINCULO　I did not give thee the lie. Out o'your wits and hearing too? A pox o' your bottle. This can sack and drinking do. — A

---

54 compassed = accomplished.　**55 party** = person concerned.　**56 yield** = deliver.　**57 knock...head** Heberの妻Jaelは庇護を求めた敵将Siseraを眠らせ天幕の釘を脳天に打ち込んだ。(*Judges* 4. 17–22)　**59 pied** = particoloured. jester (court fool)は布地を継ぎ足したまだら模様の衣裳を着ていた。**patch** = jester. 前注の衣裳から。cf. 'patched fool' (*A Midsummer Night's Dream* 4.1.204–05). 他に実在の道化の名前から，また < It. *pazzo* 等の説。**63** short line (念のため lineation は F1). cf. *l*. 99 note.　**quick freshes** = quick flowing of fresh-water springs.　**65 by this hand**

ステファノー　　　　　　　　　　それは確かにないな。

キャリバン　そしたらあんたがこの島の支配者で、おれは家来になるよ。

ステファノー　さて、どのようにしてそれが成就できるのか？　彼本人の
ところに案内できるのかな？

キャリバン　うん、うん、大丈夫だ。あいつの眠ってるところに
連れてってやるから、頭に釘をぶち込めばいい。

エアリエル　嘘をつけ、できるもんか。

キャリバン　なんてうるさい間抜けな道化だろう。この下種野郎！
ねえ、偉いご主人さま、あいつをぶん殴って、それで
あの瓶を取り上げてよ。あれがなくなればもう飲むものは
塩っ辛い海の水だけだ、あいつには清水の湧くとこなんか
教えてやらないんだから。

ステファノー　トリンキュロー、これ以上もう危険に首を突っ込むなよ、
ひと言でも化物の話の邪魔をしてみろ、いいか、わかるな、慈悲はも
うおれの胸から所払いにして、おまえを干鱈みたいにぺちゃんこにし
てやるぞ。

トリンキュロー　ねえ、おれが何をしたってんだい？　おれは何もしちゃ
いないぜ。もう離れてようっと。

ステファノー　こいつに嘘をつけって言っただろう。

エアリエル　嘘をつけ。

ステファノー　おれが嘘をつくだと？　これでも食らえ。

　　　　　　　　　　　　　　　　　　［トリンキュローを叩く］
もっと食らいたいか、ならおれをもう一度嘘つきだって言うことだな。

トリンキュロー　おれはお前が嘘つきだなんて言いやしなかったよ。お
前、頭どころか耳までおかしくなったのと違うか？　こんな酒瓶なんか

⇨ *ll*. 45–46 note.　**66 make . . . thee**　cf. 'To heat one like a stockfish.'（Tilley S 867. 'stockfish = cod beaten flat and dry with clubs and stocks.' の注釈つき.）
70 [*Beats Trinculo.*]　実質 Rowe の SD が定着.　**71 As** = to the extent that.　**give me the lie** = accuse me of lying.　**73 A pox o'** ⇨1.1.36 note.　**your**　indefinite.

murrain on your monster, and the devil take your fingers.

CALIBAN Ha, ha, ha.

STEPHANO Now, forward with your tale. — [*To Trinculo*] Prithee stand
further off.

CALIBAN Beat him enough. After a little time
I'll beat him too.

STEPHANO Stand further. — Come, proceed.

CALIBAN Why, as I told thee, 'tis a custom with him
I'th'afternoon to sleep. There thou may'st brain him,
Having first seized his books; or with a log
Batter his skull, or paunch him with a stake,
Or cut his wezand with thy knife. Remember
First to possess his books; for without them
He's but a sot, as I am, nor hath not
One spirit to command; they all do hate him
As rootedly as I. Burn but his books;
He has brave utensils — for so he calls them —
Which when he has a house, he'll deck withal.
And that most deeply to consider is
The beauty of his daughter; he himself
Calls her a nonpareil. I never saw a woman
But only Sycorax my dam and she;
But she as far surpassèth Sycorax

---

74 murrain「瘟疫」．ここでは pox と同じく curse として． **76–77 [*To Trinculo*]
Prithee...off** SD は本版（Orgel 以来ほとんどの版がこの SD を付するように
なった）．Furness は Caliban に向けた台詞の可能性を示唆しているが，ここ
で Stephano が Caliban の臭いに辟易するなどのあざとい演出は舞台のリズム
を乱すことになるだろう． **79 I'll beat him too.** short line. 次の *l.* 80 と渡り
にする編纂が主流であったが，それだと *l.* 80 の前半が Caliban に向けての台
詞になる．前注参照． **84 paunch** = stab in the paunch or belly． **85 wezand**

くそっくらえだ。気違い水とはよく言ったもんだ。お前の化物なんか
くたばっちまえ、ついでにお前のその手も悪魔に食いちぎられろ。
75 **キャリバン**　あ、は、は、いい気味だ、
　ステファノー　さあ、お前の話だ。――[トリンキュローに] おい、もっと
　　離れろ。
　キャリバン　あいつを思いっきり叩きのめしてよ、おれもすぐに
　　叩いてやるから。
80 **ステファノー**　ちゃんと離れてろ。――話を続けてくれ。
　キャリバン　だからねえ、いまも言っただろう、あいつは
　　午後に昼寝の習慣なんだ。そこであいつの脳天をぶち割る、
　　最初にまず本を押さえてしまうんだよ。あとは丸太で
　　頭蓋骨をぶっ叩く、杭で土手腹を突き刺す、
85　短刀で喉笛を搔き切る。いいかい、忘れないでよ、
　　最初に本を取り上げるんだ。本さえなきゃ、あいつは
　　ただのど阿呆さ、おれと同(おな)じさ、妖精一人だっても
　　命令できない、あいつらもみんなおれと同(おな)じで
　　あいつを心底憎んでるからな。本を燃やすだけでいい、
90　ほかにも立派な調度があるけど――あいつがそう呼んでるんだ、
　　家を建てたらきれいに飾るんだってさ。
　　そうだ、いちばん肝心なことはだね、
　　あいつの美人の娘だよ、あいつは自分で
　　絶世の美女だって言っている。おれは女で見たのは
95　おれのおっ母(かあ)のシコラクスとあの女だけだ、
　　でもあれはシコラクスとは比べものにならないよなあ、

[wíːzənd] = windpipe.　**86 possess** = take possession of.　**87 sot** = foot.　**nor . . . not** double negative.　**90 brave** ⇨ 1.2.206 note.　**útensils** = household goods. アクセント第1音節. Caliban には珍しいものに相違ない. 次のダッシュ内の断りがそれを示している.　**91 withal** = with. 文末に来る形.　**92 that** = that which is.　**94 nonpareil** [nɔnprél] 'a nonpareil' を anapaest に. < F. *non* (= not) + *pareil* (= equal).　**95 she** 文法的には 'her' となるところ. cf. Abbott 211.

As great'st does least.

STEPHANO   Is it so brave a lass?

CALIBAN Ay, lord; she will become thy bed, I warrant,
And bring thee forth brave brood.

STEPHANO Monster, I will kill this man. His daughter and I will
be king and queen. Save our Graces! And Trinculo and thyself
shall be viceroys. Dost thou like the plot, Trinculo?

TRINCULO Excellent.

STEPHANO Give me thy hand. I am sorry I beat thee. But while
thou livest keep a good tongue in thy head.

CALIBAN Within this half hour will he be asleep;
Wilt thou destroy him then?

STEPHANO   Ay, on mine honour.

ARIEL This will I tell my master.

CALIBAN Thou makest me merry. I am full of pleasure,
Let us be jocund. Will you troll the catch
You taught me but whilere?

STEPHANO At thy request, monster, I will do reason, any reason.
Come on Trinculo, let us sing.
　[*Sings*] Flout 'em and cout 'em,
　　　　And scout 'em and flout 'em,

---

97 brave = beautiful. **99** short line. Caliban の blank verse は次の散文への用意に short line になりがち. **brave** ⇨1.2.206 note. **brood** = offspring. **101 Graces** 現在は広く使われる尊称だが, 本来は王と王妃のもの. ！は F1 の：の転換. **104 beat** pret. **107 destroy** ⇨1.2.139 note. **Ay...honour.** Stephano も blank verse に加わる. cf.*l*. 52 note. **110 catch** 一種の「輪唱」, 通常 3 人で歌う(troll). 訳では「追っかけ歌」とした. *Twelfth Night* [2.3] にその実例が出てくる. **111** cf. *l*. 99 note. **but whilere** [(h)wailéə] = just a little while ago. whilere (F1 は 'whileare') < while + ere. **112 do reason, any reason** i.e. do anything reasonable. reason を重ねて(king らしい)重々しさを. **114 [*Sings*]** F1 の SD. *ll*. 114–16 の

お月さまとすっぽんだよ。

ステファノー　　　　　　そんないい女なのか？

キャリバン　そうだよ、ご主人、あんたの寝床にぴったりだぞ、
　　　いい血筋の子を産んでくれるぞ。

ステファノー　ようし化物、そいつを殺してやる、娘とおれが王と王妃
　　　だ。両陛下万歳！　そうだ、トリンキュローとそれにお前も、この島の
　　　総督だ。どうかね、この計画は、トリンキュロー？

トリンキュロー　おみごと、おみごと。

ステファノー　じゃ握手しよう。さっきは叩いたりして悪かった。だがま
　　　あ生きてるうちは口のきき方に気をつけてくれよ。

キャリバン　ここ半時間のうちにあいつは昼寝だよ。
　　　きっとやっつけてくれるね。

ステファノー　　　　　　　やるとも、わしの名誉にかけて。

エアリエル　こいつはご主人さまに教えてやろう。

キャリバン　あんたのおかげで愉快になった。楽しいなあ、
　　　さあ陽気にいこうぜ。ねえ、追っかけ歌を始めてよ、
　　　ほら、さっき教えてくれただろ。

ステファノー　お前の頼みとなれば、なあ化物、やらんわけにはいかんよ
　　　なあ、筋の通った頼みとなれば。おいトリンキュロー、いっちょ歌おう
　　　ぜ。
　　　［歌う］ばかったれの、でれったれ、
　　　　　　　くそったれの、ばかったれ、

3行(F1では1行)を3人が追っかけで歌うとしてLindleyは[*They sing*]に校訂．その演出もありうるが，むしろ勢いづいたStephanoの独演とした方が次のCalibanの台詞に繋がる．**Flout** = mock at.　**cout** *OED* には 'colt' の dialect form，または 'coot' の obsolete form としての entry があるが，いずれも意味がそぐわない．Roweが *l.* 115 に合わせて 'scout' に校訂，これが一応定着してきているが，F1は '*cout*' と '*skowt*' だから bibliographical に無理．本編纂者はflout と scout に調子を揃えた(いかにも catch 用の) nonce word として F1 の綴りのままとする．Orgel がこの線．　**115 scout** = deride.

Thought is free.
CALIBAN That's not the tune.
Ariel plays the tune on a tabor and pipe.
STEPHANO What is this same?
TRINCULO This is the tune of our catch, played by the picture of Nobody.
STEPHANO If thou beest a man, show thyself in thy likeness. If thou beest a devil, take't as thou list.
TRINCULO O, forgive me my sins.
STEPHANO He that dies pays all debts. I defy thee. — Mercy upon us.
CALIBAN Art thou afeard?
STEPHANO No, monster, not I.
CALIBAN Be not afeard. The isle is full of noises,
Sounds and sweet airs, that give delight and hurt not.
Sometimes a thousand twangling instruments
Will hum about mine ears; and sometime voices,
That if I then had waked after long sleep,
Will make me sleep again; and then in dreaming
The clouds methought would open and show riches
Ready to drop upon me, that when I waked
I cried to dream again.

---

116 Thought is free cf. Tilley T 244 / *Twelfth Night* 1.3.58. 訳は catch を意識した「意訳」. **117.2 Ariel...pipe.** F1 の SD. tabor (= small drum) と pipe は道化役得意の楽器, 腰につるした tabor を右手の撥で叩き, 左手で pipe を操って吹いている当時有名な道化 Richard Tarlton の絵姿が残っている. これらの楽器は *l.* 37.2 の登場時から持って出るのではなく, *l.* 108 の台詞をきっかけにして舞台裏に用意されたのを取ってくる演出の方が舞台のリズムに合っている. **118 this same** ⇨ 2.2.20 note. **119–20 the picture of Nobody** topical allusion であろうが正確には不明. 出版戯曲の扉絵, ballad の挿絵, 書籍出版業者の店看

たれってだれだ、ほい。

キャリバン それ、節が違うよ。

  エアリエルが小太鼓と笛で曲を演奏する。

ステファノー あの音は何だ？

トリンキュロー いまの追っかけ歌の節だ、さては声はすれども姿は見え
120 ずって口かな。

ステファノー やい、お前が人間ならちゃんと姿を現わせ、悪魔なら畜生勝手にしやがれ。

トリンキュロー お助け、わたしの罪をお許し下さい。

ステファノー 死ねば借金全部帳消しだ、さあやれるもんならやってみ
125 ろ。──お助け、お慈悲を。

キャリバン なんだ、怖いのかい？

ステファノー 怖かないやい、化物、怖いもんか。

キャリバン 怖がらなくてもいいよ。この島はね、声だとか、音だとか、やさしい歌声でいっぱいなんだ、楽しいだけで
130 悪さはしない。楽器がね、とってもたくさんぶーんぶーんときれいな音色で耳もとに響いてくることもある。歌だっても、ぐっすり眠って目が覚めると聞こえてきてさ、おかげでまたうとうと眠ってしまうんだよ。すると夢ん中で雲がぽっかと二つに割れて宝物が
135 落ちてきそうになって、だから目が覚めてから夢の続きが見たいって泣いたんだ。

板，等の推測がある． **122 take't as thou list** i.e. do as you please (a challenge). (*Riverside*) list は subj. ⇨ *l.* 15 note. **124 He … debts** cf. 'Death pays all debts.' (Tilley D 148) **126 afeard** ⇨ 2.2.55 note. **128–33 The isle … again** Ptolemaic system では宇宙は地球を中心に9層の透明な天球 (spheres) から成り，それらの天球は回転しながら調和の音楽 (music of the spheres) を奏でるとされた (cf. 2.1.176–78 補). cf. *The Merchant of Venice* 5.1.57–64. **130 twangling** twangle は 'twang' の frequentative verb (cf. 'twinkle'). **131 sometime** ⇨ 1.2.198 note. **135 that** = so that. **136** short line.

STEPHANO   This will prove a brave kingdom to me, where I shall have my music for nothing.
CALIBAN   When Prospero is destroyed.
STEPHANO   That shall be by and by, I remember the story.   140
TRINCULO   The sound is going away. Let's follow it, and after do our work.
STEPHANO   Lead, monster, we'll follow. I would I could see this taborer; he lays it on.
TRINCULO [*to Caliban*]   Wilt come? — I'll follow, Stephano.
[*Exeunt.*]   145

[3.3]   *Enter Alonso, Sebastian, Antonio, Gonzalo, Adrian, Francisco, and others.*

GONZALO   By'r lakin, I can go no further, sir,
My old bones aches. Here's a maze trod indeed
Through forthrights and meanders. By your patience,
I needs must rest me.
ALONSO   Old lord, I cannot blame thee,
Who am myself attached with weariness,   5
To th'dulling of my spirits. Sit down, and rest.
Even here I will put off my hope, and keep it
No longer for my flatterer. He is drowned
Whom thus we stray to find, and the sea mocks

137–45 Caliban の台詞も含めて散文でこの場を締める．**137 brave** ⇨ 1.2.206 note. **138 music** = band of musicians. **140 by and by** ⇨ 2.1.12 note. **141 after** ⇨ 1.2.184 note. **144 lays it on** = bangs his tabor vigorously. **145 [*to Caliban*]** Orgel の SD. わかりやすさから採用．**Wilt**（thou）⇨ 2.2.117 note. Caliban は Ariel の音楽に騙されずなかなか動こうとしない．**, Stephno.** F1 はコンマなしだが，Steevens によるコンマ挿入の校訂がわかりやすい．F1 のまま 'I'll follow Stephano.' と読んで Caliban に向けての Trinculo の意志表示とする解も

ステファノー　そいつはどうやらすばらしい王国になるだろうぜ、ただで楽師どもが雇えるからな。

キャリバン　プロスペローをやっつけたらだぜ。

140 **ステファノー**　すぐにやってやる、お前の話は忘れやしない。

トリンキュロー　音楽が遠のいていくぜ。追っかけようや、仕事はそのあとだ。

ステファノー　おい化物、おれたちの案内頼む。あの太鼓の主(ぬし)をひと目見たいもんだ、やけに威勢よく叩くじゃねえか。

トリンキュロー　[キャリバンに]　おい、どうした。──おういステファ
145　ノー、待ってくれ。　　　　　　　　　　　　　　　　　［一同退場］

[3.3]　アロンゾー、セバスチャン、アントーニオ、ゴンザーロ、エイドリアン、フランシスコー、ほか登場。

ゴンザーロ　いやもうかなわん、この先一歩も進めません、
　　老骨が痛みましてですな。まっすぐな道、曲がりくねった道、
　　歩き続けて迷路のごとし。恐れながらここはぜひとも
　　ひと休みいたさねば。

アロンゾー　　　　　　　　いやご老体、無理もなかろう、
5　このわたしとても疲労困憊、精も
　根も尽き果てた。さ、腰を下して休むがよい。
　こうとなってはわたしも望みを捨てよう、信じようにも
　実(じつ)のない望みだ。こうやって探し求めている息子は
　溺れて死んだのだ。陸(おか)での空しい捜索を

あるが(たとえば Orgel)，やはりここは Trinculo があわてて Stephano の後を追おうとする演出であろう．ダッシュの挿入は本版．
[3.3]　**1 By'r lakin** [bàiəléikin] = by our Virgin Mary.　lakin = little lady < lady + kin (diminutive suffix)．　**2 aches**　3人称複数の動詞に -s が付いた例．'This is extremely common in F1.'（Abbott 333）F2 は 'ache' に改訂．cf. 1.1.15 note.　**4 needs** ⇨ 1.2.108 note.　**me** = myself.　**5 attached** = seized.　**7 here**　i.e. now.　Even は強め．**put off** = dispose of.　**8 for** = as.

142   THE TEMPEST

Our frustrate search on land. Well, let him go.   10

ANTONIO [*to Sebastian*]　I am right glad that he's so out of hope.
Do not for one repulse forgo the purpose
That you resolved t'effect.

SEBASTIAN [*to Antonio*]　　　The next advantage
Will we take throughly.

ANTONIO　　　　　　　Let it be tonight,
For now they are oppressed with travail, they   15
Will not, nor cannot use such vigilance
As when they are fresh.

SEBASTIAN　　　　　　I say tonight. No more.

Solemn and strange music, and enter Prospero above, invisible.

ALONSO　What harmony is this? My good friends, hark.

GONZALO　Marvellous sweet music.

Enter several strange Shapes bringing in a banquet, and dance about it with gentle actions of salutation, and inviting the King etc. to eat, they depart.

ALONSO　Give us kind keepers, heavens. What were these?   20

SEBASTIAN　A living drollery. Now I will believe
That there are unicorns; that in Arabia
There is one tree, the phoenix' throne, one phoenix
At this hour reigning there.

ANTONIO　　　　　　　I'll believe both;

---

10 frustrate = frustrated; vain. ラテン語を語源とする -ate の動詞は p.p. でも原形のままの場合がある． **11 [*to Sebastian*], 13 [*to Antonio*]**　cf. 2.1.10, 11 補. **11 right** = very. **12 for one repulse**　i.e. because of one setback. **forgo** = give up. **13 t'effect** = to put into effect; to perform. 目的語は that (i.e. the purpose). **14 throughly** = thoroughly. **15 now** = now that. **travail**　F1 の綴りは 'trauaile'. travel の意味にもなりうるがここではわざわざ二重にとる必要はない． **16 nor can-**

10 　それ、海が嘲笑(あざわら)っておる。もういい、あきらめよう。
　アントーニオ［セバスチャンに］　王の絶望はもっけの幸いですな。
　さっき実行の一大決心、一度頓挫したからとて
　あきらめてはなりません。
　セバスチャン［アントーニオに］　次の機会はもう
　絶対に逃すまいな。
　アントーニオ　　　　　どうです今夜は、
15　連中はもうへとへとだ、寝ずの番など
　する気もないし、だいいちできっこない、
　元気なときとはわけが違う。
　セバスチャン　　　　　　　　　よし、今夜だ。もう言うな。

> 厳かで不思議な音楽とともにプロスペローが上部舞台に登場、姿が見えないという想定。

　アロンゾー　何であろう、あのみごとな音楽は？　みな、よく聞け。
　ゴンザーロ　まことに妙なる音楽。

> 不思議な姿の者たちが数名馳走を運んで登場、その周りを踊りながら優雅な身ぶりでお辞儀をし、王たち一同を食事に誘って立ち去る。

20　**アロンゾー**　天使たちよ、われらを護りたまえ。何者だったかあれは？
　セバスチャン　生きている人形芝居か。こうとなっては
　一角獣の存在を信じないわけにはいかない。アラビアには
　不死鳥の玉座の木があるという、今このときにも現代の一羽が
　その木に君臨しているという。
　アントーニオ　　　　　　　わたしも信じる、両方とも。

---

not double negative. **17.2 *Solemn . . . invisible.*, 19.2–.4 *Enter . . . depart.*** ⇨ 補. **19 Marvellous** (adv.) = marvellously. **20 kind keepers** i.e. guardian angels. **21 living drollery** i.e. dumb show by living figures. **22 Arabia, 23 tree, one phoenix** 伝説の不死鳥は一時期に 1 羽だけ、椰子の最も高い枝に巣を作るという．Sh は香料の国 Arabia と結びつけて the Arabian bird と呼んでいる (*Antony and Cleopatra* Norton TLN 1551 / *Cymbeline* 612.)

144 THE TEMPEST

And what does else want credit come to me, 25
And I'll be sworn 'tis true. Travellers ne'er did lie,
Though fools at home condemn 'em.

GONZALO　　　　　　　　　　If in Naples
I should report this now, would they believe me?
If I should say I saw such islanders —
For certes these are people of the island, 30
Who though they are of monstrous shape, yet note,
Their manners are more gentle, kind, than of
Our human generation you shall find
Many, nay, almost any.

PROSPERO　　　　　　Honest lord,
Thou hast said well; for some of you there present 35
Are worse than devils.

ALONSO　　　　　　I cannot too much muse
Such shapes, such gesture, and such sound, expressing,
Although they want the use of tongue, a kind
Of excellent dumb discourse.

PROSPERO　　　　　　　Praise in departing.

FRANCISCO　They vanished strangely.

SEBASTIAN　　　　　　　　No matter, since 40
They have left their viands behind; for we have stomachs.
Will't please you to taste of what is here?

ALONSO　　　　　　　　　　Not I.

---

25 what ... credit　i.e. whatever else lacks credibility. 前に if を補い次行の And を取ればわかりやすくなる. **26 Travellers ... lie**　cf. 'A Traveller may lie with authority.' (Tilley T 476) **29 islanders**　F1 で 'islands'. F2 で 'islanders' に改訂. **30–33**　構文の乱れ, 老人らしさ. なおこのあたり Montaigne の *Les Essais* の echo が認められるところ. cf. 2.1.139–63 note. **30 certes** [sə́:ti:z] = certainly. **32 manners** = behavior. **gentle, kind**　Theobald の 'gentle-kind' の校訂が定着してき

ほかにもどんな理屈に合わぬことでも今は信じたい
気になっている。海外旅行記の話はみんな本当のことだ、
国に留って嘘だなどと言っている方が井の中の蛙(かわず)。

ゴンザーロ　　　　　　　　　　　　　　　　ナポリで
こんな話をしても信じてもらえますまいな、
島の住民らはかくかくしかじかだ、などと申しましてもなあ──
いやまったく確かにあの者たちはこの島の者、
姿形(すがたかたち)は奇怪至極(きっかい)だが、ご覧になりましたか、
彼らの行うところまことに高潔にして情愛深く、
われら同類の人間にはなかなかもって、
いやもうまったく見られぬほど。

プロスペロー　　　　　　　　　　　さすが誠実なお人、
あなたの言うとおりだ。今そこの中にも悪魔顔負け
極悪人がおるからな。

アロンゾー　　　　あの姿、あの身ぶり、あの音色、
いやもう驚きを超えている、舌を用いることこそ
なかったが、いわばみごとな無言劇といおうか、
言いたいことがよくわかった。

プロスペロー　　　　　　　　　　褒めるのはまだ早過ぎる。

フランシスコ　不思議な消え方をいたしました。

セバスチャン　　　　　　　　　　　　　　なに、構うものか、
食事の方は残しておいてくれたからな。とにかくみんな空きっ腹。
いかがです兄上、ひと口味わってみては。

アロンゾー　　　　　　　　　　　　　　わたしは遠慮しよう。

たが F1 のままで十分．　**33 generation** = race.　**34 PROSPERO** *l.* 39 とともに Steevens の [*aside*] が定着してきたが '*above*' に位置する Prospero には必要ない．　**36 muse** = marvel at.　後にコンマを付して（F4）vi. (= gaze with wonder) とする解もあるが，F1 のまま vt. で問題ない．　**38 want** = lack.　**39 dumb discourse** i.e. dumb show. cf. *Hamlet* 3.2.135–45.　**Praise in departing** cf. 'Praise at parting.' (Tilley P 83)

GONZALO　Faith, sir, you need not fear. When we were boys,
Who would believe that there were mountaineers
Dewlapped like bulls, whose throats had hanging at 'em   45
Wallets of flesh? Or that there were such men
Whose heads stood in their breasts? Which now we find
Each putter-out of five for one will bring us
Good warrant of.

ALONSO　　　　I will stand to and feed,
Although my last; no matter, since I feel   50
The best is past. Brother, my lord the duke,
Stand to and do as we.

> *Thunder and lightning.*
> *Enter Ariel like a harpy, claps his wings upon the table, and with a quaint device the banquet vanishes.*

ARIEL　You are three men of sin, whom Destiny,
That hath to instrument this lower world
And what is in't, the never-surfeited sea   55
Hath caused to belch up you; and on this island
Where man doth not inhabit; you 'mongst men
Being most unfit to live. I have made you mad,
And even with such-like valour men hang and drown

---

43 Faith ⇨ 1.2.437 note. **45 Dewlapped** dewlap は牛の喉の下の垂れ下がった肉のたるみ. cf. *A Midsummer Night's Dream* 4.1.119. **46 Wallets** i.e. bags. **47 Whose ... breasts** いわゆる blemmyae. cf. *Othello* 1.3.142–43 補. *ll.* 22–24, *ll.* 26–27 などとともにルネサンス期の大航海時代の背景.「怪物」のイメージはたとえば Plinius（Pliny the Elder）に遡る. **48 putter-out** i.e. traveller abroad. わざわざ次と関係づけて = 'One who invests a sum of money at interest.' (Onions) とするほどのことではない. **five for one** 無事帰国の際には証拠を示して賭金の5倍を受け取る約束の（冒険旅行者）. **49 stand to** = take the risk. (Kittredge)

ゴンザーロ　なあに陛下、ご心配には及びません。われら幼少の砌、
だれ一人として信じる者はおらなんだ、肉の袋の
45　喉元にだらり垂れ下がりたることあたかも牡牛のごとき
山の民がいようなどと。胸の中に頭が鎮座する
人間だとか。それが当今では五倍の賭金で
航海に出る冒険者とやらが、その歴とした証拠を
持って帰りましょうからな。

アロンゾー　　　　　　　　　　わたしが率先して食べよう、
50　これが最後の食事になろうと構わん。いまさら思い残すことはない、
昔はもう昔のこと。弟、それにミラノ公爵、
さ、食べよう、わしにならえ。

　　　　　　雷鳴と稲妻。
　　　　　　エアリエルがハーピーの姿で現れ食卓の上で大きくはばたくと、巧
　　　　　　妙な仕掛けで馳走が消え失せる。

エアリエル　汝ら罪人三人、よっく聞け、下界悉皆
ことごとくをみずからの手立てに操る
55　運命の神は、このたび貪婪飽くなき海に命じて
汝らを岸に吐き出させた。なんとこの島、住む者とてない
無人の島。汝らは諸人の中に生くるに値いせぬ
者たちだからだ。どうだ、これを聞いて気が狂うたか、
狂気の勇気とやらに駆られて、人は首をくくり、身を投げ、

---

50 last, 51 past　internal couplet rhyme.　**52**　short line. 次の SD への間（準備）.
we　royal 'we'.　**52.2–.4**　F1 の SD.　**52.3 *harpy*** ギリシャ神話のハルプュイア
（Harpuia）. 顔と体が女で鳥の翼と爪を持った強欲な怪物 < Gk. *harpazein* (= to
snatch).　**52.4 *a quaint device*** authorial か？　**54 to instrument** = as its instrument.
55 what = whatever.　**never-surfeited sea**　次行 'Hath caused' の目的.　**56 you**
l. 53 の whom の繰り返し.　**57 'mongst** = amongst; among.　**59 even** = just.　**such-
like valour**　i.e. valour of madness, very different from true courage. (*Riverside*)
Capell はここに [*Seeing them draw.*] の SD を付しているが短慮.

Their proper selves.   [*They draw their swords.*]
                You fools, I and my fellows   60
Are ministers of Fate, the elements
Of whom your swords are tempered may as well
Wound the loud winds, or with bemocked-at stabs
Kill the still-closing waters, as diminish
One dowle that's in my plume. My fellow ministers   65
Are like invulnerable. If you could hurt,
Your swords are now too massy for your strengths,
And will not be uplifted. But, remember,
For that's my business to you, that you three
From Milan did supplant good Prospero;   70
Exposed unto the sea, which hath requit it,
Him and his innocent child. For which foul deed
The powers, delaying, not forgetting, have
Incensed the seas and shores, yea, all the creatures
Against your peace. Thee of thy son, Alonso,   75
They have bereft; and do pronounce by me
Ling'ring perdition, worse than any death
Can be at once, shall step by step attend
You and your ways; whose wraths to guard you from,
Which here in this most desolate isle else falls   80

---

60 Their proper selves themselves を proper (= own) で強めた. cf. Abbott 16.
[*They draw their swords.*] Hanmer の SD. 演出の領域であるが一応ここに付した. **61 ministers** = agents. **elements** 'in *pl.* the "raw material" of which a thing is made.' (*OED*) 後の 'winds' (i.e. air), 'waters' とともに 4 elements (cf. 1.1.19 note) に繋げたこちたき解があるが, 上記 *OED* がわざわざここを引用している. **62 whom** = which. **as well** i.e. just as easily. **63 bemocked-at**「嘲笑されるだけの」. bemock = mock at. (-at は redundant.) **64 still-closing** = constantly flowing

みずからを滅ぼす。　　　　　　　　　　　　　　　　［一同剣を抜く］
60　　　　　　　馬鹿め、わたしも、わたしの連れたちも、
運命の神の御使い、汝らの剣のごとき、この世の鋼を
鍛えたものでは、たとえ吠え猛る烈風を裂きえようとも、
せせら笑ってたちまちに傷口を閉じる水の流れを
割ることはできようとも、わたしの羽根の和毛の
65　一本をも切り落すことはできんのだ。わたしの連れの
御使いらもわたしと同じ不死身。汝らに傷つけうる
剣のありとせば、それは汝らの力に余る巨大なる代物、とうてい
振り上げることなどできはせぬ。それではよいか、思い起こせ、
思い起こさすがすなわちわたしの務め、汝ら三人、
70　ミラノからよき統治者プロスペローを追い落したな、
彼とその罪なき幼子を荒海にさらしたな、
このたびの難船こそは荒海の報復、天上の御力は
その非道を忘れたまわず、長き時をへて、
海を、岸辺を、いや被造のことごとくを憤怒へと導き、汝らの平安を
75　微塵にした。アロンゾー、汝は汝の息子を奪われた。
なおもわが口を通して宣せらるるは汝らの緩慢なる破滅、
いかなる死であれむしろ瞬時の死を望むであろうほどの
永劫の苦しみ、それが一歩、また一歩、汝らの進む
いずこにも常に伴うであろう。怒りより身を守らんとすれども
80　叶わず、ここ荒涼の島にて汝らの頭上に降りかかる、

---

together again; impossible to wound.（Shane）　**65 dowle** [daul] = soft, fine feather.（Onions）　**plume** = plumage. 念のため F1 の綴りは 'plumbe'、F4 で 'plumb'.（いずれも *OED* にない variant.）Rowe で 'plume'.　**66 like** = likely, equally.　**69 business** = mission.　**71 requit** = avenged.（requite の p.p.）　**73 delaying, not forgetting** cf. 'God stays long but strikes at last.'（Tilley G 224）　**78 Can** 前に that を補う.　**80 falls** 主語は which（i.e. wraths [pl.]）だが離れているので前の isle に引かれたか. cf. *l*. 2 note.（Hanmer は 'fall' に校訂.）

Upon your heads, is nothing but heart's sorrow
And a clear life ensuing.

> *Ariel vanishes in thunder; then to soft music enter the Shapes again, and dance with mocks and mows and carry out the table.*

PROSPERO   Bravely the figure of this harpy hast thou
Performed, my Ariel; a grace it had, devouring.
Of my instruction hast thou nothing bated   85
In what thou hadst to say. So, with good life
And observation strange, my meaner ministers
Their several kinds have done. My high charms work,
And these, mine enemies, are all knit up
In their distractions; they now are in my power.   90
And in these fits I leave them, while I visit
Young Ferdinand, whom they suppose is drowned,
And his and mine loved darling.   [*Exit.*]

GONZALO   I'th'name of something holy, sir, why stand you
In this strange stare?

ALONSO   O, it is monstrous, monstrous.   95
Methought the billows spoke and told me of it;
The winds did sing it to me; and the thunder,
That deep and dreadful organ-pipe, pronounced
The name of Prosper. It did bass my trespass.

---

81 is 前に there を補う. cf. Abbott 404. **heart's sorrow** F1 は 'hearts-sorrow'. Rowe の校訂を採る. sorrow i.e. repentance. cf. 'For godly sorrow causeth repentance unto salvation, not to be repented of, but worldly sorrow causeth death.'「それ神に従う憂いは、悔(くい)なきの救いを得るの悔改(くいあらため)を生じ、世の憂は死を生ず」(*2 Cor.* 7.10)   **82** short line による間. cf. *l.* 52 note. **clear** = sinless. **82.2–.3** F1 の SD. **82.3 *mocks and mows*** 「嘲笑と渋面」. proverbial, cf. Tilley M 1030.   **83 Bravely** = splendidly. cf. 1.2.206 note. **figure** = represented character; part. (Onions)   **84 devouring** i.e. ravishing (grace). *Aeneis* のエピソードの描写から Ariel が

これを逃れる道はただひとつ、さ、心より悔い改めよ、
悔い改めて清浄なる生を生きよ。

> エアリエルは雷鳴とともに消える。続いて優しい音楽に合わせて不思議な姿の者たちがふたたび登場、嘲笑渋面の踊りを踊って食卓を運び去る。

プロスペロー あっぱれエアリエル、今のハーピーの役
よくやってくれた。あざやか、あざやか、うっとりするほど。
85 わたしの言いつけた口上も、なにひとつ省くことなく
完璧であった。同様に、端役の妖精たちも
迫真の演技、演出に細心の注意を払って
それぞれの役をみごとに演じ終えた。おかげでわが最高の
魔術も功を奏し、あの三人、わが憎(にっく)き仇敵どもは
90 きりきり舞いの狂乱状態にある。生殺与奪はわが掌(たなごころ)の中。
それではしばらくあいつらは狂乱の発作に任せて、わたしは
ファーディナンドに会うことにする、溺れ死んだはずのあの若者、
それと、あの若者とわたしにとっての最愛の娘に。　　　　[退場]

ゴンザーロ 聖なる御名(みな)にかけて、陛下、何ごとです、
そのように目を据えられて。

95 **アロンゾー** 　　　　　　　　なんと奇怪(きっかい)な、奇怪至極な。
海が口をききそのことをわたしに告げたのか、
風がそのことを歌って聞かせたのか。はたまた雷(いかずち)が
オルガンの音(ね)を低く恐ろしく響かせてプロスペローの名を
奏でたのか。あれは確かにわたしの罪過を責める低音。

---

banquet を snatch する勢いの形容とする解があるが，穿ち過ぎ（cf. p. xxiii）. **85 bated** = omitted.　**86 So** = in the same way.　**life**　i.e. realism.　**87 observation strange** = remarkably observant care.　**88 several** = respective.　**kinds**　i.e. roles.　**92 whom** = who. 'It is a confusion of two constructions, e.g. "Ferdinand *who*, they suppose, *is drowned*", and "*whom* they suppose *to be drowned*".（Abbott 410）　**93** short line.　**mine**　子音の前でも mine の用いられた例．cf. Abbott 238.　**99 Prosper** ⇨ 2.2.2 note.　**bass** [beis] = utter or proclaim with bass or sound.（*OED, nonce-word.*）

Therefore my son i'th'ooze is bedded; and 100
I'll seek him deeper than e'er plummet sounded,
And with him there lie mudded. [*Exit.*]
SEBASTIAN But one fiend at a time, I'll fight their legions o'er.
ANTONIO I'll be thy second. [*Exeunt Sebastian and Antonio.*]
GONZALO All three of them are desperate. Their great guilt, 105
Like poison given to work a great time after,
Now 'gins to bite the spirits. I do beseech you
That are of suppler joints, follow them swiftly
And hinder them from what this ecstasy
May now provoke them to.
ADRIAN Follow, I pray you. [*Exeunt.*] 110

[4.1]   *Enter Prospero, Ferdinand and Miranda.*
PROSPERO If I have too austerely punished you
Your compensation makes amends, for I
Have given you here a third of mine own life,
Or that for which I live; who once again
I tender to thy hand. All thy vexations 5
Were but my trials of thy love, and thou
Hast strangely stood the test. Here, afore Heaven,
I ratify this my rich gift. O Ferdinand,
Do not smile at me that I boast her of,
For thou shalt find she will outstrip all praise 10
And make it halt behind her.

---

100 Therefore = for that (i.e. trespass).   **101, 102** *l.* 102 は short line だが couplet. rhyme は *l.* 100 の 'bedded' から続いている. couplet を生かすためにも *l.* 102 を次行との渡りに編纂すべきではない.   **103 fight . . . o'er** = fight one after another.   **109 ecstasy** = madness.

[4.1]   **1 punished** = afflicted with pain and suffering. (Schmidt)   **3 a third of mine**

100　そのゆえにわが子は海底の泥の屑に沈み、
　　　その骸（むくろ）を探ろうにも水底（みなそこ）への錘とて届かぬ、
　　　わたしも息子とともに泥にくるまる身の末。　　　　　［退場］

セバスチャン　悪魔の全軍とでも戦うぞ、一匹ずつばったばったと。

アントーニオ　わたしも必ず助太刀を。

　　　　　　　　　　　　　　　　　　　［セバスチャンとアントーニオ退場］

105 **ゴンザーロ**　お三方ともみな自暴自棄だ。大いなる罪が、
　　　時をへて効き目を現す毒薬さながら、
　　　いま精神を蝕み始めた。さあて皆々、
　　　われらは幸い足腰はすこやか、急いで後を
　　　追いかけましょうぞ、ああまで狂われては
　　　大事を起こさぬとも限らない。

110 **エイドリアン**　　　　　　　　　どうか続いて下さい。　　［一同退場］

[4.1]　　プロスペロー、ファーディナンド、ミランダ登場。

プロスペロー　ずいぶん苛酷な労役を課してしまったが
　　　その埋め合せはちゃんとつけてある、いいかな、
　　　わたしが君に委ねたのはわたしの命の大事な一部、
　　　わたしの生き甲斐そのもの、それをここであらためて
5　　 君の手に引き渡そう。君を苦しめたのは
　　　君の愛を試そうがためだったが、君は
　　　驚くほどみごとにそれに耐えてくれた。では天を証人に
　　　この貴重な贈りものを正式に君の所有とする。ああ
　　　ファーディナンド、わたしの娘自慢を笑わないでくれ、
10　 君だってきっとわかる、いかなる賞讃もこの子には追いつかず
　　　後ろで足を引きずるばかりだと。

---

own life ⇨補.　**4 who** ⇨ 1.2.80 note.　**8 this my rich gift**　cf. 3.1.4 note.　**9 boast her of** ⇨補.　**11–12** F1 の lineation は 'And . . . her.', 'I . . . it', 'Against . . . Oracle.' の3行. Lindley は *l*. 11 を6音節の short line にし, *l*. 12 全体を FERDINAND の 'I do . . . oracle.' に編纂するが, 4音節の「間」は *l*. 13 の PROSPERO の前がよ ↱

FERDINAND   I do believe it
Against an oracle.

PROSPERO Then, as my gift and thine own acquisition
Worthily purchased, take my daughter. But
If thou dost break her virgin-knot before   15
All sanctimonious ceremonies may
With full and holy rite be ministered,
No sweet aspersion shall the heavens let fall
To make this contract grow; but barren hate,
Sour-eyed disdain and discord shall bestrew   20
The union of your bed with weeds so loathly
That you shall hate it both. Therefore take heed,
As Hymen's lamps shall light you.

FERDINAND   As I hope
For quiet days, fair issue and long life,
With such love as 'tis now, the murkiest den,   25
The most opportune place, the strong'st suggestion
Our worser genius can, shall never melt
Mine honour into lust to take away
The edge of that day's celebration,
When I shall think or Phoebus' steeds are foundered 30
Or night kept chained below.

り適切．┐ **13 gift** F1 は 'guest'．Rowe の校訂が定着．Cranian spelling の 'guift' から生じた compositorial error ということで諸版の説も一致する． **14 purchased** = obtained. **15 virgin-knot** 古代ローマで結婚式に花嫁は knotted girdle を帯した． **16 sanctimonious** = sacred. **17 rite** F1 の 'right' は 'erroneous spelling for "rite".' (*OED*) cf. *A Midsummer Night's Dream* 4.1.130 note. **ministered** = performed. **18 aspersion** = springling of water; shower (of grace). **20 bestrew** 新婚の床に花を撒く習慣．cf. *Hamlet* 5.1.224–27. **23 Hymen** [háimen] ギリシャ神話の婚姻の神ヒュメナイオス．花冠を戴き松明を持った美青年に表される． **25 den** Dido は Aeneas と洞窟の中で結ばれる (*Aeneis* 4.124). cf. 2.1.73

ファーディナンド　　　　　　　　お言葉を信じますとも、
神託が逆を言おうとも。

プロスペロー　よろしい、これはわたしの贈り物、君はこれを
りっぱに手に入れた、娘は君のものだ。だが、よいか、
15　神聖にして厳粛なる式が
万事うやうやしく執り行われるまでは、
けして処女の帯をほどき奪うてはならぬ、
さすれば天よりの慈雨はたと止み、
婚姻の契りも実を結ぶことがない。愛の臥所(ふしど)には、
20　不毛の憎しみ、軽侮のまなざし、そして不和が、
花ならぬ卑しい雑草を撒き散らし、二人は
祝いの新床を忌み嫌う。わかったな、よくよく心を用いるのだよ、
縁結びの神ハイメンの松明(たいまつ)が二人を明るく導くように。

ファーディナンド　　　　　　　　　　　　　　わが望みは
平安の日々、健やかな子たち、そして長命、そのためには
25　今のこの清らかな愛を守り抜かなくては、なのにどうして
ほの暗い洞窟の中、恰好な愛欲の場所、邪心の誘惑に
引きずられて、わが尊い名誉をば薄汚れた欲情にとろけさせて
なるものか、それではせっかくの婚姻の日に思いの鉾(ほこさき)が
鈍りましょうに、夜を待ちかねるその日には、さては日の神の
30　戦車を牽(ひ)く駿馬らの脚が萎(な)えたか、それとも夜が大地の裏側に
繋がれたまま身動(じろ)ぎならぬのかと逸(はや)りに逸るわが心。

---

note.　**26 oppórtune** = convenient. アクセント第 2 音節.　**27 worser genius** = evil genius; evil attendant spirit. 人間の魂の支配をめぐって善悪両 spirits が争うという考え方. Sh ではたとえば *Sonnets* 144 のモチーフになっている. worser については 1.2.19 note 参照.　**can** = can make.　**28 to** = so as to.　**29 edge** = keen passion.　**30 When** 前行の that day を受ける. **Phoebus** [fíːbəs] ギリシャ神話のポイボス (Phoibos = bright, radiant), 太陽神としての Apollo (Apollon) の呼び名. 4 頭の駿馬の牽く戦車に駕し毎朝東から天空を駆けて西に入る. **are foundered** = have gone lane.　**30–31 or . . . Or** ⇨ 1.2.82–83 note.　**31 kept** = is being kept.　**below**　i.e. beneath the antipodes.

PROSPERO   Fairly spoke.
Sit then, and talk with her, she is thine own.
What, Ariel, my industrious servant Ariel!
   Enter Ariel.
ARIEL   What would my potent master? Here I am.
PROSPERO   Thou and thy meaner fellows your last service   35
Did worthily perform; and I must use you
In such another trick. Go bring the rabble,
O'er whom I give thee power, here to this place.
Incite them to quick motion, for I must
Bestow upon the eyes of this young couple   40
Some vanity of mine art. It is my promise,
And they expect it from me.
ARIEL   Presently?
PROSPERO   Ay, with a twink.
ARIEL   Before you can say 'come' and 'go',
         And breathe twice, and cry 'so, so',   45
         Each one tripping on his toe,
         Will be here with mop and mow.
         Do you love me, master? No?
PROSPERO   Dearly my delicate Ariel. Do not approach
Till thou dost hear me call.
ARIEL   Well, I conceive.   [*Exit.*] 50
PROSPERO   Look thou be true; do not give dalliance
Too much the rein. The strongest oaths are straw
To th'fire i'th'blood. Be more abstenious,

---

31 spoke = spoken. cf. 3.1.37 note.   **33 What** 'Not impatient.' (Kermode)   **Ariel!**
！は本版，諸版も同様． **35 meaner fellows**   cf. 'meaner ministers' (3.3.87).   **37**
trick = ingenious artifice; performance.   **Go bring** ⇨ 1.2.301 note.   **41 vanity** =
that which is vain; illusion.   **42 Presently** ⇨ 1.2.125 note.   **44–48** 同一 rhyme の

プロスペロー　　　　　　　　　　　　　　　　　　　よく言った。
　それでは坐って娘と語り合うがよい、娘は君のものだ。
　おういエアリエル、わが忠実なる僕（しもべ）エアリエル！

　　　エアリエル登場。

エアリエル　御前（おんまえ）に、わが畏（かしこ）きご主人さま。

35 **プロスペロー**　お前も、お前の手下の妖精たちも、最後の奉公を
　りっぱにやってくれた。で、お前たちにはもう一つ、別の
　余興を頼まねばならん。お前に統率をまかせた
　あの者たちをここに連れてきてくれ。
　急がせてくれよ、ここの若い二人の
40　目の前にわたしの魔法の業（わざ）なる舞台を
　披露したい。約束だからな、二人とも
　わたしの演出を楽しみにしている。

エアリエル　　　　　　　　　　今すぐに？

プロスペロー　そうだ、瞬くうちに。

エアリエル　早速参上、
45　　　甘酒進上、
　　　足どり顔つき
　　　思いのままに、
　　　ご主人さまのおっしゃるままに。

プロスペロー　うれしいことを言ってくれる。ようし、
　次に呼ぶのが出の合図だ。

50 **エアリエル**　　　　　　　　はい、承知しました。　　　　　［退場］

プロスペロー　君、君、さっきの約束を忘れては困るぞ。男女の仲は
　いいね、慎みが肝心。いったん血が燃えさかれば
　どんなに固い誓言だとて藁しべも同然。抑えてくれよ、抑えて、

---

cinquain. 前の2行はlooseなiambic tetrameter, 後の3行はtrochaic.　　**47 mop and mow** ⇨ 3.3.82.3 note.　　**49 delicate** ⇨ 1.2.441 note.　　**50 conceive** = understand.　　**51 Look** = take care (that).　　**true**　i.e. to your word.　　**51–52 give ... the rein** = leave ... without restraint.　proverbial (cf. Tilley B 671).　　**53 blood**　情熱（欲）↱

Or else good night your vow.
FERDINAND   I warrant you, sir;
The white cold virgin snow upon my heart 55
Abates the ardour of my liver.
PROSPERO   Well. —
Now come, my Ariel. Bring a corollary,
Rather than want a spirit. Appear, and pertly.   [*Soft music.*]
No tongue, all eyes. Be silent.
    Enter Iris.
IRIS Ceres, most bounteous lady, thy rich leas 60
Of wheat, rye, barley, fetches, oats, and peas;
Thy turfy mountains, where live nibbling sheep,
And flat meads thatched with stover, them to keep;
Thy banks with pionèd and twillèd brims,
Which spongy April at thy hest betrims, 65
To make cold nymphs chaste crowns; and thy broom-groves,
Whose shadow the dismissèd bachelor loves,
Being lass-lorn; thy pole-clipt vineyard,
And thy sea-marge sterile and rocky-hard,
Where thou thyself dost air. The queen o'th'sky, 70
Whose wat'ry arch and messenger am I,

の宿るところ． **abstenious** = abstemious．当時両方の綴り，F1 を採る．↰ **56 liver** 古代生理学で seat of passion． **57 corollary** = surplus． **58 want** = lack. **pertly** = briskly． [*Soft music.*] F1 の SD． **59 No tongue** 魔術には沈黙が保たれなくてはならない．cf. *l*. 128． **59.2–139.3** *Enter Iris. . . . a graceful dance;* ⇨ 補． **59.2** *Iris* ⇨ p. 4, *l*. 15 note． **60 Ceres** ⇨ p. 4, *l*. 16 note． **leas** = fields. **61 fetches** = vetches (pl.)．F1 の綴り．「(マメ科ソラマメ属)カラスノエンドウ」．飼料及び土地改良のために栽培される． **62 turfy** = covered with turf. **63 thatched** = covered as with thatch. (*OED*) **stover** = fodder for cattle. **them to keep** i.e. to feed the sheep. **64 pionèd** [páiənìd] **and twillèd** ⇨ 補． **65 spongy**

誓いを紙くずにするなよ。

ファーディナンド　　　　　　　どうかご安心下さい、
この胸に抱かれるのは純白の処女の雪、その冷たさは
肝の臓の熱い炎を消してくれましょう。

プロスペロー　　　　　　　　　　そうか。──
ようし、出番だエアリエル。その他大勢
総出演といこう。早速にそれ用意はいいな。　　　　　［静かな音楽］
もう話してはいかん、目をこらして見るのだよ。静かに。

　　アイリス登場。

アイリス　シーリーズよ、豊穣の女神よ、
あなたの白い畑に五穀は豊かに稔り、
あなたの緑の岡辺に羊らはのどかに遊ぶ、
見よ、牧場に高く広く茂る飼葉の草を。
川の流れは堤をえぐり、えぐられてなお厚き堤に、
穀雨の降り注げば爛漫の花足らい、
汚れなき水のニンフら美しき冠りをつくる。
森かげに深くさ迷う男のひとり、
恋に破れてかその影のなんとさびしげな。
さあ、あなたの憩うは葡萄の園か、
険しい岩の荒磯の辺か。
わたしは虹のアイリス、ジューノーの御使い、

= moist; rainy.　**April** cf. 'Aprille with his shoures sote' (*The Canterbury Tales*, The Prologue 1)　**hest** ⇨ 1.2.274 note.　**betrims** = adorns.　**66 cold** i.e. chaste.　**broom-groves** i.e. clumps of shrubs. (*New Folger*) broom (ハリエニシダ) は shrub であるから 'groves' とは相容れないとして18世紀には 'brown groves' への校訂が試みられたりしたが気にするほどのことではない.　**67 dismissèd bachelor** i.e. rejected suitor.　**68 lass-lorn** = having lost his lass.　**pole-clipt** = hedged by poles.　**69 marge** = margin; beach.　**70 air** = take the air.　**The queen o'th'sky** i.e. Juno. Juno [dʒúːnou] は Jupiter の妻, ローマ神話で神々の女王. 女性(特に結婚生活)の守護神. ギリシャ神話のヘラに当る.　**71 wat'ry arch** i.e. rainbow.

Bids thee leave these, and with her sovereign grace,
Here on this grass plot, in this very place,
To come and sport. Her peacocks fly amain.
Approach, rich Ceres, her to entertain.   75
   Enter Ceres.

CERES Hail, many-coloured messenger, that ne'er
Dost disobey the wife of Jupiter;
Who with thy saffron wings upon my flowers
Diffusèst honey drops, refreshing showers,
And with each end of thy blue bow dost crown   80
My bosky acres and my unshrubbed down,
Rich scarf to my proud earth. Why hath thy queen
Summoned me hither, to this short-grassed green?

IRIS A contract of true love to celebrate,
And some donation freely to estate   85
On the blessed lovers.

CERES   Tell me, heavenly bow,
If Venus or her son, as thou dost know,
Do now attend the queen? Since they did plot
The means that dusky Dis my daughter got,
Her and her blind boy's scandaled company   90

---

72 these *l.* 60 以下に挙げられてきた Ceres の territories. **with her sovereign grace** *l.* 74 の 'To come and sport' の後に置いて読む. rhyme の都合で語順が変則的になった. her grace は 'her' の尊称. **74 To** *l.* 72 の Bids の目的補語だから文法的には bare inf. でよい. **. Her** F1 は ': here'. Rowe の校訂が定着. **peacocks** Juno (⇨ *l.* 70 note) に捧げられた聖鳥. **amain** = with full force. **75 entertain** = greet. **77 Jupiter** [dʒúː(ː)pitə] ローマ神話で神々の支配者ユピテル. Jove とも. < Jove + L. *pater* (= father). ギリシャ神話のゼウスに当る. **80 bow** = rainbow. **81 bosky** i.e. covered with shrubs. **85 freely** = generously. **estate** = bestow. **87 Venus** [víːnəs] ローマ神話で愛と美と豊穣の女神ウェヌス. ギリシャ神話のアプロディテに当る. ここでは性愛の女神として. **her**

[4.1]   161

それでは天（あま）つ女王の思し召しを伝えましょう、
いますぐここ緑の草地でご一緒に余興をとの仰せ、
孔雀の御車（みくるま）で早速お出（い）でになりますよ。
75　さ、ご挨拶に現れなさい、豊穣のシーリーズよ。
　　　　シーリーズ登場。

シーリーズ　ご機嫌よう、七色の御使（み）い
ジュピターのお后の忠実な侍女、
あなたのサフラン色の翼から滴る露は、
わたしの花たちへの甘い蜜の恵み、
80　引きしぼったあなたの青色の弓は、野と森の
空高くにしなって、まるで大地のスカーフのよう。
でも教えて下さいな、わたしまで呼び出して、
女王さまがこの緑の芝生で余興をなさるそのわけを。

アイリス　それはね、まことの愛の契りを祝おうがため、
85　おしあわせのお二人にお見せする余興なのです、
なんとうれしいお心でしょう。

シーリーズ　　　　　　　それでは答えて大空の弓よ、
あなたならご存じ、ヴィーナスやあの人の息子キューピッドは
今も女王さまのお側なのですか。だってねえ、あの二人は
示し合せて、わたしの娘を暗い黄泉路（よみじ）にかどわかしたのです。
90　わたしはね、汚らわしい交りをきっと絶ったのですよ、

---

son i.e. Cupid. ローマ神話のクピド（ギリシャ神話でエロス）は Venus の子. 通常裸で翼の生えた美少年が弓矢を持つ姿で描かれ, 目隠しされていることが多い. 気まぐれの矢を放ちその矢に当ると恋に落ちる.　**as**＝so far as.　**89 that**＝by that.　**dusky** 'a classical epithet of Pluto'.（Luce）　**Dis** [dis] ローマ神話で冥界の神. ギリシャ神話の Pluto（プルートン）に当る.　**my daughter** i.e. Persephone. Dis は Ceres の娘ペルセポネに恋し彼女を冥界に連れ去った. オウィディウス（Ovid）の *Metamorphoses*（5.341–571）では Venus が Cupid に命じて Dis の恋心をかき立てた. このエピソードは *The Winter's Tale* [4.4] 花配りの場でも言及される（Norton TLN 1930–32）. cf. 5.1.33–50 note.　**90 scandaled**＝scandalous, disgraceful. cf. 3.1.37 note.

I have forsworn.

IRIS   Of her society
Be not afraid. I met her deity
Cutting the clouds towards Paphos and her son
Dove-drawn with her. Here thought they to have done
Some wanton charm upon this man and maid,   95
Whose vows are, that no bed-right shall be paid
Till Hymen's torch be lighted; but in vain.
Mars's hot minion is returned again,
Her waspish-headed son has broke his arrows,
Swears he will shoot no more, but play with sparrows,   100
And be a boy right out.

    Juno descends to the stage.

CERES   Highest queen of state,
Great Juno comes; I know her by her gait.

JUNO   How does my bounteous sister? Go with me
To bless this twain, that they may prosperous be,
And honoured in their issue.   105

  [*Sings*] Honour, riches, marriage-blessing,
        Long continuance and increasing,
        Hourly joys be still upon you,

---

92 her deity cf. *l*. 72 note. 'jocular use.' (Orgel)   **93 Paphos** [péifɔs] Cyprus 島の町パポス．ギリシャ神話でアプロディテ（Venus [⇨ *l*. 87 note]）の誕生の地とされ，女神崇拝の町．訳のカナ書きでは原音を採った．   **94 Dove-drawn** dove は Venus の鳥．Juno の鳥が peacock であるように（cf. *l*. 74 note）．   **95 wanton charm** Dis も Venus と Cupid の性愛の魔力にかけられた（cf. *l*. 89 note）．   **96 bed-right** i.e. consummation of the marriage. (*Arden 3*) Steevens 以来 F1 の 'right' を 'rite' に校訂するのが一般的であるが，動詞の 'paid' からも F1 の綴りが適切である．cf. *l*. 17 note.   **97 Hymen's torch** ⇨ *l*. 23 note.   **98 Mars's** [máːziz] **hot minion** Mars はローマ神話の戦さの神．ギリシャ神話のアレスに当る．Venus は跛で醜男の鍛冶の神 Vulcan（ウルカヌス／ヘパイスト

[4.1]   163

あの女神と、目隠ししたあの息子との。

アイリス　　　　　　　　　　　　　そのことなら
ご安心なさい。わたしはあの女神とやらに会ったばかり、
あの人の里のパポスに向けて一目散、キューピッドも
鳩の車で一緒だったから。ここで二人は、
95　いまの男女に性愛の術をかけるつもりでしたが、
縁結びの神ハイメンの松明(たいまつ)が明るい導きとなるまでは
けして床入りをすまいとの誓いも固く、結局は無駄な骨折り、
軍神マルスのみだらな情婦はすごすごと引き返す、
腕白小僧の息子の方も矢をへし折って、もう弓で
100　悪さをしないとの誓いを立てました、遊び仲間は
雀たち、ちゃんと行儀をよくしますって。

　　　　　ジューノーが舞台に降り立つ。

シーリーズ　　　　　　　　　　　　　ジューノーさまですよ、
いと高き女王のお出まし、あの堂々たるお運びよう。
ジューノー　ご機嫌よう、豊穣の妹、さ、ここのお二人の
末長いしあわせと子宝の恵みを一緒に
105　祈りましょう。
　　［歌う］ほまれも、富も、とこしえに、
　　　　　妹背の結び、いやさかに、
　　　　　喜び日々に、あらたなれ、

ス)と結婚しながらマルスと情交を結んだ．訳のカナ書きでは Mars は原音を採った (cf. p. 4, *ll.* 15–19 note). **hot** = lecherous.　**is returned** ⇨ 1.2.36 note.　**again** ⇨ 2.1.245 note.　**99 waspish-headed** = peevish. headed は arrow の縁語．**broke** ⇨ 3.1.37 note.　**100 sparrows**　dove と同じく Venus の鳥，また lustful (cf. Tilley S 715).　**101 right out** = completely.　***Juno descends to the stage.*** ⇨ 補．**state** = majesty.　**102 gait** = manner of walking.　**103 sister**　ギリシャ・ローマ神話の系譜では Ceres (Demeter) と Juno (Hera) は姉妹とされる．**104 twain** = two.　**105** short line. 歌に入る間．**106 [*Sings*], 110 [*sings*]**　F1 は *l.* 106 の前に 'They sing.' とあって，*l.* 110 にも SH がない．これを 2 つに分けて Juno と Ceres の歌としたのは Theobald.　**108 still** = always.

           Juno sings her blessings on you.
CERES [*sings*]   Earth's increase, foison plenty,   110
           Barns and garners never empty.
           Vines with clust'ring bunches growing,
           Plants with goodly burden bowing;
           Spring come to you at the farthest
           In the very end of harvest.   115
           Scarcity and want shall shun you,
           Ceres' blessing so is on you.
FERDINAND   This is a most majestic vision, and
  Harmonious charmingly. May I be bold
  To think these spirits?
PROSPERO   Spirits, which by mine art   120
  I have from their confines called to enact
  My present fancies.
FERDINAND   Let me live here ever;
  So rare a wondered father and a wise
  Makes this place paradise.
         [*Juno and Ceres whisper and send Iris on employment.*]
PROSPERO   Sweet now, silence.   125
  Juno and Ceres whisper seriously,
  There's something else to do. Hush, and be mute,
  Or else our spell is marred.

---

110 Earth's [ˈɔːθiz] と 2 音節. **foison** = abundance. **plenty** 後置の adj.. **114–15** i.e. may spring join to autumn (so that there is no winter). (*New Folger*) **114 at the farthest**「どんなに遠く(遅く)ても」. **119 charmingly** = enchantingly. **119–20 bold To think** i.e. so bold as to think. **121 confines** = territories, elements. (アクセント第 2 音節.) spirits はそれぞれ固有の住処がある. cf. *Hamlet* 1.1.158–59. **enact** = perform. **122 fancies** = workings of (my) imagination. **123 won-**

　　　　　　　これ、ジューノーの祝ぎ歌ぞ。
110 **シーリーズ**［歌う］　大地の恵み、満ちあふれ、
　　　　　　　五穀の稔り、ここかしこ、
　　　　　　　麦の穂先は、重く垂れ、
　　　　　　　葡萄の房の、実もたわわ。
　　　　　　　実りの秋は、冬を越え、
115　　　　　　春の訪れ、いまそこに、
　　　　　　　乏しき倉には、縁ぞなき、
　　　　　　　これ、シーリーズの言祝ぎぞ。
　ファーディナンド　これはまあなんと壮麗な幻影でしょう、それに
うっとりと引き込まれるあの調べ。あれがみんな妖精だなんて
とても考えられない。
120 **プロスペロー**　　　　妖精だとも、わたしが魔術を使って
あいつらを固有の住処から呼び出して、いまのわたしの思いのままを
演じさせたのだよ。
　ファーディナンド　ここでずっと生きていたい、
こんなにすばらしい、それに賢明なお父上とご一緒なら
この島は楽園そのものです。
　　　　　　　［ジューノーとシーリーズとが囁き合ってアイリスを送り出す］
125 **プロスペロー**　息子よ、もう黙りなさい。
ジューノーとシーリーズが熱心に話し合っている、
まだ余興の続きがあるのだよ。だから静かに、口を閉じて、
せっかくの魔術が破れてしまう。

---

dered = wonderful. cf. 3.1.37 note.　**wise** ⇨ 補.　**124, 125** short lines. cf. *l.* 123 補
③.　**124.2 [*Juno . . . on employment.*]**　F1 では *l.* 128 の後に．Capell 以来諸版
ともこの位置に繰り上げているが、*ll.* 126–27 が implied SD になっているか
ら本来は不要の SD．おそらく Cranian か．**125 Sweet**　Ferdinand への呼び掛
け．Miranda への呼び掛けとする解もあるが台詞の流れから無理．**128** この
short line の間を置いて heroic couplet 再開．**our spell is marred**　cf. *l.* 59 note.

IRIS You nymphs called naiads of the windring brooks,
With your sedged crowns and ever-harmless looks,
Leave your crisp channels, and on this green land
Answer your summons. Juno does command.
Come, temperate nymphs, and help to celebrate
A contract of true love. Be not too late.
　　　Enter certain Nymphs.
You sun-burned sicklemen of August weary,
Come hither from the furrow and be merry;
Make holiday. Your rye-straw hats put on,
And these fresh nymphs encounter every one
In country footing.

> *Enter certain Reapers properly habited. They join with the Nymphs in a graceful dance; towards the end whereof Prospero starts suddenly and speaks to himself.*

PROSPERO I had forgot that foul conspiracy
Of the beast Caliban and his confederates
Against my life. The minute of their plot
Is almost come. — Well done. Avoid; no more.　　[*To a strange, hollow and confused noise, the Spirits heavily vanish.*]
FERDINAND This is strange. Your father's in some passion
That works him strongly.
MIRANDA　　　　　　　Never till this day

---

129 naiads [náiædz]　naiad はギリシャ神話のナイアス (naias). 川, 泉, 湖, 沼に住む美少女の水の精. 木, 森の精は dryad (ドリュアス [druas]), 山の精が oread (オレイアス [oreias]).　**windring** [wáindriŋ]　*OED* は 'winding' の misprint としているが, 'winding' と 'wandering' とを合成した Sh の nonce word とする解が近年では優勢.　**131 crisp**＝rippling.　**channels**＝streams.　**133 temperate**　i.e. chaste.　**135 sicklemen** = harvesters with sickles.　**138 encounter** =

アイリス　水の精の乙女ら、くねる小川に住まう
130　ナイアドたちよ、菅(すげ)の冠(かぶ)りにそのあどけない顔、
　　さあ、さざ波のせせらぎを離れて、ここ緑の草地においでなさいな、
　　お召しですよ、ジューノーさまのご命令ですよ。
　　おいで、清らなニンフたち、まことの愛の
　　契りを祝う催しなの。さ、すぐに来てよね。

　　　　　ニンフたち数名登場。

135　日に焼けた麦刈りの男たち、八月の暑さに
　　疲れたなら、畑の畝(うね)からここに来て楽しく
　　遊びなさいな。そうれ麦藁帽子をかぶって、
　　清らな水の乙女らをお相手に、みんなそれぞれに
　　踊りなさい、村の踊りを。

　　　　　麦刈りの男たち数名登場、服装よろしく。一同ニンフたちと組んで
　　　　　優雅に踊りを踊る。その踊りも終りに近づくあたり、プロスペロー
　　　　　が突然立ち上って自分自身に語りかける。

140 **プロスペロー**　忘れるところだった、あの謀叛の陰謀を、
　　畜生のキャリバンが一味と語らって
　　わたしの命を狙っていたのを。そうだ、もうそろそろ
　　その時間だ。——よくやった。退れ、もういい。　　［音楽が異様で
　　　　陰気な混乱した調べに変り、それに合せて妖精たちが緩慢に消える］
ファーディナンド　不思議だ、お父さんが急に興奮なさって
　　なにか激しいお怒りのご様子。
145 **ミランダ**　　　　　　　　　　あのように

---

pair off with. 目的語は前の 'these fresh nymphs'.　**every one**　adverbial に読む.
139　short line.　**footing** = dance.　**139.2–.4 *Enter ... to himself.*, 143–.2 [*To ... vanish.*]** ⇨ 補.　**139.2 *properly*** = appropriately.　***habited*** = dressed.　**139.4 *starts*** = rises abruptly.　**140 had forgot** = should have forgotten.　**143 Is ... come** ⇨ 1.2.36 note.　**Avoid** = be gone.　**143.2 *hollow*** = not fully-toned, sepulchral.　(*OED*) ***heavily*** = sluggishly.　**144 passion** = excitement.　**145 works** = agitates.

Saw I him touched with anger so distempered.

PROSPERO You do look, my son, in a movèd sort
As if you were dismayed. Be cheerful, sir,
Our revels now are ended. These our actors,
As I foretold you, were all spirits and 150
Are melted into air, into thin air;
And like the baseless fabric of this vision,
The cloud-capped towers, the gorgeous palaces,
The solemn temples, the great globe itself,
Yea, all which it inherit, shall dissolve 155
And, like this insubstantial pageant faded,
Leave not a rack behind. We are such stuff
As dreams are made on, and our little life
Is rounded with a sleep. Sir, I am vexed.
Bear with my weakness; my old brain is troubled. 160
Be not disturbed with my infirmity.
If you be pleased, retire into my cell
And there repose. A turn or two I'll walk
To still my beating mind.

FERDINAND, MIRANDA   We wish your peace.   [*Exeunt.*]

PROSPERO Come with a thought. I thank thee, Ariel. Come! 165

Enter Ariel.

ARIEL Thy thoughts I cleave to. What's thy pleasure?

PROSPERO   Spirit,
We must prepare to meet with Caliban.

---

146 distempered = ill-humoured. **147 movèd** = disturbed. **sort** = state. **149 are ended** ⇨ 1.2.36 note. **These our actors** cf. 3.1.4 note. **150 foretold you** = told you before. **152 fabric** = structure. **155 it** i.e. the globe. **inherit** = possess; dwell in. **157 rack** = wisp of cloud. **stuff** = materials. **158 on** = of. **159 rounded with** = finished by. **165 with a thought** cf. 'As swift as a thought.' (Tilley T 240)

不機嫌な取り乱したお姿はこれが初めてです。
プロスペロー どうしたね、息子よ、その困った顔は、
すっかり驚いたようだね。元気を出しなさい。
わたしたちの余興は終ったのだよ。あの役者たちは、
150 前にも言っておいたようにみんな妖精なのだ、
それで大気の中に溶けてしまった、大気の中に、みんな。
だがなあ、なんの土台もないいまの幻影の世界と同じに、
雲を戴く尖塔も、豪奢な王宮も、
荘厳な寺院も、そうとも、巨大な地球そのもの、
155 この地球上にあるすべてのもの、それはみんな消え失せてしまう。
実体のない余興が消え失せたように、
あとには雲のひとすじも残りはしない。わたしたちは
夢と同じものでできている、ほんの束の間の一生は
眠りで閉じられる。息子よ、わたしはいま苛立っている、
160 どうかわたしの弱さを許してくれ、年老いた頭が混乱してね。
ま、わたしの衰えなど気にせずともよい。
よければわたしの岩屋に退って
休んでくれたまえ。わたしはほんのそのあたりを
散策して乱れた心を鎮めよう。
ファーディナンド、ミランダ どうかお大事に。　　　　　　　　　　　［退場］
165 **プロスペロー** 現れろわが思いとともに。うれしいぞエアリエル。さあ！
　　　エアリエル登場。

エアリエル ご主人さまの思いのままのこのわたくし。ご用は？
プロスペロー 　　　　　　　　　　　　　　　　　　　　　　うん、
そろそろキャリバンを迎え撃つ刻限だな。

I thank thee, 退場する Ferdinand と Miranda への台詞とする解が罷り通っているが無理．前行の2人の退場で舞台は新しい展開になる．なのに2人に追いすがってはリズムがこわれる．F1 もコンマがなく Ariel への呼び掛けになっている．　**Come!** ！は本版，諸版も同様．　**166 pleasure** = will.　**167 meet with** = encounter, oppose.

ARIEL   Ay, my commander. When I presented Ceres,
I thought to have told thee of it, but I feared
Lest I might anger thee.
PROSPERO   Say again, where didst thou leave these varlets?
ARIEL   I told you, sir, they were red-hot with drinking;
So full of valour that they smote the air
For breathing in their faces, beat the ground
For kissing of their feet; yet always bending
Towards their project. Then I beat my tabor,
At which like unbacked colts they pricked their ears,
Advanced their eyelids, lifted up their noses
As they smelt music. So I charmed their ears
That calf-like they my lowing followed through
Toothed briers, sharp furzes, pricking goss and thorns,
Which entered their frail shins. At last I left them
I'th'filthy mantled pool beyond your cell,
There dancing up to th'chins, that the foul lake
O'er-stunk their feet.
PROSPERO   This was well done, my bird.
Thy shape invisible retain thou still.
The trumpery in my house, go bring it hither
For stale to catch these thieves.
ARIEL   I go, I go.   [*Exit.*]
PROSPERO   A devil, a born devil, on whose nature
Nurture can never stick; on whom my pains,
Humanely taken, are all lost, quite lost.

---

168 presented = played the part of. cf. p. 4, *ll.* 15–19 note.   **170** 6 音節の short line.   **171 varlets** = rascals.   **176 beat** ⇨ 3.2.104 note.   **177 unbacked** = unridden, unbroken.   **178 Advanced** = raised.   **179 As** = as if.   **charmed** = encharmed.   **181 goss** = gorse.   **184 that** = so that.   **185 O'er-stunk** = smelled worse than.   **188 stale**

[4.1]

エアリエル はい、司令官。さきほどシーリーズの演技の途中で
そのことを耳打ちしようかと考えましたが、かえってお怒りを
170　思い起こさせてはと。
プロスペロー もう一度話してくれ、あの悪党どもをどうしてきたかを。
エアリエル 申し上げたとおり、あいつらは飲みも飲んだり真赤っか、
酒の勢いのから元気で、風が顔に当ったと言っては
空気に殴りかかる、土が足に接吻と言っては
175　地面を蹴りつける、ですが心は片時も陰謀を
忘れず進んでいく。そこで小太鼓を叩いてやると、
耳そばだてるその様子は、人を乗せたことのない子馬さながら、
お目々はまんまる、鼻先くんくん、匂いで
音楽を嗅ぎ分けるかのよう。ま、わたしの魔力につられて
180　牛のあいつら、わたしの鳴声のあとをぞろぞろぞろぞろ、
ぎざぎざの茨、とんがったハリエニシダ、棘のあるサンザシ、
なにもかもお構いなしでやわな脛は傷だらけ、とどのつまりは
ぶよぶよの溝池にどんぶりこ、岩屋の向こうのあの溝池、
顎まで漬かって足をばたばたさせるもんだから、足も臭いが
池じゅうに臭いにおいが立ちこめる。
185　**プロスペロー**　　　　　　　　　　よくやったぞ、かわいいやつ。
やつらには見えないその姿をもうしばらく続けていてくれ。
わたしの家にぴかぴかの衣裳があったな、それをここに。
あの泥棒どもを捕える囮にしよう。

エアリエル　　　　　　　　　合点です。　　　　　　［退場］
プロスペロー 悪魔だ、生れついての悪魔だ、あの根性は
190　いかに教育をしても身につくことがない。わたしは慈悲の心から
苦労に苦労を重ねてきたが無駄だった。まったくの徒労だった。

= decoy.　**189 nature, 190 Nurture**　nature / nurture の関係はルネサンス期の *topos* の 1 つ．特にここでは savages の civilization の問題と結びついている（cf. 1.2.363 note）．cf. 'Nature passes nurture.' (Tilley N 47)　**191 Humanely** = benevolently.　cf. 1.2.346 note.

And as with age his body uglier grows,
So his mind cankers. I will plague them all,
Even to roaring.

> *Enter Ariel, loaden with glistering apparel, etc.*

Come, hang them on this line.

> *Enter Caliban, Stephano and Trinculo, all wet.*

CALIBAN Pray you, tread softly, that the blind mole may not   195
Hear a foot fall. We now are near his cell.

STEPHANO Monster, your fairy, which you say is a harmless fairy,
has done little better than played the jack with us.

TRINCULO Monster, I do smell all horse-piss, at which my nose is
in great indignation.   200

STEPHANO So is mine. Do you hear, monster? If I should take a
displeasure against you, look you —

TRINCULO Thou wert but a lost monster.

CALIBAN Good my lord, give me thy favour still.
Be patient, for the prize I'll bring thee to   205
Shall hoodwink this mischance. Therefore speak softly,
All's hushed as midnight yet.

TRINCULO Ay, but to lose our bottles in the pool.

STEPHANO There is not only disgrace and dishonour in that, mon-
ster, but an infinite loss.   210

TRINCULO That's more to me than my wetting. Yet this is your
harmless fairy, monster.

STEPHANO I will fetch off my bottle, though I be o'er ears for my

---

193 cankers = corrupts.　**plague** = afflict.　**194 line** = lind; linden. 背の高い木だからたとえば大衆劇場の舞台では舞台柱に適当な枝状の細工をつけたのであろう．現代の舞台によくみられる clothes-line の解釈は無理だと思う．cf. *l.* 234 note / *l.* 235 補．**194.2 *Enter ... wet.*** F1 の SD. Capell が Theobald を受けて *'Prospero and Ariel remain invisible.'* を加えているがわざわざ SD で断るまで

育てば育つほど体は醜くなる、

心は腐っていく。あいつら全部をこらしめてやる、

泣きわめくほどに。

　　　エアリエルがきらびやかな衣裳などをかついで登場。

　　　　よし、そこの菩提樹に掛けておけ。

　　　キャリバン、ステファノー、トリンキュロー、ずぶ濡れの姿で登場。

195 **キャリバン**　ねえ、そうっと歩くんだよ、目のないもぐらにも

足音が覚えられないようにね。もうすぐあいつの岩屋だ。

ステファノー　おい化物、お前の言ってた妖精ってのは悪さをしないって

話だったが、ずいぶんひどい目に合わせてくれたぜ。

トリンキュロー　おい化物、体じゅうが馬の小便(しょんべん)の臭いだらけだ、おか

200 げでおれの鼻は大層ご立腹。

ステファノー　おれさまのもご立腹。やい、わかってるだろうな、二度と

ふたたびおれさまのご不興を蒙ってみろ、いいか――

トリンキュロー　お前はほんとに足のない化物になるぞ。

キャリバン　お願いだよ、どうか見捨てないでおくれよ。ここを

205 我慢してくれれば、いまそこに連れてく獲物がきっと今度の

災難の帳消しになるよ。だからね、そんな大声を立てないで、

ほうら、真夜中みたいに静かだろう。

トリンキュロー　だがなあ、酒瓶を沼の中に落っことしたってのはだ――

ステファノー　すなわち恥辱、不名誉ばかりではなく、いいか化物、わが

210 甚大な損失だぞ。

トリンキュロー　さよう、わが輩にはずぶ濡れ以上の痛恨事。え、これが

悪さをしない妖精ってことかね、化物。

ステファノー　ようし、おれの大事な酒瓶を取ってくるぞ、耳の上まで水

もない． **195 CALIBAN**　念のため，以下 Caliban は韻文．cf. 2.2.102–04 note.
blind mole　もぐらは耳がさとい．　**198 played the jack** = did a mean trick. cf.
Tilley J 8．jack = knave．　**203 wert** ⇨ 1.1.40 note．　**204 Good**　'my lord' を 1 語
に見立てた形容詞の位置．　**205 prize** = booty．　**206 hoodwink** = cover up．　**207,
219**　それぞれ short line．散文への渡り．　**213 fetch off** = retrieve.

labour.

CALIBAN　Prithee, my king, be quiet. Seest thou here, 215
This is the mouth o'th'cell. No noise, and enter.
Do that good mischief, which may make this island
Thine own for ever, and I, thy Caliban,
For aye thy foot-licker.

STEPHANO　Give me thy hand. I do begin to have bloody thoughts. 220

TRINCULO　O King Stephano, O peer, O worthy Stephano, look,
what a wardrobe here is for thee.

CALIBAN　Let it alone, thou fool, it is but trash.

TRINCULO　O, ho, monster, we know what belongs to a frippery.

[*Puts on a gown.*]

O King Stephano. 225

STEPHANO　Put off that gown, Trinculo. By this hand, I'll have
that gown.

TRINCULO　Thy grace shall have it.

CALIBAN　The dropsy drown this fool. What do you mean
To dote thus on such luggage? Let't alone 230
And do the murder first. If he awake,
From toe to crown he'll fill our skins with pinches,
Make us strange stuff.

STEPHANO　Be you quiet, monster. Mistress line, is not this my

---

217 good mischief　oxymoron（撞着語法）のおかしさ．　**218 I**　文法的には make の目的語だから 'me' になるところ．　**219 For aye** [ei] = for ever.　**221 King Stephano, peer, worthy**　ノルマン王朝最後のイングランド王 King Stephen (1135–54) と tailor をめぐる愉快な ballad がある．*Othello* 2.3.77–84 で Iago がその ballad を歌う．その1行目は 'King Stephen was and-a worthy peer'.　**224 belongs to** = is appropriate for.　**frippery** = second-hand clothes shop.　**228 Thy grace** ⇨ 3.2.101 note.　**230 To dote** = by doting. cf. 3.1.37 note.　**luggage**　i.e.

215 **キャリバン**　お願いだよ王さま、静かにしておくれよ。ほうら、
　　ここが岩屋の入口だ。音を立てないで入るんだよ。
　　この悪事はりっぱな仕事だよ、それでこの島は
　　永遠にあんたのもんだ、このキャリバンも
　　永久にあんたの足を舐める。

220 **ステファノー**　よし、握手だ。血なまぐさい覚悟がこみ上げてきたぜ。

トリンキュロー　ひゃあ、ステファノー王、ステファノーさま、ステファノー閣下、ご覧下さい、これはまあなんとみごとな衣裳部屋だ、あんた用の。

キャリバン　ほっとけよ、ばかだなあ、そんなのただのぼろ屑だよ。

トリンキュロー　おいおい化物、おれたちは古着屋の衣裳の見分けぐらいはつくんだぜ。　　　　　　　　　　　　　［ガウンを見つけて着る］
225　どうだい、ステファノー王。

ステファノー　トリンキュロー、そのガウンを脱げ、いいか、そのガウンはどうしたっておれが着る。

トリンキュロー　謹んで献上いたしましょう。

キャリバン　こんな阿呆は水ぶくれになって体じゅうの水で
230　溺れっちまうがいい。ねえ、あんたもさ、そんながらくたは厄介なだけだよ。
　　それは放っといてまず殺すのが先だよ。あいつが目を覚ましたら
　　頭のてっぺんから足の爪の先までこねくり回されておれたちみんな
　　化物になっちまうよ。

ステファノー　静かにしろい、化物。——これはこれは菩提樹の奥さま、

---

encumbering trash.　**Let't alone**　F1 は 'let's alone'. Rann の校訂を採る．ほかに Theobald が 'Let's along', *Cambridge 2* (Wilson) が 'Let's all on'.　**234 Mistress line**　背の高い菩提樹（柱）を女性に見立てて．この見立てからも line = clothes-line の解が不適当なことがわかる．なお linden の Gk. *philyra* はギリシャ神話でオケアノスの娘の名である．

jerkin? Now is the jerkin under the line. Now, jerkin, you are 235
like to lose your hair and prove a bald jerkin.

TRINCULO Do, do; we steal by line and level, an't like your grace.

STEPHANO I thank thee for that jest; here's a garment for't. Wit
shall not go unrewarded while I am king of this country. 'Steal
by line and level' is an excellent pass of pate; there's another 240
garment for't.

TRINCULO Monster, come, put some lime upon your fingers, and
away with the rest.

CALIBAN I will have none on't. We shall lose our time,
And all be turned to barnacles, or to apes 245
With foreheads villanous low.

STEPHANO Monster, lay to your fingers. Help to bear this away
where my hogshead of wine is, or I'll turn you out of my
kingdom. Go to, carry this.

TRINCULO And this. 250

STEPHANO Ay, and this.

A noise of hunters heard.
Enter divers Spirits, in shape of dogs and hounds, hunting them
about. Prospero and Ariel setting them on.

PROSPERO Hey, Mountain, hey.

ARIEL Silver, there it goes, Silver.

---

235 jerkin = short, close-fitting jacket, sometimes sleeveless, worn over, or instead of, the doublet, often made of leather. (Onions) ここでは襞のない leather であることが重要． **235 under the line, 237 by line and level** ⇨補． **236 like** = likely． **237 Do, do** joke を褒めて． **an't** = and it; if it. cf. 2.1.175 note. **like** = please. cf. 1.2.65 note. **240 pass of pate** = sally of wit. pass = thrust (in fencing). pate = head; cleverness. **242 lime** = birdlime. 'line' の punning をもう一度繰り返して． **243 away with the rest** i.e. take away the rest of the garments. **244 on't** ⇨1.2.87 note. **245 barnacles** = barnacle-geese. barnacle (エボシ貝) は雁に変容すると

235　ここに隠してあるのがわたくしに下さるなめし革の上着で。なるほどお腰の下のなめしの上着、奥に隠しておいでなのもごもっとも、毛がないお茶碗とはあら恥ずかしや。

トリンキュロー　茶碗とはうまい。それではきちんと盗みましょう、陛下の思し召しとあれば木がつるんつるんになるまで。

ステファノー　その洒落気に入ったぞ、褒美にこれを一着取らせる。頓知には必ず報いる、それが国王としてわたしの治世の方針である。うん
240　「つるんつるんになるまで」とは頓知の切先みごとな応酬、よろしい、そら、もう一着だ。

トリンキュロー　おい化物、べったべたになるまで指先に鳥黐（とりもち）をつけて残らずみんなかっ払え。

キャリバン　そんなのいらないやい。まごまごしてると
245　おれたちみんな雁（がん）に変えられちまうよ、
額の狭いみっともない猿に。

ステファノー　やい化物、その指は何のためだ。あの酒樽のとこまでこいつを運ぶんだ、言うことを聞かないとこの国から叩き出すぞ。ちえっ、ぐずぐずするな。

250　**トリンキュロー**　これもだ。

ステファノー　それにこれもだ。

　　　　猟師たちの声。
　　　　妖精たち数名が猛犬や猟犬の姿で登場、三人を追い回す。プロスペローとエアリエルがけしかける。

プロスペロー　そらマウンテン、そら。

エアリエル　シルバー、行け、シルバー。

いう俗信がある．　**246 foreheads...low**　低い額は stupidity を示す．　**villanous** (adv.) = villanously; vilely．　**247 lay to** = bring into action．　**249 Go to**　不平，不満，勧告，いらだち，軽蔑などを示す間投詞的表現．　**251.3 *divers*** = several. **252 Mountain, 253 Silver, 254 Fury, Tyrant**　前の2つは *Die Schöne Sidea* (cf. p. xxiii) に（Silver は *The Taming of the Shrew* Induction でも猟犬の名［Norton TLN 22］)，後の2つには Prospero の怒りの執念が表れている．

178   THE TEMPEST

PROSPERO Fury, Fury. There, Tyrant, there. hark, hark.
  [*Exeunt Caliban, Stephano and Trinculo pursued by Spirits.*]
  Go, charge my goblins that they grind their joints 255
  With dry convulsions; shorten up their sinews
  With agèd cramps, and more pinch-spotted make them
  Than pard or cat o'mountain.
ARIEL   Hark, they roar.
PROSPERO Let them be hunted soundly. At this hour
  Lies at my mercy all mine enemies. 260
  Shortly shall all my labours end, and thou
  Shalt have the air at freedom. For a little,
  Follow, and do me service.   [*Exeunt.*]

[5.1]   *Enter Prospero in his magic robes, and Ariel.*

PROSPERO   Now does my project gather to a head,
  My charms crack not; my spirits obey, and time
  Goes upright with his carriage. How's the day?
ARIEL On the sixth hour; at which time, my lord,
  You said our work should cease.
PROSPERO   I did say so, 5
  When first I raised the tempest. Say, my spirit,
  How fares the King and's followers?
ARIEL   Confined together
  In the same fashion as you gave in charge,

---

254 hark = sic them.   **254.2 [*Exeunt . . . Spirits.*]** 実質 *Cambridge 1* の SD.   **255 charge** = command.   **goblins** i.e. spirits.   **256 dry** = stiff.   **258 pard** = leopard.   **260 Lies** cf. 1.1.15 / 3.3.2 notes.   **263 [*Exeunt.*]** 2人は [5.1] 冒頭に登場するのだからこの SD は不要ともいえるが,舞台のリズムは,観客の心理の上からも,ここに interval を必要としている.
[5.1]   **0.1 *in his magic robes*** F1 の SD. [4.1] から続けて,Prospero がここで

プロスペロー　フュアリー、フュアリー。そこだタイラント、そこだ。うし、うし。

［妖精たちに追われてキャリバン、ステファノー、トリンキュロー退場］

255 　追いかけろ、妖精たちへの命令だ、あいつらの骨の
　節ぶしまでぎしぎし痛めつけろ、筋という筋をきりきり痙攣させろ、
　年寄りの引きつりだ、体じゅう抓（つね）くり回せ、抓くって抓くって
　豹も山猫も区別がつかなくなるぞ。

エアリエル　　　　　　　　　　　　そうら泣きわめいてますよ。

プロスペロー　ようし、とことん追いつめろ。さあて、
260 　これでわたしの敵（かたき）どもはみんな意のまま思いのまま。
　もうすぐわたしの大仕事も全部終りになる、それでお前も
　思いっきり自由に大空を飛び回っていいからな。あとしばらくは
　わたしに付き添い奉公を頼む。　　　　　　　　　　　［両人退場］

[5.1]　魔法の衣を着たプロスペローとエアリエル登場。

プロスペロー　わたしの計画もいよいよ沸点に達しているが、
　さいわい魔力が破裂することはない。妖精たちは従順、時は
　その荷を軽くして堂々と進んでいる。いま何時かな？

エアリエル　いよいよ六時に近く。その時刻にはご主人さまは
　きっと仕事は終ると。

5 **プロスペロー**　　　　　　　　たしかにそう言った。
　最初に嵐を起こしたときに。で、わたしの妖精、
　王とその一行はどうしている？

エアリエル　　　　　　　　　　　　ご命令どおり
　一緒に閉じこめてあります、ご主人さまが

Ariel に magic robes を着せてもらう等の演出で前注の 'interval' になりうる．**1 gather to a head**　錬金術用語で蒸留の実験が沸点に達すること．**2 crack**　前注に続き，実験のレトルトなどが破裂すること．**3 his carriage** = its（⇨1.2.295 note）burden．**4 On** = approaching．**5 You said**　cf. 1.2.240．**7 fares**　主語は pl. cf. 4.1.260 note．**and's** = and his．**8 gave in charge** = commanded．

Just as you left them; all prisoners, sir,
In the line-grove which weather-fends your cell;   10
They cannot budge till your release. The King,
His brother, and yours, abide all three distracted,
And the remainder mourning over them,
Brimful of sorrow and dismay; but chiefly
Him that you termed, sir, the good old lord Gonzalo.   15
His tears runs down his beard like winter's drops
From eaves of reeds; your charm so strongly works 'em
That if you now beheld them, your affections
Would become tender.
PROSPERO   Dost thou think so, spirit?
ARIEL Mine would, sir, were I human.
PROSPERO   And mine shall.   20
Hast thou, which art but air, a touch, a feeling
Of their afflictions, and shall not myself,
One of their kind, that relish all as sharply,
Passion as they, be kindlier moved than thou art?
Though with their high wrongs I am strook to th'quick,   25
Yet with my nobler reason 'gainst my fury
Do I take part; the rarer action is
In virtue than in vengeance. They being penitent,
The sole drift of my purpose doth extend
Not a frown further. Go, release them, Ariel.   30
My charms I'll break, their senses I'll restore,

---

10 line-grove cf. 4.1.194 note. **weather-fends** i.e. defends from the storm. **12 abide** = remain. **15 Him** 文法的には主語がくるところ．'that you termed' に引かれた．**16 runs** cf. 3.3.2 note. **17 works** ⇨ 4.1.145 note. **18 affections** = feelings. **20 Mine** i.e. my affections. **human** Rowe 以来の綴り，F1 は 'humane'．cf. 1.2.346 note. **21 touch** = delicate perception. **23 relish** = feel. **24 Passion** (vi.)

放っておかれたそのまま。一同囚われの身、
10 お岩屋を雨風から守っているあの菩提樹の林の中に。
ご主人さまが放免なさるまでは身動きひとつなりません。王に
その弟、あなたの弟、三人ともに狂乱のまま、
残りはただもう三人の姿に悲しみうろたえるばかり、
ひたすら悲嘆に暮れている。中でもとりわけあの男、
15 あなたが善良なゴンザーロと呼んでおいでの。
鬚からしたたる涙の雫は冬の日の茅葺きの庇、
氷柱の冷たい水の玉か。まあなんという強い魔術の力でしょうか、
あいつらの様子をいまご覧になればお気持も
多少は穏やかになられるのでは。

プロスペロー 　　　　　　　　　　そう思うか、お前も。
エアリエル　わたしが人間だったならきっとこんな気持。
20 **プロスペロー** 　　　　　　　　　　　　　　　わたしとても
同じこと。ただの空気の精に過ぎないお前が、あいつらの苦痛に
優しい気持を抱くのであれば、あいつらと同じ人間である
このわたしが、同じように感じ苦しむであろうこのわたしが、
お前以上に人間らしい同情心に動かされないことがあろうか。
25 彼らの非道悪業はわたしの骨身に徹してはいるが、
怒りと理性とが争えばわたしは高貴な
理性の側に立つ、復讐よりは許しが
より気高い行為。彼らが前非を悔いている以上、
わたしの心すべき唯一の態度はもはや渋面をもって
30 臨まぬことだ。さ、エアリエル、彼らを解放してやれ。
わたしはわたしの魔術を解き、彼らを正気に戻してやろう、

= be affected by deep passion. **kindlier** = ① more like human kind, ② more compassionately. **25 high** = serious. **strook** strike の pret. **th'quick** = the most sensitive part. cf. 'He touches him to the quick.' (Tilley Q 13) **26 nobler** reason は passion (fury) よりも高次の精神作用. **27 take part** = take sides. **rarer** = finer; nobler. **28 virtue** i.e. mercy. **31 senses** i.e. understanding.

And they shall be themselves.
ARIEL   I'll fetch them, sir.   [*Exit.*]
PROSPERO   Ye elves of hills, brooks, standing lakes, and groves;
And ye, that on the sands with printless foot
Do chase the ebbing Neptune and do fly him   35
When he comes back; you demi-puppets that
By moonshine do the green sour ringlets make
Whereof the ewe not bites; and you, whose pastime
Is to make midnight mushrumps that rejoice
To hear the solemn curfew — by whose aid,   40
Weak masters though ye be, I have bedimmed
The noontide sun, called forth the mutinous winds,
And 'twixt the green sea and the azured vault
Set roaring war; to the dread-rattling thunder
Have I given fire and rifted Jove's stout oak   45
With his own bolt; the strong-based promontory
Have I made shake, and by the spurs plucked up
The pine and cedar; graves at my command
Have waked their sleepers, oped and let 'em forth
By my so potent art. But this rough magic   50
I here abjure; and, when I have required
Some heavenly music, which even now I do,

33–50 オウィディウス (Ovid) の *Metamorphoses* 7.197–209, アイソンの若返りを求めるメディアの呪文の影響が字句的にも Golding の英訳をとおして指摘されるところ. cf. p. xxiii. **33 Ye** ⇨1.2.323 note. ここでは主格(呼格 [vocative]). **35 Neptune** ⇨1.2.204 note. **36 demi-puppets** = half-sized, dwarf puppets. **37 green sour ringlets** i.e. fairy rings. 月夜に fairies の踊りで草地にできる薄緑色の輪, 実際は茸類の作用によるもの. 輪の中の草は酸っぱい (sour). **38 Whereof** of は 'bites' に続く. **39 midnight mushrumps** mushrump = mushroom. 夜中の mushroom の成長は妖精の仕事と考えられていた. **40 curfew**

[5.1]

元の真人間に立ち返るように。

エアリエル　　　　　　　　　　それでは連れて参りましょう。［退場］

プロスペロー　丘に小川に、水淀む湖、はたまた森に住む精霊たちよ。
　砂浜に足跡をとどめることなく海神の
35　引く潮を追い、返す潮にもさらわれることなく
　遊びたわむれるお前たちよ。月の夜の緑の草原に
　牝牛も食まぬという酸い草の
　踊りの輪をつくる小妖精たちよ、それにまた
　真夜中の茸育てに精出そうと晩鐘の
40　厳かな音を喜び待っているお前たちよ——みなはそれぞれ
　己の分限では力弱い妖精ではあるけれども、わたしは
　その力を集め、その力を借りて、真昼の太陽に蝕を与え、
　烈風を呼集して紺碧の海原と紺青の天空とに
　怒号の争乱を引き起こした。恐怖の雷鳴に
45　火焔を与え、雷の神の鉄壁の槲を神みずからの
　雷光で引き裂いたのもわたしだ、礎堅固な岬をどどと
　揺がし、松も杉もたちまちに根こそぎにしたのもわたしだ。
　わたしが命じれば、墓場はその中に眠る者たちを
　目覚めさせ、その口を開き、亡霊たちを地上に送り出した、
50　それもわが術の強大な力。だが、その恐怖の魔術を、わたしはいま
　誓って捨てる。この上は、いささか天空に音楽を呼び求め、
　それも今すぐに呼び求めて、空中の楽の妙なる力をもって

中世ヨーロッパで消燈, 消火の鐘, 午後9時. それからは妖精たちの時間 (cf. *King Lear* 3.4.99–100). **41 Weak** i.e. ineffectual when acting independently. (*Norton*) **masters** i.e. instruments; agents of magic. **43 azured** = coloured azure; azure. **44 thunder, 45 Jove, 46 bolt** (= thunderbolt) cf. 1.2.201 note. **45 rifted** = split. **oak** Jove の神木. **46 strong-based** F1 は 'strong bass'd'. Rowe が 'bass'd' を 'bas'd' に校訂, 定着. **47 spurs** = roots. **49 oped** ⇨ 1.2.37 note. **50 rough** = violent, harsh. **51 have required** 意味の上では未来完了. require = ask for. **52 heavenly music** cf. 3.2.128–33 note. **even now** ⇨ 2.1.306 note.

To work mine end upon their senses that
This airy charm is for, I'll break my staff,
Bury it certain fathoms in the earth,   55
And, deeper than did ever plummet sound
I'll drown my book.   [*Solemn music.*]

> *Enter Ariel before; then Alonso, with a frantic gesture, attended
> by Gonzalo; Sebastian and Antonio in like manner, attended by
> Adrian and Francisco; they all enter the circle which Prospero
> had made, and there stand charmed; which Prospero observing,
> speaks.*

A solemn air and the best comforter
To an unsettled fancy, [*to Alonso*] cure thy brains,
Now useless, boiled within thy skull. There stand,   60
For you are spell-stopped.
Holy Gonzalo, honourable man,
Mine eyes, ev'n sociable to the show of thine,
Fall fellowly drops. The charm dissolves apace,
And as the morning steals upon the night,   65
Melting the darkness, so their rising senses
Begin to chase the ignorant fumes that mantle
Their clearer reason. O good Gonzalo,
My true preserver, and a loyal sir
To him thou followest, I will pay thy graces   70
Home both in word and deed. Most cruelly

---

53 To work i.e. and worked; and brought about.　**53–54 upon...for** = upon the senses of those for whom the airy charm is intended. senses ⇨ *l*. 31 note. that の先行詞は their (= of those) に含まれる those.　**54 airy charm** i.e. music (sounding in the air, which works a magical spell).　**55 fathoms** ⇨1.2.396 note.　**57** きっぱりとみごとな short line.　[*Solemn music.*] F1 の SD.　**57.2–.6** F1 の SD.　**57.2** *frantic gesture* = gesture of the mad.　**57.4–.5** *the circle ... made* ⇨補.　**57.5** *stand*

あの者たちの正気を取り戻し、もって本懐を遂げた

その暁には、わたしは魔法の杖を折って

55 　地中の奥のいや深く確実に埋め、

測量の鉛も届かぬはるか海の底に

魔法の書物を沈めよう。　　　　　　　　　　　　　　［厳粛な音楽］

> エアリエル先頭に登場、続いて狂乱の体のアロンゾーがゴンザーロ
> に伴われて出る。セバスチャンとアントーニオも同様に狂乱の体、
> エイドリアンとフランシスコーが付き添う。皆々プロスペローの描
> いておいた円の中に入り魔法にかけられた状態。プロスペローはそ
> れを見届けて口を開く。

厳かな調べは乱れた心へのなにより慰め、

［アロンゾーに］　いまや用をなさず頭蓋の中に煮えたぎるばかりの

60 　お前の脳髄を音楽が癒してくれよう。お前たちはそこを出られない、

みなわたしの術の金縛り。

尊いゴンザーロ、高潔のお人よ、

涙を浮かべるあなたの目に感応して

わたしの目も連れの雫を垂らす。わたしの術はみるみるに

65 　ほどける。朝が夜に忍び寄って闇を

溶かしていくように、この者たちの明るんできた正気が、

これまで理性を覆っていた迷妄の霧を取り払い、理性本来の

明晰を取り戻していく。ああよき人ゴンザーロよ、

わたしの命の真の救い主、いま仕える主君には

70 　忠義一徹の人、あなたのかけてくれた恩義にわたしは言行ともに

どこまでも報いよう。残酷極まるアロンゾー、

= remain.　**58 A solemn air**　前に let を補う．**and**　i.e. which is.　**59 unsettled fancy** = troubled imagination.　**[*to Alonso*]**　本版の SD.　**60 boiled** = heated. F1 は 'boile', Rowe の校訂が定着.　**61** short line. Gonzalo に向かう間.　**63 sociable** = sympathetic.　**show** = appearance.　**64 Fall** ⇨2.1.291 note.　**66 senses** ⇨*l.* 31 note.　**67 ignorant fumes** = fumes of ignorance.　**mantle** = cloud.　**68 clearer** = growing clearer. proleptic use.　**69 sir** = lord.　**70–71 pay ... Home** = repay a debt completely.

Didst thou, Alonso, use me and my daughter.
Thy brother was a furtherer in the act,
Thou art pinched for't now, Sebastian. Flesh and blood,
You, brother mine, that entertained ambition, 75
Expelled remorse and nature, whom, with Sebastian,
Whose inward pinches therefore are most strong,
Would here have killed your king; I do forgive thee,
Unnatural though thou art. Their understanding
Begins to swell, and the approaching tide 80
Will shortly fill the reasonable shore
That now lies foul and muddy. Not one of them
That yet looks on me, or would know me. Ariel,
Fetch me the hat and rapier in my cell.

[*Exit Ariel and returns immediately.*]

I will discase me, and myself present 85
As I was sometime Milan. Quickly, spirit,
Thou shalt ere long be free.

Ariel sings and helps to attire Prospero.

ARIEL   Where the bee sucks there suck I,
In a cowslip's bell I lie;
There I couch when owls do cry. 90
On the bat's back I do fly
After summer merrily.

---

72 Didst F1 の 'Did' は compositorial error. 前ページ (B2ᵛ) の catch-word は 'Didst' になっている. **74 pinched** = tormented. **75 entertained** F1 は 'entertaine', F2 で改訂. = were hospital to. **76 remorse** = pity. **nature** = natural feeling. **whom** = who. cf. 1.2.80 note. **77 Whose** Sebastian を受ける. 前注とともにこのあたりの関係代名詞のたどたどしさ自体 Prospero の内心の葛藤を表わしている (か). **inward pinches** = inner pangs of remorse. **therefore** = for that reason. **82 lies** F1 は 'ly'. F3 で改訂. Malone は前行の shore を 'shores' に校訂して

わたしとわたしの娘に対するお前のあの仕打ち、
お前の弟がその残酷の推進役、なあセバスチャン、お前はいま
そのために罰を受けているのだ。そしてわたしの骨肉よ、
75 わたしの血の分けた弟よ、お前は野心を喜んで受け容れ、代りに
憐れみも人の情もためらいなく追い払った、その上セバスチャンと
手を組み、お前たちの王を亡き者にしようと謀った。それゆえに
セバスチャンの良心の呵責は最も烈しい。なあ弟よ、肉親の情に
悖(もと)るお前だが、わたしはお前を赦す。この者たちの理解力も
80 どうやら張り始めたか、上げ潮がゆっくりと近づいてきて、
今は汚れて泥まみれの理性の浜辺をもうすぐ
ひたひたとひたすだろう。まだだれ一人わたしに
目を向けていない、わたしだと気づいていない。エアリエル、
わたしの岩屋にある帽子と剣を取ってきてくれ。

　　　　　　［エアリエル退場、帽子と剣などを持ってすぐに戻る］
85 わたしはこの魔法の衣を脱いで、以前のミラノ公爵の
姿に戻る。さ、急いでくれ妖精よ、
もうすぐ自由にしてやるぞ。

　　　　エアリエルが歌いながらプロスペローの着替えを手伝う。

エアリエル　蜂と一緒に蜜の酒、
　　　　寝床はかわいい花の中、
90 　　　　ふくろうの歌が子守歌。
　　　　こうもりの背にとび乗れば、
　　　　夏を追っての気ままな旅さ。

'shores...lie' としている． **84.2 [*Exit...immediately.*]** Steevens の SD．Ariel の戻るタイミングは *l.* 86 'As I was sometime Milan.' のあたりか． **85 discase me** = undress myself． **86 Milan** ⇨1.2.109 note．　**87**　short line．**87.2 *Ariel... Prospero*．** 実質 F1 の SD．**88–94** trochaic tetrameter の 5 行が同じ rhyme，最後が dactylic の couplet．なお Robert Johnson の作曲とされる楽譜が残されている．cf. 1.2.396–404 補 ②．**89 cowslip's bell**　cowslip はサクラソウ科プリムラ属の多年草．bell は萼の形．**90 couch** = lie.

Merrily, merrily shall I live now
Under the blossom that hangs on the bough.
PROSPERO Why, that's my dainty Ariel. I shall miss thee, 95
But yet thou shalt have freedom — so, so, so.
To the King's ship, invisible as thou art;
There shalt thou find the mariners asleep
Under the hatches. The master and the boatswain
Being awake, enforce them to this place, 100
And presently, I prithee.
ARIEL   I drink the air
Before me and return or ere your pulse twice beat. [*Exit.*]
GONZALO All torment, trouble, wonder, and amazement
Inhabits here. Some heavenly power guide us
Out of this fearful country.
PROSPERO   Behold, sir King, 105
The wrongèd Duke of Milan, Prospero.
For more assurance that a living prince
Does now speak to thee, I embrace thy body,
And to thee and thy company I bid
A hearty welcome.
ALONSO   Whe're thou beest he or no, 110
Or some enchanted trifle to abuse me,
As late I have been, I not know. Thy pulse
Beats as of flesh and blood; and since I saw thee,
Th'affliction of my mind amends, with which

---

95 dainty = lovely. **96 so, so, so.** 着付けに満足して. **99 Under the hatches** ⇨ 1.2.230 note. **101–02** ⇨ 補. **101 presently** ⇨ 1.2.125 note. **drink the air** Latinism. *viam vorare* (= devour the way, i.e. travel quickly) の応用. *Henry IV, Part 2* [1.1] に 'He seemed in running to devour the way' (Norton TLN 101) の表現があ

　　　　さあさ浮かれて楽しく暮らそ、
　　　　枝もたわわな花の下。
95 **プロスペロー**　それでこそわたしのエアリエル。お前がいなくなると
　　さぞさびしいことだろうが、きっと自由にしてやるとも——よしよし、
　　これでよし。では見えない姿のままで王の船に飛んで行け。
　　船員たちは船の底にちゃんと眠っている、
　　船長と水夫長は、目が覚めたところで
100　なんとかここまで連れてきてくれ、
　　すぐにだ、わかったな。
　エアリエル　　　　　　　　息を飲むより早く、
　　あなたの脈が二つ打つまでに戻りましょう。　　　　　　　　［退場］
　ゴンザーロ　苦痛に苦悩、驚異に驚愕、ここに
　　揃わぬものはない。ああ天の力よ、われらを導き
　　この恐怖の国より逃れさせたまえ。
105 **プロスペロー**　　　　　　　　　見よ、ナポリ王よ、
　　これは非道の扱いを受けたミラノ公爵プロスペローである。
　　幻ではない生きた大公がお前に語りかけているその
　　確かな証に、お前を抱いて挨拶しよう、
　　お前とお前の一行にこうして心からの
　　歓迎の意を表明いたしますぞ。
110 **アロンゾー**　　　　　　　　あなたがその人なのかどうか
　　それともわたしを欺こうとの魔法の仕掛けなのかどうか、わたしには
　　皆目わからない、今もわたしは欺かれたばかりなのだから。だが
　　あなたの脈は確かに血と肉を備えた人間のものだ。それに
　　あなたにお会いしてからわたしの心が軽くなった、これまでは

る．**102 or ere** ⇨1.2.11 note.　**104 Inhabits**　cf. 3.3.2 note.　**107 prince** ⇨1.2.55 note.　**108 embrace**　implied SD. 特に［*Embraces Alonso*］の SD を付さない．**110 Whe're** = whether.　F1 で 'Where'.　**111 enchanted trifle** = trick of magic. trifle = deception.　**abuse** = deceive.　**114 amends** = heals.

I fear a madness held me. This must crave, 115
An if this be at all, a most strange story.
Thy dukedom I resign, and do entreat
Thou pardon me my wrongs. But how should Prospero
Be living, and be here?
PROSPERO [*to Gonzalo*]　　　First, noble friend,
Let me embrace thine age; whose honour cannot 120
Be measured or confined.
GONZALO　　　　　Whether this be,
Or be not, I'll not swear.
PROSPERO　　　　　You do yet taste
Some subtleties o'th'isle, that will not let you
Believe things certain. Welcome, my friends all,
[*To Sebastian and Antonio*] But you, my brace of lords, were I so minded, 125
I here could pluck his highness' frown upon you
And justify you traitors. At this time
I will tell no tales.
SEBASTIAN　　　　The devil speaks in him.
PROSPERO　　　　　　　No.
— For you, most wicked sir, whom to call brother
Would even infect my mouth, I do forgive 130
Thy rankest fault, all of them; and require
My dukedom of thee, which perforce I know
Thou must restore.
ALONSO　　　　If thou beest Prospero,

---

115 crave = call for.　**116 An if** ⇨2.2.102 note.　**be at all**　i.e. is really happening.
117 resign = relinquish, hand over.　**119 [*to Gonzalo*]**　*Cambridge 2* の SD を採用.
123 subtleties = ① deceptions; illusions, ② desserts (動詞 taste の目的語として.
当時の宴会では最後に数寄をこらしたデザートが供された).　**not**　F1 は 'nor'.

重い苦しみで気が狂ったようであった。これが確かな
事実なら、これには不可思議な物語があるはず。
あなたの公爵領はお返しします、どうかわたしの犯した罪を
許して下さい。だがそれにしても、どうしてプロスペローが
生きていて、ここにいるのだろう。

プロスペロー［ゴンザーロに］　　　　まずは気高い友よ、
そのご老体を抱かせて下さい、あなたの名誉は
限りなく、測り知れない。

ゴンザーロ　　　　　　　これは夢か現(うつつ)か、
ああ、わからなくなってきた。

プロスペロー　　　　　　　　この島の幻の供応の味が
あなたの舌にまだ残っているようですな、この確かな
現実がなかなか信じられんとなると。やあご一同、ようこそ、
［セバスチャンとアントーニオに］　だが君たち二人組(ににん)のお偉方は、はて
どうしたものか、
いっそ国王陛下の逆鱗にふれさせてもよいところ、なにしろ
謀叛人たるの証拠を握っているのだからな。だが今のところは
黙して語らずだ。

セバスチャン　　　悪魔がこの男の姿で語っている。

プロスペロー　　　　　　　　　　　　　　馬鹿め。
──さあお前だ、悪党の第一、お前を弟と呼ぶのさえ
口が汚れるところだが、お前の極悪非道の罪科、
その他もろもろ、すべてわたしは赦す。公爵領は
当然返してもらおう、いや言わずとも返還せねばならぬ
ところだろうがな。

アロンゾー　　　あなたは確かにプロスペロー、この上は

F3 の改訂．**125–28** ⇨ 補．**125 brace** = pair．本来猟犬などに用いられる語．**126 pluck** = bring (disaster etc.) *upon* a person．(*OED*)　**127 justify** = prove．**129 For** = as for．**sir** ⇨ *l.* 69 note．**131 fault** = crime．F4 は 'faults' に改訂しているが採らない．**132 perforce**　i.e. by moral constraint．

Give us particulars of thy preservation;
How thou hast met us here, whom three hours since
Were wracked upon this shore, where I have lost,
How sharp the point of this remembrance is —
My dear son Ferdinand.
PROSPERO   I am woe for't, sir.
ALONSO Irreparable is the loss, and patience
Says it is past her cure.
PROSPERO   I rather think
You have not sought her help, of whose soft grace
For the like loss I have her sovereign aid,
And rest myself content.
ALONSO   You the like loss?
PROSPERO As great to me, as late; and supportable
To make the dear loss, have I means much weaker
Than you may call to comfort you, for I
Have lost my daughter.
ALONSO   A daughter?
O heavens, that they were living both in Naples,
The king and queen there. That they were, I wish
Myself were mudded in that oozy bed
Where my son lies. When did you lose your daughter?
PROSPERO In this last tempest. I perceive, these lords
At this encounter do so much admire
That they devour their reason, and scarce think
Their eyes do offices of truth, their words

---

135 whom=who. 'whom the seas cast up' が想定されていたか. (Kermode) cf. *l.* 76 note. **since** ⇨1.2.53 note. **136 wracked** = wrecked. cf. 1.2.26 note. **137 point** 'The memory is imagined as a stab of recollection.' (Lindley) **138 woe** = sorry. **140 her** patience を女性に見立てて. **141 of** = by. **soft** = merciful. **142 sovereign** =

生き延びてこられた一部始終を詳しく語って下さらんか。
135　ここでわれらと出会うた次第、われらとて三時間前にこの岸に
打ち上げられたばかり、いやこの岸でわたしは失うてしまいました、
思い出すたびにこの胸がきりきり痛む、わたしの
大事な息子のファーディナンドを。
プロスペロー　　　　　　　　　　　　それはご愁傷なことで。
アロンゾー　回復不可能の損失、忍耐さえもが
治療できぬと言っている。
140 **プロスペロー**　　　　　　　いやいや、あなたは実際にはまだ忍耐の
助けを求めたとは言えないようだ。わたしも同様の
損失を被ったが、忍耐の慈悲の力により卓効を得て、さいわい
安心立命の心境にあります。
アロンゾー　　　　　　　あなたもですと？
プロスペロー　ご同様ごく最近、それもきわめて甚大な。この切ない
145　不幸に耐える手立てとなると、わたしの方がはるかにひ弱い、
あなたにはほかにもお子の慰めがあるが、なんとわたしは
一人娘を失ったのだから。
アロンゾー　　　　　　　お娘御を？
ああ天よ、二人が生きてナポリに在って
王と王妃になったならば。ああこの願いが叶うのであれば、
150　わたしが代りに息子の眠る海底の泥の床に
泥にまみれて横たわりたい。で、いつ娘御を亡くされた？
プロスペロー　先ほどの嵐のときに。はてはてご一同には
このたびの邂逅にびっくり仰天、
理性もなにも茫然自失、真実を写す
155　目の力も、真実を語る言葉の力も、まるで信じられぬ

---

supreme.　**144 súpportable**（アクセント第1音節）= endurable.　**145 dear** = heart-felt.　cf. 2.1.132 note.　**146 comfort** = solace.　**149 That** = provided that.　cf. Abbott 364.　**153 admire** = wonder, marvel.　**154 devour their reason**　i.e. swallow up their reason in their amazement.（Kittredge）

Are natural breath. But howsoe'er you have
Been justled from your senses, know for certain
That I am Prospero and that very duke
Which was thrust forth of Milan, who most strangely
Upon this shore, where you were wracked, was landed   160
To be the lord on't. No more yet of this,
For 'tis a chronicle of day by day,
Not a relation for a breakfast nor
Befitting this first meeting. Welcome, sir;
This cell's my court, here have I few attendants   165
And subjects none abroad. Pray you look in.
My dukedom since you have given me again,
I will requite you with as good a thing,
At least bring forth a wonder to content ye
As much as me my dukedom.   170
    Here Prospero discovers Ferdinand and Miranda playing at chess.
MIRANDA   Sweet lord, you play me false.
FERDINAND   No, my dearest love, I would not for the world.
MIRANDA   Yes, for a score of kingdoms you should wrangle, and
I would call it fair play.
ALONSO   If this prove a vision of the island, one dear son   175
Shall I twice lose.
SEBASTIAN   A most high miracle.

---

156 natural breath i.e. ordinary speech of human being.（Kermode） **157 justled**
= jostled; shoved away. **senses** ⇨*l*.31 note. **161 on't** ⇨1.2.87 note. **163 relation**
= report. **166 abroad** = outside of my 'court'. **167 again** ⇨1.1.44 note. **169 ye**
you（pl.）の目的格にも用いられる．cf. *l*.33 note. **170** short line. **170.2** F1 の
SD. ***discovers*** = reveals. カーテンを使った演出．舞台になんらかの discovery
space が用意された（いわゆる inner stage 説は現在ではほとんど顧みられな

ご様子。だがあなた方の分別がいかに常軌を
　　　逸していようと、よいか、これだけは確かなことに弁（わきま）えて
　　　下さるよう、わたしはプロスペローその人、ミラノから
　　　追い落とされたあの公爵、それがまことに不思議にも
160　あなた方の難破したこの岸辺に漂着して
　　　島の支配者になった。話はこれにて切り上げましょう、
　　　なにしろ日めくり暦の年代記、
　　　朝食の食卓の話題や初対面での
　　　挨拶にも持ち出すようなことではない。ようこそ陛下、
165　この岩屋がわたしの宮廷、ここにいるのが僅かな従者、
　　　戸外に侍する臣下は皆無。どうぞ中をご覧下さい。
　　　わたしに公爵領を返還なされたそのお返しに、
　　　よいものを差し上げよう、せめては驚きの贈り物、
　　　皆さま方にはご満足、ま、わたしにとっての
170　公爵領というほどのものです。

　　　　　ここでプロスペローがカーテンを引くとファーディナンドとミランダがチェスをしている。

ミランダ　あらら、ずるいずるい。

ファーディナンド　ずるじゃないよ。世界全部もらったってぼくはずるなんかするもんか。

ミランダ　いいのよしたって、王国二十ももらえるのなら派手におやりなさい、わたしがずるじゃないって言ってあげる。

175　**アロンゾー**　これもまたこの島の幻影ならば、わたしは一人息子を二度失うことになる。

セバスチャン　これはまたどえらい奇蹟だ。

い）．*chess* 王位（領土）争奪の縮図化，あるいはパロディ化．**171–74** ⇨ *ll.* 101–02 補．　**173 wrangle** i.e. contend (but here with the implication of contending unfairly). (*New Folger*)　**175** anapaestic を交えて blank verse のリズム再開．scantion 案，'If this próve a vísion of the ísland, óne dear són'．

FERDINAND Though the seas threaten, they are merciful.
　I have cursed them without cause.　　　　[*Kneels to Alonso.*]
ALONSO　　　　　　　　　　Now, all the blessings
　Of a glad father compass thee about.
　Arise, and say how thou camest here.
MIRANDA　　　　　　　　　　　O, wonder!　　180
　How many goodly creatures are there here!
　How beauteous mankind is. O brave new world,
　That has such people in't.
PROSPERO　　　　　　　　'Tis new to thee.
ALONSO What is this maid with whom thou wast at play?
　Your eld'st acquaintance cannot be three hours.　　185
　Is she the goddess that hath severed us,
　And brought us thus together?
FERDINAND　　　　　　Sir, she is mortal;
　But by immortal providence she's mine.
　I chose her when I could not ask my father
　For his advice, nor thought I had one. She　　190
　Is daughter to this famous Duke of Milan,
　Of whom so often I have heard renown,
　But never saw before; of whom I have
　Received a second life; and second father
　This lady makes him to me.
ALONSO　　　　　　　　I am hers.　　195
　But O, how oddly will it sound that I
　Must ask my child forgiveness.

---

178 [*Kneels to Alonso.*]　実質 Theobald の SD. わかりやすさから採用. **179 compass** = encircle. **180 wonder!, 181 here!**　*l*. 180 の ! は F1, *l*. 181 の ! は F1 の ? の転換 (*l*. 182 'mankind is' にも ? があるが本版は転換しない). **182 brave**

ファーディナンド 恐怖の海は慈悲の海。わたしが
海を呪ったのは間違いでした。　　　　　　　［アロンゾーに跪く］

アロンゾー　　　　　　　　　それでは喜びの父親の
すべての祝福がお前を取り巻くように。立ちなさい、
さ、話してくれ、どうしてここに来たのか。

180 **ミランダ**　　　　　　　　　　　　　　なんて不思議！
りっぱな人たちがここにはこんなにたくさん！
人間なんて美しいんでしょう。これはすばらしい新世界、
こんな人たちが住んでいるだなんて。

プロスペロー　　　　　　　　　　　お前には新世界だ。

アロンゾー　この娘さんはどなただ、お前とチェスをしていた。
185　お前の知り合いといってもせいぜいで三時間。
女神なのか、父と子を離れ離れにした上で
また引き合わせてくれた？

ファーディナンド　　　　　いいえ、人間なのですよ、
ですが人間の及ばぬ神のお力でわたしの妻になりました。
わたしがこの人を選んだときには父上のご意向を伺えず、
190　また父上はもうこの世にないものと思っていた。この人はね、
ここにおられる有名なミラノ公爵の娘、
公爵のご高名はわたしも聞き知っておりましたが
お会いしたことがなかった。そのお方に助けられてわたしは
第二の生命を授かりました。そしてこの女性が、そのお方を
わたしの第二の父親にしたのです。

195 **アロンゾー**　　　　　　　　　　わたしも第二の父親だ、この人の。
だが奇妙に響くことになるだろうな、父親のわたしが
わが子に許しを乞うことになるのだから。

⇨1.2.6 note. あくまでも 1 つの話題として，*Cambridge 2* の Wilson は次の Prospero の台詞に [*smiling sadly*] の SD を書き入れた． **185 eld'st** = oldest; longest. **197 my child**　i.e. Miranda. cf. '*my child* is always used by Shakespeare of a ↗

PROSPERO   There, sir, stop.
  Let us not burden our remembrances
  With a heaviness that's gone.
GONZALO   I have inly wept,
  Or should have spoke ere this. Look down, you gods, 200
  And on this couple drop a blessed crown;
  For it is you that have chalked forth the way
  Which brought us hither.
ALONSO   I say, amen, Gonzalo.
GONZALO Was Milan thrust from Milan that his issue
  Should become kings of Naples? O, rejoice 205
  Beyond a common joy, and set it down
  With gold on lasting pillars. In one voyage
  Did Claribel her husband find at Tunis,
  And Ferdinand, her brother, found a wife
  Where he himself was lost; Prospero his dukedom 210
  In a poor isle; and all of us ourselves
  When no man was his own.
ALONSO [*to Ferdinand and Miranda*]   Give me your hands.
  Let grief and sorrow still embrace his heart
  That doth not wish you joy.
GONZALO   Be it so, amen.
    Enter Ariel, with the Master and Boatswain amazedly following.
  O look, sir, look, sir, here is more of us. 215

---

daughter.' (Onions) ¶ **199 heaviness** = ① weight, ② sadness, grief. **inly** = inwardly, in the heart. **200 spoke** = spoken. cf. 3.1.37 note. **202 chalked forth** = traced out (as if with chalk). **204 Milan, Milan** 前の Milan は ⇨1.2.109 note, 後の Milan は地名. **issue** = offspring. **206 it** *ll*. 207–12 の 'In one voyage ... his own.' を指すとしてその解による訳が行われているが, 文体自体が碑文のものではないと思う. **207 pillars** この劇の植民地主義のテーマへの思い入れから, これを神

プロスペロー　　　　　　　　　　　　　あいや、そこまで。
　　われらの思い出に、すでに過ぎ去った悲しみの重荷を
　　負わせるのは止しにしましょう。
　　ゴンザーロ　　　　　　　　　　わたくしめは心で泣いて
200　おりましたがため、口もよう開けなんだ。ああ神々よご照覧、
　　ここのお二人になにとぞ祝福の冠を下したまえ。われらが
　　ここに辿り着いた道順をあらかじめ示しおかれたのは
　　なんと神々でございましたゆえ。
　　アロンゾー　　　　　　　　　　　わたしもゴンザーロ、アーメン。
　　ゴンザーロ　ミラノ公爵がミラノを追われたのは、そのご子孫が
205　代々ナポリ国王となられるためだったのか。ああ
　　うれしやな、めでたやな、この喜びはぜひとも不朽の柱石に
　　黄金の文字にて彫り刻みましょうぞ。なんと、同じ一つの船旅で
　　クラリベルはテュニスにて夫を得、
　　その兄ファーディナンドはみずからは失われながら失われた
210　その地で妻を得、さらにまたプロスペローはこの貧しい島で
　　失われた公爵領を取り戻された。加えてわれら一同、正気を
　　失いながら失うた正気を取り戻しました。
　　アロンゾー［ファーディナンドとミランダに］　さ、二人とも手を。
　　お前たちの祝福を願わぬ者の心には常に
　　嘆きと悲しみが宿るよう。
　　ゴンザーロ　　　　　　　　　わたくしめも同じ祈りを、アーメン。
　　　　　エアリエル登場。船長、水夫長が呆然として後に続く。
215　ご覧下さい、陛下、船の仲間たちが加わりましたぞ。

聖ローマ帝国16世紀の皇帝カール5世の覇権主義的紋章 'The Pillars of Hercules' と結びつけようとする珍妙な論文まで現れた．**212 his own** = himself; in his senses. [*to Ferdinand and Miranda*] Hanmer の SD．わかりやすさから採用．**213 still** = always.　**214 That**　先行詞は 'him' に含まれる he (= the man). cf. *l*. 53 note.　**214.2** F1 の SD．***Enter Ariel*** 'invisible' の姿で．cf. *l*. 250 補．***amazedly*** = in a bewildered fashion.　**215 is** ⇨1.2.478 note.

I prophesied, if a gallows were on land,
This fellow could not drown. — Now, blasphemy,
That swearest grace o'erboard, not an oath on shore?
Hast thou no mouth by land? What is the news?
BOATSWAIN The best news is that we have safely found 220
Our King and company. The next, our ship,
Which but three glasses since we gave out split,
Is tight and yare and bravely rigged as when
We first put out to sea.
ARIEL [*aside to Prospero*]   Sir, all this service
Have I done since I went.
PROSPERO [*aside to Ariel*]   My tricksy spirit. 225
ALONSO These are not natural events; they strengthen
From strange to stranger. Say, how came you hither?
BOATSWAIN If I did think, sir, I were well awake,
I'd strive to tell you. We were dead of sleep,
And, how we know not, all clapped under hatches, 230
Where but even now with strange and several noises
Of roaring, shrieking, howling, jingling chains,
And moe diversity of sounds, all horrible,
We were awaked, straightway at liberty;
Where we, in all our trim, freshly beheld 235
Our royal, good and gallant ship; our master
Cap'ring to eye her. On a trice, so please you,

---

216 prophesied cf. 1.1.25–29.   **217 blasphemy** = blasphemous fellow.   **218 swearest grace o'erboard** i.e. cursest so intensely that God's grace is driven off the ship.（*Yale*）　**219 What is the news?** i.e. what is the matter with you? 次行の news は = report.（修辞法の asteismus.）　**220 safely** = in a safe state. 次行の company の後に置くとよくわかる．　**222 glasses** ⇨1.2.240 note.　**since** ⇨1.2.53 note. **gave out** = reported.   **223 tight** = not leaking.   **yare** = ready, prepared. cf. 1.1.3 note.

わたくしは予言いたしましたな、陸に絞首台のある限り
この男に海で溺れ死はあるはずがないと。やあ罰当り、船の上では
その口で神の恩寵を追い出しおって、陸に上ると悪態一つ出んのか、
土の上では口がきけんのか。さ、その恰好はどうしたわけだ？

220 **水夫長**　わけはわけあり大喜び、王さまはじめ
ご一同さまのご無事を拝見。次なる大喜びのそのわけは、なんと
われらの船、つい三時間前にまっ二つと申し上げたあの船が、
遺漏これなく準備完了、艤装もなにも打ち整って
まるで出港時のまま。

エアリエル［プロスペローに傍白］　どうですご主人さま、出かけた
ついでのこのひと仕事。

225 **プロスペロー**［エアリエルに傍白］　このいたずら小僧めが。

アロンゾー　これはこの世の常の出来事ではない、不可思議ますます
募るばかり。なあ、お前たちはどうしてここまで来た？

水夫長　それが陛下、なんとかお話しようにも、ちゃんと目が覚めて
いなかったようなので。みんなも死んだように眠っておりました、
230 それも陛下、どうしたわけか船の底に閉じ込められて、
するとまあつい今しがた、妙な音がいろいろと、
どなり声やら金切り声やら吠え声やら、がちゃがちゃと
鐘の音やら、ほかにももっとさまざまな、とにかく恐ろしい音で、
それでみんな目が覚めて、いきなり身軽になったかと思うと、
235 互いに見回す身なりもあらたに、目の前にはぱあっと陛下の御座船、
りっぱもなにも、それを目にして船長はたちまち
躍り出す。と、恐れながら陛下、あっと瞬く

---

bravely cf. 1.2.6 note.　**224** [*aside to Prospero*], **225** [*aside to Ariel*] Capell の SD. cf. *l.* 214.2 note / *l.* 250 補.　**225 tricksy** = playful, mischievous.　**226 strengthen** = grow.　**229 dead of sleep** = deadly asleep.　**230 clapped** = confined.　**under hatches** ⇨1.2.230 note.　**231 even now** ⇨2.1.306 note.　**several** = different.　**233 moe** ⇨ 2.1.129 note.　**234 straightway** = at once.　**237 On a trice** = in a trice.　**please you** ⇨1.2.65 note.　**so** = if.

Even in a dream, were we divided from them,
And were brought moping hither.

ARIEL [*aside to Prospero*]   Was't well done?

PROSPERO [*aside to Ariel*]   Bravely, my diligence. Thou shalt be free. 240

ALONSO   This is as strange a maze as e'er men trod;
And there is in this business more than nature
Was ever conduct of. Some oracle
Must rectify our knowledge.

PROSPERO   Sir, my liege,
Do not infest your mind with beating on   245
The strangeness of this business. At picked leisure,
Which shall be shortly single, I'll resolve you,
Which to you shall seem probable, of every
These happened accidents. Till when, be cheerful,
And think of each thing well. — Come hither, spirit;   250
Set Caliban and his companions free;
Untie the spell.   [*Exit Ariel.*]
              How fares my gracious sir?
There are yet missing of your company
Some few odd lads that you remember not.

> *Enter Ariel, driving in Caliban, Stephano and Trinculo in their stolen apparel.*

---

239 moping = wandering aimlessly; bewildered. **mope** = be in a state of unconsciousness; move and act without the impulse and guidance of thought. (Schmidt)
239 [*aside to Prospero*], 240 [*aside to Ariel*] Capell の SD. cf. *ll*. 224, 225 note.
240 Bravely ⇨3.3.83 note.   **243 conduct** = conductor.   **244 rectify** = set right.
245 infest = attack; trouble.   **beating on** = hammering at; insistently thinking on.
246 picked leisure i.e. chosen moment of leisure.   **246–47 , Which shall be shortly**

夢の間に、二人は皆から離されて、

ここまで茫然自失のご到着。

エアリエル ［プロスペローに傍白］　どうですこの腕前。

プロスペロー ［エアリエルに傍白］　おみごと、おみごと勤勉小僧、きっと
240　　自由にしてやるぞ。

アロンゾー　これはかつて人の踏みこんだことのない迷路、

自然の導きではこのような次第は

生じはしない。ここはぜひともどこぞ神託を仰ぎ、

われら人間の知識を正してもらわねば。

プロスペロー　　　　　　　　　　　　　いやいや陛下、
245　ことの次第の不可思議に思議を叩いてお心を

悩ますことはなさらぬよう。いずれ暇の折をみてご得心を

いただきましょう、いやなに間もなく閑暇の続くであろうこの身、

なるほどそんなわけかと、これまでの出来事もいちいち

ちゃんと腑に落ちるはず。どうぞそれまでは心楽しく
250　なにごとも愉快千万と思し召せ。──さ、妖精よ、ここに。

キャリバンとあいつの連れたちを自由にしてやれ、

もう呪縛から解放してよいぞ。　　　　　　［エアリエル退場］

　　　　　　　　　　　　　　　　どうなさいましたな、陛下。

ご一行の中にまだ二、三人行先不明の余計者が

おりましてな、きっとご記憶にはありますまいが。

> エアリエルが、盗んだ服を着たキャリバン、ステファノー、トリンキューローを追い立てて登場。

---

single, ⇨ 補.　**247 resolve you** = make clear to you.　**248 probable** = satisfactory.
248–49 every These = every one of these. every = all severally.　**249 happened accidents** = occurences which have happened.　**250 — Come hither, spirit** ⇨ 補.
252 [*Exit Ariel.*] Capell の SD.　**sir** cf. *l.* 69 note.　**254 odd** = extraneous.　**254.2–.3 *Enter ... apparel.*** F1 の SD.　cf. *l.* 250 補.

STEPHANO Every man shift for all the rest, and let no man take
care for himself, for all is but fortune. Coragio, bully-monster,
Corasio.

TRINCULO If these be true spies which I wear in my head, here's
a goodly sight.

CALIBAN O Setebos, these be brave spirits, indeed.
How fine my master is. I am afraid
He will chastise me.

SEBASTIAN Ha, ha. What things are these, my lord Antonio? Will
money buy 'em?

ANTONIO Very like. One of them is a plain fish, and no doubt
marketable.

PROSPERO Mark but the badges of these men, my lords,
Then say, if they be true. This misshapen knave,
His mother was a witch, and one so strong
That could control the moon, make flows and ebbs,
And deal in her command without her power.
These three have robbed me; and this demi-devil,
For he's a bastard one, had plotted with them
To take my life. Two of these fellows you
Must know and own; this thing of darkness I
Acknowledge mine.

255–57 F1 は韻文に印刷しているが当然散文．**255–56 Every ... himself** 'Every man / Everybody for himself and God for us all.'（「すべからく人は己のため，あとは神まかせ」）の酔っ払いのもじり．結果として altruistic な言い方になっているのがおかしい．Proverb 自体は John Heywood の俚諺集 *Witty and Witless*（1562）にもみえる．**255 shift** = manage.（subj. 'Every' の前に 'Let' を補う．）**256 Coragio**, **257 Corasio** F1 の綴り（italics）．後の Corasio は drunken slurring の写しであろう．It. *corragio* = courage. **256 bully** = gallant. cf. 'bully Bottom'（*A Midsummer Night's Dream* 3.1.7 note）．**258 spies** i.e. eyes. **260–62** cf. *ll*. 180–83. **260 Setebos** ⇨1.2.372 note. **be** ⇨2.1.257 note. **brave** ⇨1.2.206 note. **262**

255 **ステファノー** 子曰(のたま)くとくらあ、情は人の酒ならず、酒っ面(つら)に蜂、へ、酒は天下の回り物。がんばれえ、化物の大将、かんぱれえ。

トリンキュロー おいらのこの顔の眼(まなこ)はまさか節穴じゃないだろうな、こりゃまあ皆さまお揃いで。

260 **キャリバン** ああセテボスの神さま、これはまたなんと美しい妖精たち。ご主人さまもりっぱだなあ。きっとまた厳しく折檻されるぞ。

セバスチャン あっはっは、こいつは大笑いだ。ずいぶん珍妙な生物じゃないかね、え、アントーニオ。金でこいつらが買えるかな？

265 **アントーニオ** 大丈夫買えますな。中の一匹など正真正銘の魚類、高く売れますぜ。

プロスペロー この者たちの本性は着したるものに表れております、正直者かどうかどうぞご判断を。まずこの異形(いぎょう)の悪党、これの母親は魔女であった、それも魔力きわめて強大にして、

270 月の運行を支配し、潮の満干も意のまま、
月の力をわがものになお月の力を超えた。
三人はわが品物を掠(かす)めたが、この半悪魔、
悪魔の私生児のこやつめは、なおも両名と共謀して
わが命を狙おうとした。いかがです、

275 二人の方は確かにあなたのご家来、この闇の申し子はわたしの召使。

---

short line.　**263–66**　F1 は韻文．渡りにするなど韻文の編纂が主流であるがリズムがどうしてもたどたどしい．なによりも，Sebastian と Antonio はここでは low characters になっている．　**263–64 Will money buy 'em?, 266 marketable** cf. 2.2.30 note.　**265 like** = likely.　**267 badges**　i.e. stolen apparel (*l*. 254.3). 当時の大家の servant はお仕着せ (livery) に主人の家紋の badge を着けていた．ここでは素性を示す証拠ということであろう．　**268 true** = honest.　**270 That** 後に 'she' を補って読む．　**control the moon**　Prospero の太陽 (cf. *ll*. 41–42) に対し Sycorax は月．　**flows and ebbs**　月の支配の領域．　**271 deal in her command** = meddle with the moon's authority.　**without** = beyond the reach of.　**273 bastard one** cf. 1.2.319–20.　**275 own** = acknowledge.

CALIBAN	I shall be pinched to death.
ALONSO	Is not this Stephano, my drunken butler?
SEBASTIAN	He is drunk now. Where had he wine?
ALONSO	And Trinculo is reeling ripe. Where should they

Find this grand liquor that hath gilded 'em?   280
How camest thou in this pickle?

TRINCULO I have been in such a pickle since I saw you last that, I fear me will never out of my bones; I shall not fear fly-blowing.

SEBASTIAN Why, how now, Stephano?   285

STEPHANO O, touch me not, I am not Stephano but a cramp.

PROSPERO You'd be King of the isle, sirrah?

STEPHANO I should have been a sore one then.

ALONSO This is a strange thing as e'er I looked on.

PROSPERO He is as disproportioned in his manners   290
As in his shape. Go, sirrah, to my cell;
Take with you your companions. As you look
To have my pardon, trim it handsomely.

CALIBAN Ay, that I will; and I'll be wise hereafter,
And seek for grace. What a thrice-double ass   295
Was I to take this drunkard for a god
And worship this dull fool.

PROSPERO   Go to, away.

---

276 pinched cf. 2.2.4–5. **278–88** Trinculo の散文を交えて，韻文も blank verse 崩れの不安定． **279 reeling ripe** = ready for reeling. **280 grand liquor** i.e. wine. ただし裏に錬金術への言及 (= elixir)．(Warburton は F1 の 'Liquor' を ''lixir [= Elixir]' と読んだ．) **gilded 'em** = made them flushed, red-faced. ただし前注からも gild < gold が利いている． **281 pickle** = predicament; sorry plight. 次行の pickle は「塩漬けの汁」→「海水漬け」．asteismus (cf. *l*.219 note). **283 I fear me** = I am afraid. me = myself. 次に it を補う．cf. *l*. 270 note. **283–84 fly-**

キャリバン　　　きっと捕られて抓り殺されるな。

アロンゾー　これはステファノーではないか、飲んだくれの酒蔵番の。

セバスチャン　今も酔っ払っている、どこで酒を手に入れたのだろう。

アロンゾー　それにトリンキューローも千鳥足だ。

280　さては百薬の長霊薬を見つけ出したか、顔はてらてらの黄金色。
なんともみごとな酒びたしだな。

トリンキューロー　酒びたしどころか、お別れしてからずうっと海の中、塩水びたしのこの体に塩が骨までしみてるから、蠅だって卵を産みつけやしません。

285　セバスチャン　おい、どうしたね、ステファノー。

ステファノー　さわらないでおくんなさい、わたしはステファノーじゃないんで、痙攣の塊なんで。

プロスペロー　おい、お前がこの島の王になろうとしたのだな？

ステファノー　わたしが王になったら痙攣のしっぱなしでみんなぴっくぴく。

アロンゾー　これは見たことがない奇妙な生き物だな。

290　プロスペロー　姿形もひねくれておれば、心もまた
ひねくれておりましてな。おい、わたしの岩屋に入れ。
お前の仲間も一緒だ。わたしから罪の許しを
得たいのであれば中をきれいに片づけておけ。

キャリバン　うん、わかったよ。これからはもっと利口になって

295　かわいがってもらうよ。おれって、ばかの上にばかのつく
大ばかだったよなあ、こんな酔っ払いを神さまだと思い込んで、
おまけにこの間抜けをありがたがってただなんて。

プロスペロー　　　　　　　　　　　　　　　　もういい、行け。

---

blowing infestation by maggots (to which unpickled meat would be subject). (*Riverside*) blowing cf. 3.1.63 note.　**287 sirrah** [sírə] 目下に対する呼び掛け. sir と同じ語源. < sire (L. *senior* [= older]).　**288 sore** = ① pain-racking (*l*. 286 の 'cramp' から), ② harsh.　**290 manners** = moral character.　**292 As** = if.　**292-93 look To** = expect to.　**295 grace** = favour.　**297 Go to** ⇨ 4.1.249 note.

Caliban の悲しみ

ここでこうして Caliban は不毛の孤島に取り残される。右ページ右上はビアボーム・トリー (Beerbohm Tree) の *The Tempest* (1904) 50 回公演の記念プログラムの挿絵、画家はチャールズ・ブューシェル (Charles A. Buchel)。奇岩の岬の上、白い帆を掲げて遠のく船をひとり見送る Caliban の後姿は、ほとんど、『平家女護島』二段目「俊寛」の幕切れを思わせる。

その Caliban の悲しみを最もよく表現していると思われるのは、右ページ左側、仮面舞踏劇 *Caliban by the Yellow Sands* のやはりプログラム表紙絵 (A souvenir program Caliban HTC 28,312 The Harvard Theatre Collection, Houghton Library)。シェイクスピア没後 300 年記念 (1916) にニューヨークで上演されたもののようだが、舞台の詳細はわからない。演出者のパーシー・マカイ (Percy MacKaye) についても知らない。Caliban は Stephano や Trinculo に対して常に blank verse で語る。それは悲しみの blank verse だ。本訳者は *The Tempest* 全篇を通して Caliban の台詞を訳すとき最も高揚した。

ALONSO Hence, and bestow your luggage where you found it.
SEBASTIAN Or stole it, rather.

                                     [*Exeunt Caliban, Stephano, and Trinculo.*]

PROSPERO Sir, I invite your highness and your train 300
  To my poor cell, where you shall take your rest
  For this one night, which, part of it, I'll waste
  With such discourse as I not doubt shall make it
  Go quick away, the story of my life
  And the particular accidents gone by 305
  Since I came to this isle. And in the morn
  I'll bring you to your ship, and so to Naples,
  Where I have hope to see the nuptial

---

299 [*Exeunt... Trinculo.*] Capell の SD。Caliban の退場はむしろ *l*. 297 か。*Oxford* がその解釈。Caliban は孤独である。 **302 waste** = spend。 **304 quick**

アロンゾー　お前たちも行け、その衣裳は元のところに戻しておけ。
セバスチャン　いや、盗んだところにだよ。
　　　　　　　　　　　　［キャリバン、ステファノー、トリンキュロー退場］
300 プロスペロー　それでは陛下をはじめ陛下ご随員のご一同は
　　　わが貧しき庵にご招待を。今夜ひと夜は
　　　そこにお休み下さいますよう、その間わたくしも
　　　ひとときをお話のお相手、まずは無聊のお慰みにも
　　　なろうかと、お耳に入れまするはわが身の上話、
305　この島に参ってからの四方山の出来事
　　　などなど、それで朝になりましたならば
　　　船へとご案内、そのままナポリに向けて船の旅、
　　　われらが愛し子らの婚礼がかの地にて

（adv.）= quickly.　**305 accidents** ⇨ *l*. 249 note.　**gone by**　i.e. which have happened.
308 nuptial　PE なら pl．F2 で 'nuptials' に改訂．

Of these our dear-belovèd solemnized,
And thence retire me to my Milan, where 310
Every third thought shall be my grave.
ALONSO   I long
To hear the story of your life, which must
Take the ear strangely.
PROSPERO   I'll deliver all,
And promise you calm seas, auspicious gales
And sail so expeditious that shall catch 315
Your royal fleet far off. My Ariel, chick,
That is thy charge. Then to the elements
Be free, and fare thou well. — Please you, draw near.

[*Exeunt all but Prospero.*]

[Epilogue] *Spoken by Prospero.*

    Now my charms are all o'erthrown,
    And what strength I have's mine own, 320
    Which is most faint. Now 'tis true
    I must be here confined by you,
    Or sent to Naples. Let me not,
    Since I have my dukedom got
    And pardoned the deceiver, dwell 325
    In this bare island by your spell,
    But release me from my bands

---

309 these our cf. 3.1.4 note. **310 retire me** = withdraw. me = myself. **311 third** 他の 2 thirds は何かなど思い煩うほどのことではない. cf. 4.1.3 補. **313 Take** = captivate. **strangely** = extraordinarily. **deliver** = narrate. **315 that** 後に it を補う. cf. *l.* 270 note. **316 chick** = young chicken. term of endearment. **317 elements** ⇨1.1.19 note. ここでは特に the air. cf. p. 4, *l.* 14 note. **318 fare thou well** もちろん = farewell だが本来の意味 (= get on well; be happy) が利いている. cf. fare = get on (本来は travel). 'fare thee well' の形もある. **Please you** ⇨

厳かに執り行われましょう。そこまで望みを
310 果したとなれば、わたくしはもう故郷のミラノに引退を、
三たびに一度はわが墓への思い。

アロンゾー　　　　　　　　　　　お聞きいたしましょうとも
あなたの生涯の物語を、きっとこの耳が虜となって
離れられますまい。

プロスペロー　　　それではお話を。
あとは鏡の海に順風満帆のお約束、
315 矢よりも早い船足に、はるか先頭の陛下の船団も
たちまちに追いつかれましょう。かわいいエアリエル、
これはお前の責任だ。それを無事果したら、さ、大気の中に
飛んで行け、達者に暮せよ。──では皆さま、こちらへ。

［プロスペローを除き全員退場］

［納めの口上］プロスペローによる。

　　　　わが魔法はことごとくに破れ、
320　　　残るはわが身ひとつの頼りなさ、
　　　　寄る辺なきこの姿は皆さま方のもの、
　　　　はてはてここに閉じこめておかれまするか、
　　　　はたまたナポリにお返しいただけまするか、ま、
　　　　わたくしめも無事公爵領を取り戻し
325　　　裏切者の罪を許しましたからには、
　　　　この裸の島にとどまれなどのご呪文は
　　　　ぜひともご無用に、なにとぞにぎにぎしい

1.2.65 note.　**318.2 [*Exeunt all but Prospero.*]**　'*but Prospero*' は本版（Lindley も同様）．次行の '*Spoken by Prospero.*' と整合させた．退場した Prospero が衣裳を変えてもう一度登場するという演出も当然ありうる，など，それは演出家の領域．**318.3 [Epilogue]** *Spoken by Prospero.*　F1 による．**319–38** Epilogue は trochaic tetrameter が基本の couplet 10 連．**320 have's** = have is.　**322 you**　i.e. the audience.　**326 this bare island**　もちろんこの「舞台」の意味も．**327 bands** = bonds, fetters.

With the help of your good hands.
Gentle breath of yours my sails
Must fill, or else my project fails, 330
Which was to please. Now I want
Spirits to enforce, art to enchant;
And my ending is despair
Unless I be relieved by prayer,
Which pierces so that it assaults 335
Mercy itself and frees all faults.
As you from crimes would pardoned be,
Let your indulgence set me free. [*Exit.*]

FINIS.

---

328 your good hands 拍手の音で 'your spell' (*l.* 326) は破れる. cf. 4.1.59 note.
329 Gentle breath i.e. favourable comment. **331 want** = lack. **332 enforce** = control. **335 pierces, assaults** ともに強烈なイメージ. cf. 'Prayers like petards break open heaven gate.' (Tilley P 557) **336 frees** = frees from. **faults** ⇨ *l.* 131 note.

お手をもちまして、わたくしめをご解放下さりませ。
皆さま方ご最屓のお声をわが船の帆に、
330　こののちとも精一杯舞台を勤めたき所存、
わたくしにはもはや妖精の助けはなく、
魔法の術もとんと心得ませぬ、となっては、
この祈りの聞き届けられぬとあれば、
わが幕切れはもはや絶望のほかなく、
335　それ、祈りこそは岩をも貫き、神のご慈悲を
勝ち取って罪科からの許しを得るとか。
されば、皆さまも罪を許される身、なにとぞ
ご恩情をもちましてわたくしめをご放免下さりませ。　［退場］

終り

337–38 cf. 'For if ye do forgive men their trespasses, your heavenly Father will also forgive you.'「汝らもし人の過失を免さば，汝らの天の父も汝らを免し給わん」(*Matt.* 6.14)　**337 crimes** = sins.　**338 indulgence** = favour. カトリックで言う「赦免」「免罪」の意味も　**338.2 FINIS** (L.) = end. (F1)

補　　注

p. 2　0.1　The Persons of the Play　凡例でもふれたが (p. viii), F1 *The Tempest* には末尾に「登場人物一覧」(*Names of the Actors*) が付されている. (F1 では全部で 7 作品に. 本選集ではほかに *Othello*.) いずれの作品の場合も, 最終ページで余白が大きく目立ったために, 印刷所側が埋め草代りにリストを組み入れたというのが実情だったろう. 用意をしたのは scribe の Ralph Crane だったと推定される. 登場人物それぞれに付された説明もやはり Crane のもので, Sh には直接関係ないはずだが, 当時の舞台の受け取られ方の参考というほどの意味で本版はそれらの説明を基本的に採用することとした. ただし人物名の並び順は必ずしも F1 のままとしない.

F1 には 'Names of the Actors' の前に 'The Scene, an vn-habited Island' の表示があるが凡例の方針 (p. ix) に従ってこれを除いた.

1.1.47–56　Pope 以来この *ll*. 47–56 を verse に編纂する lineation が行われてきた. 念のため F1 の印刷は次のようである (line number は Norton TLN).

　　Gonz.　The King, and Prince, at prayers, let's assist them,　　62
for our case is as theirs.
　　Sebas.　I'am out of patience.
　　An.　We are meerly cheated of our liues by drunkards,　　65
This wide-chopt-rascall, would thou mightst lye drow-
ning the washing of ten Tides.
　　Gonz.　Hee'l be hang'd yet,
Though euery drop of water sweare against it.
And gape at widst to glut him.　　[*A confused noyse within.*] 70
Mercy on vs.
We split, we split, Farewell my wife, and children.
Farewell brother: we split, we split, we split.
　　Anth.　Let's all sinke with' King~

[215]

Seb. Let's take leaue of him.　　　　　　　　　　　　　[*Exit.*] 75

　verse 化のためには，*l.* 63 の出の 'for' を capitalize して *l.* 64 を *l.* 63 に続く渡り台詞にする，*ll.* 66–67 の 2 行の散文を '... drowning / The washing....' に行分けして次の *l.* 68 を前行に続く渡り台詞に編纂する．これで一応 loose な blank verse の形が整備される．F1 での *ll.* 66–67 の散文印刷については，たとえば Lindley は Ralph Crane の筆蹟に初めて出会うことになった compositor B の不慣れからくる error を想定した上で (cf. p. xix)，さらに 'But the main reason for accepting these lines as verse is, simply, that they work as such.' と自信をもって言い切った．だが散文でも 'as such' への高揚のありうることは p. xvii でふれたところだ．

　問題は [1.1] 全体のリズム，あるいは *The Tempest* 全体のリズムのとらえ方だと思う．特に [1.1] から [1.2] への転換の呼吸．Lindley はここで躓いた．[1.1] の 'tempestuous storm' の散文の混乱が転換とともにみるみる小さく舞台上に縮こまっていって，[1.2] 冒頭の blank verse の定型 ('your art') の中にゆったりと，そしてきっちりと吸い込まれていく感覚．その感覚がまずもって *The Tempest* 演出の要めである．そのためには [1.1] はあくまでも散文のリズムに支配されなくてはならない．Luce の *l.* 45 への注記 'Here, where all is lost, and tragedy begins, blank verse also begin.' はいかにも小賢しい．なお近年では *Arden 3* が本版と同じく [1.1] 全体を散文に編纂しているが，その理由の説明はない．

1.1.54.2 ***'Mercy on us!'***　F1 は前補注 *l.* 70 の後半に italics で SD が入り，その後に SH がないから次の 'Mercy on vs.' 以下（前補注 *ll.* 71–73）は Gonzalo の台詞ということになる．だがその内容は，ここでは comic character として配置されている Gonzalo のものではない．船上に Gonzalo の 'brother' はいないはずだという Johnson の注記は滑稽と言えばいかにも滑稽だが (*pace* Great Doctor)，ともあれ Capell が，*ll.* 71–73 を舞台裏での不特定の台詞とする Johnson の示唆を正式にテキスト化して以来，この 3 行を '*A confused noise within.*' の具体的な内容とする編纂が定着した．ただし '*within*' は *within* としても，これを blank verse のリズムの中に処理しようとする編纂は相変らず続いた．*l.* 71 の 'Mercy on vs.' を *l.* 70 との渡りとして ('And gápe at wídest to glút him. /Mércy on ús!')同じ行に納める．次の 2 行も verse として行数計算に含める．中でも Lindley は特に 'Mercy on us!' を *within* の「声」ではなく Gonzalo の台詞として舞台上に取り出して編纂している（'It is best understood as his response to the great shout within, which is then represented in the following two lines.'）．だが confused noise の 'confused' は blank verse のリズムにそぐわないし，Lindley の突飛な提案にしても Gonzalo のここでの comical な役割から外れる．

近年は（Lindley を除き）confused noise の編纂は本版と同じ方向だが，台詞として行数計算に含めている．含めないのは Righter だけ．

1.2.66–78 My brother ... me?　特に punctuation について，*l.* 37 の脚注に続いてここを例にやや詳しく補注を加える．本版がこの 13 行で F1 の punctuation を改訂したのは次の 6 個所である．① *l.* 66 *Anthonio*: → Antonio —　② *l.* 67 pray thee$_\wedge$ → pray thee,　③ *l.* 68 perfidious: → perfidious —　④ *l.* 74 parallel; → parallel,　⑤ *l.* 76 stranger, → stranger;　⑥ *ll.* 77–78 vncle /（Do'st thou attend me?）→ uncle — / Dost thou attend me?．F1 はコンマを多用して 12 年前の「事件」をあらためて思い出している Prospero の意識の流れを表現しようとする．syntax の乱れも思い出とともに徐々に高まる Prospero の怒りの表出である（*l.* 67 脚注参照）．本版は（そしてどの版も）つとめて F1 に従って punctuation の校訂を控えているが，さて本版の最小限の改訂 6 個所のうち ①⑥ のダッシュは諸版もほぼ同様，② も常識的なコンマの挿入である．しかし ④，特に ⑤ は説明を要する．それはコンマの続く 13 行の流れの中で，どこに息継ぎの；（またはピリオド）を置くかの問題だ．F1 は *l.* 68 の 'perfidious:' から *l.* 77 の 'vncle' まで；は *l.* 74 の 'parallel;' の 1 個所．しかし本版はここの；を台詞のリズムから不適当としてコンマに変え ④，代りに *l.* 76 のコンマを；にした ⑤．この校訂処理は F1 *l.* 77 の 'studies,' のコンマと関連するだろう．諸版は *l.* 76 をコンマのままにして，この *l.* 77 のコンマをピリオドで読む．ピリオドは F4 の punctuation 改訂に基づくもので，それが Rowe 以来の編纂の常識だった．だがその punctuation（'... studies. Thy false uncle —'）の読みだと，Prospero の高まる興奮，怒りが，逆に syntax の冷静な論理の中に押し込められてしまうし，なによりも次の *l.* 78, Miranda への 'Dost thou attend me?' が厳しい叱責に聞こえてしまう．Miranda はここで父親の説明に退屈して

注意を疎かにしたりしてはいない．ここでの彼女は Prospero の長い「語り」に適切な合の手を入れる存在なのである．本編纂者は，3世紀以上に及ぶ punctuation の伝統にここではあえて逆らって，F1 の 'studies,' のコンマをあくまでも擁護する．Crane の転写も，Compositor B の組みも，ここではみごとに正確だった．

1.2.159 [1.2] の Prospero の長い「語り」は，short line を生かした Miranda の合の手を挟んで，ここまで blank verse のリズムで整然と進行してきたが，ここの6音節で初めてそのリズムに休止が入った．本版のこの lineation の他にも，① *l*. 158を前半の 'Against what should ensue.' で止めてそこに間を置いて，後半の Miranda の 'How came we ashore?' とこの6音節を渡りの1行にする，② 'Against ... ensue.' / 'How ... ashore?' / 'By ... divine.' をそれぞれ short line の1行ずつに編纂する，等の方法がありうる．近年では Lindley, *Arden 3* が ①，*Oxford, New Folger* が ②．ただしいずれも lineation についての注記はない．しかし本編纂者は，'Providence' の意味の重みを生かすためにも，やはりこの6音節を short line の1行とするのが Sh の演出意図を正しく伝えるものだと思う．少なくとも *Globe* 以来本編纂者の lineation が主流であった．なお F1 の punctuation は 'diuine,' とコンマであるが，Pope 以来ピリオドの校訂が定着．Furness は Knight のコンマ説を支持し，さらに 'Keightley omits even the comma, which is perhaps, best of all.' とまで注記しているが，意味上 Providence はここで止まると思う．近年では Orgel が Rowe の；を踏襲，しかし；では意味を曖昧にするだけだ．なお Wilson (*Cambridge 2*) はここに cut を想定して 'By Providence divine....' とするが今日ではこれを支持する編纂者はいない．

1.2.173 princes F1 は 'Princesse'．これを princess の pl. (cf. Abbott 471) として Dyce が 'princess'' と読み，*Cambridge 1* はさらに1歩進めて 'princesses' に校訂した (*Globe* はこの読み)．一方 prince を (*OED* は記録しないが) 'generic term for royal children of either sex.' (Orgel) ととれば Rowe 以来の 'princes' の読みが可能になる．Wilson は 'Shakespeare would spell "princess" as "princes", avoiding as was his habit final *ss* or *sse*, but here the compositor has taken "princes" for "princess" — wrongly.' としたが (*Cambridge 2*)，それから60年，Jeanne Addison Roberts が 'Princesse' (F1) を Ralph Crane に特有の 'Prince' の pl. form と指摘した

('Ralph Crane and the Text of *The Tempest*', *Shakespeare Studies*, 1980).
以来 Orgel からの主要な版はすべて 'princes' と読み，本版もこれに従う．

1.2.327–28 Shall ... thee. F1 は 'Shall for that vast of night, that they may worke / All exercise on thee:'. このままでは読みにくく Rowe 2 の punctuation の校訂が定着してきた．本版も Rowe 2 の punctuation による．*l*. 327 は i.e. during that long and desolate period of darkness during which they are permitted to perform their mischief. (It was thought that malignant spirits lost their power with the coming of day.) (*Riverside*) vast = long period. *l*. 328 の exercise (absolutely) = perform injuries. これに対し *l*. 327 の 'for that' (F1) を 18 世紀末に Thomas White が 'forth at' への校訂を示唆 (forth = come forth. / at [vast] = in the immense space.)，2 世紀をへて *Oxford* がこれを採用し (*Oxford* は [Grant] White の校訂としているが誤り．Furness p. 70 参照)，*New Folger*, *Arden 3* が続いた．(この読みだと exercise は n. で work の目的語.) しかし *OED* の exercise 6b の *absolutely* は不自然だとするだけでは大方の納得が得られるようには思えない．

1.2.374–86 ① この歌詞は *The Tempest* 編纂上の cruxes の 1 つ．特に楽器 (lute) の演奏を伴う歌詞であるから作曲面からの考慮も必要になる．諸版とも各人各説，細部にわたって同一の編纂は 1 つもない．本版にしても，これが 1 つの可能性の提示に過ぎないことを本編纂者は自覚している．さて，細かな点は脚注に委ねるとして，ここではまず a) *ll*. 379–81. F1 は '. . . *and sweete Sprights beare / the burthen*. Burthen dispersedly. / *Harke, harke, bowgh wawgh: . . .*'. i. F1 の '*beare / the burthen*' を Dryden–Davenant–Shadwell の operatic version (出版 1674) が行を割らずに語順を変えて 'the burden bear' とした．これを受けて Pope が同様の校訂，その後 Capell の '*/ and, sweet sprites the burden bear. / Hark, hark!*' が定着してきたが，「改作版」に基づく「校訂」ではいかにも主体性がなく不安である．20 世紀に入り Wilson (*Cambridge 2*) が F1 に回帰，なおも Alexander を初め *Riverside*, Lindley, *Yale* など Capell に即く編纂もみられるが，本版は当然 F1 を採る．ii. F1 の SD (italics の中で romans 印刷) 'Burthen dispersedly.' を本編纂者は anticipatory として '*Harke, harke*' の後に読み，次の '*bowgh wawgh*' を，i. での F1 回帰

に伴って, 'Burthen' の「内容」とし, SH に Sprites を立てる. F1 回帰の諸版も同様の編纂. なお dispersedly は 'i.e. from various places' の解もあるが, やはり 'not in unison'(Orgel)でよいと思う. 次の Song の譜面(次補注 ② 参照)でも合唱の形になっている. b) *ll*. 382–86. F1 は '... *the watch-Dogges barke, / bough-wawgh. / Ar. Hark, hark, I heare, the straine of strutting Chanticlere / cry cockadidle-dowe*.' ('Ar.' は Ariel の SH). i. ここの 'bough-wawgh' も a)-ii. に引き続き 'Burthen' として Sprites の SH と [*within, dispersedly*] の SD を加える. この編纂は Capell 以来定着, ただし近年 *Arden 3* は 'Hark, hark! Bow-wow, / The watch dogs bark, bow-wow.' を Sprites の '*burden*' に編纂している. ii. *l*. 386 では F1 の '*cry*' を SH に読んだ. この思い切った編纂は古く P. A. Daniel の示唆(*Notes and Conjectural Emendations*, 1870)があるが, 近年ではようやく *Riverside* にみられるだけ. Orgel は 'The song must have had a final refrain, but whether *Cry* is a stage direction, or, if not, whether anything more than *Cry* in this line belongs to Ariel, is impossible to determine.' として最後にもう一度 'Cock a diddle dow.' を [*Burden, dispersedly*] として付け加えている.

 以上煩瑣にわたったが, 'doctors disagree' の原因は F1 の 'As it stands this lyric is chaos.' (Lindley) というその chaotic な状態にある. それはおそらく compositor の責任というよりは, 印刷所原本の責任者である Ralph Crane の理解力の限界を示しているように思われる.

 ② 本編纂によるこの Song は 13 行 (Sprites の行も SH があるので行数に数える). Song の本体は iambic または trochaic で始まる four-stressed line に iambic dimeter を交えた 10 行. rhyme-scheme は a a b b c c d d e e の couplet 5 連. *ll*. 381, 383, 386 の Sprites の 3 行にも rhyme がある.

 ③ この Song については Sh 時代の楽譜は残されていない.

1.2.396–404 ① 前半 4 行は一応 a b a b の ballad stanza. 後半 4 行は trochaic tetrameter による couplet 2 連. 最後の 1 行は, F1 では *l*. 402 の後に 'Burthen: ding dong.' と SD の形で印刷されているが, 本版は前の Song の *l*. 380 の場合と同じくこれを anticipatory とし, SH を Sprites に, また 'ding dong' の後に bell を補って前行に揃えた. もちろん F1 のまま burden を *l*. 404 の前に置く編纂もあり, 方向は二分される.

② この Song の Sh 時代の譜面は，5.1.88–94 の Song とともに John Wilson, *Cheerfull Ayres*（= cheerful airs）*or Ballads*（1659[現代の暦では1660]）に残されている．時代的にもそろそろ家庭内での合唱用の楽譜の需要が生じていた．2 つの Songs とも作曲者とされているのは Robert Johnson（*c.* 1582–1633）．王室のリュート奏者であり仮面劇の作曲でも知られた．Sh の劇団国王一座との関係も深く，*The Tempest* のほかにもいくつかの作曲が Johnson のものとされている．この Song について言えば，Wilson が印刷する以前の楽譜も原稿の形で残されているという．なお最初の 'burden' は F1 と歌詞が少し違っており，Johnson の作曲と明記されてはいるが，*The Tempest* 初演時のものと断定することはできない．譜面は Kermode, Righter, Orgel, Lindley, *Arden 3* に採録されているから志ある向きは参照されたい．

1.2.438 his brave son　the Duke of Milan の 'brave (= splendid) son' への言及はここ 1 個所だけ．Sh は当初の構想では Antonio の嫡男も人物配置に含ませていたのかもしれない．中途変更によるこうした不都合は Sh 劇に時折みられる（たとえば *Twelfth Night* 1.3.89 補注参照）．配役の都合による変更の可能性については，近年の版では Lindley の 'casting' の推定表の試みがある．Wilson（*Cambridge 2*）はここに改作の跡を認めようとしたが，W. W. Greg はこれを 'evidence rather of Shakespeare's carelessness than of revision' と切り捨てた（*The Shakespeare First Folio*）．なお his brave son の 'his' を *l.* 436 の 'The King my father' に及ぼして his brave son = Ferdinand とする解は乱暴過ぎる．

1.2.494　[*To Ariel*]　Theobald の SD．ただしこの行最後の 'Follow me.' の 2 語に，Steevens が [*To Ferdinand and Miranda*] の，また *Cambridge 1* が [*To Ferdinand*] の SD を付し，*l.* 495 の最初にもう一度 [*To Ariel*] と断る編纂をした．Steevens の方はともかく，*Cambridge 1* の編纂がその後平穏に定着してきているが本編纂者はあえてこれに与することをしない．それは演出の流れに反すると思う．Ariel はこの [1.2] に 2 つの Songs を歌って登場の後，この *l.* 494 まで舞台の隅に 'invisible' としてそのまま控えているのが演出の流れだと思う．*ll.* 420–21, 441–42 を Ariel への台詞としなかったのも，Ariel を Prosper–Ferdinand–Miranda の演技圏の中に呼び込んでは Ariel 役者の演技がもたないと思ったから．ようやくここ [1.2] の最後 [*Exeunt.*] の近くで Prospero に呼び出され

て Prospero との間の対話になる．Prospero–Ariel の演技圏が成立し，Miranda–Ferdinand の演技圏から離れる．この演出の流れからすれば *ll.* 494–95 に中断はありえない．Prospero の方も 'Follow me.' の 2 語だけを Ferdinand に呼び掛けるのはあわただし過ぎておそらく演技がもたない．Sh のテキストの編纂はすべからく舞台演出の感覚と連係してなされなくてはならない．

2.1.10 [*to Antonio*]，**11** [*to Sebastian*]　[2.1] は分離された 2 つの演技圏の演出が要めになる．一方には Alonso を中心にした Gonzalo など宮廷人たちの acting area (A)，他方は Sebastian と Antonio の acting area (B)．*ll.* 0.1–0.2 の SD (F1) からはこの区別が必ずしも明確でないが，それは Sh の SD の通例．AB 間にはもちろん距離が必要だが，その距離感はあくまでも舞台上の約束ごとですぐ近くでも一向に差し支えない．距離は物理的ではなく演劇的なものだ．B は A に，そういう距離感を置いて悪意をこめた皮肉なコメントを浴びせかけ，やがてその悪意がAへの反逆，王位簒奪の陰謀へと発展していく．本版は，A, B の演技圏の成立を明確にするために，まず *l.* 10 に [*to Antonio*] を，*l.* 11 に [*to Sebastian*] の SD を加え，その先は自明のことなので特にこの種の SD を付することをしない．なお，ここを *Cambridge 2* の Wilson が [*aside*] に扱い，その後 Kermode, Righter ほか Orgel が [*aside to Antonio*], [*aside to Sebastian*] としているが，[*aside*] の SD のリズムは瞬間的（一時的）なものだから，ここでは適当でないと思う．

2.1.16–17　前補注 A は基本的に blank verse の世界である．これに対し B は散文．この *ll.* 16–17 の lineation を問題にすると，たとえば *New Folger, Arden 3* など，近年ここを散文にする編纂がみられるが，A の blank verse が B の散文に浸食されていく過程ととらえれば，*l.* 17 の途中までを blank verse に編纂する方が適当だと思う．なお F1 の lineation は '... entertaind, / That's ...'．そこで Orgel はここの blank verse を *l.* 14 の 'Sir, —' で始めて '— when every grief is entertained /' と続け，Sebastian の *l.* 15 を割り込みの extra-metrical に編纂した．だが意味の流れから *l.* 14 と *l.* 15 はそれぞれ別個の line のはずであり，本編纂者は Orgel の新説に与することをしない．

2.1.18–22　A, B 別個の演技圏は，しかし，喜劇的効果を狙って一瞬交錯する．これは笑劇によくみられる「くすぐり」で，*ll.* 18–22 はその典

型的な例．別々の演技圏として出発したばかりなので交錯させやすかった．*ll*. 18, 21 の [*to Gonzalo*], *l*. 19 の [*To Sebastian*] はその交錯を明確にするための SD．*l*. 19 の SD は行頭の 'Dolour...' の前が常識的だろうが，本編纂者は F1 の punctuation '... indeed, you ...' のコンマをあえて意味の上からピリオドに校訂して，[*to Sebastian*] の SD を '... indeed.' の後に付した．なお，ここでの dollar/Dolour の homonymic pun は Gonzalo のもの．'Gonzalo can play with words, too.' の *Arden 3* の注記は正しい．もう1つ念のために，この笑劇的小場面での Gonzalo は，Miranda の言う 'Would I might / But ever see that man.' (1.2.168–69) の 'character' から comical な 'role' に向けてずれている．

2.1.36–37　F1 の SH は *Seb. Ant.*．しかし負けたのは Sebastian の方だから *l*. 37 の 'So: you'r paid.' はおかしい．White が SH を逆にする校訂を行い，それが特に近年に復活して定着してきている．ほかに *l*. 37 の 'you'r' → 'you've (= you have)' の Capell の校訂があるが意味を先行させた嫌いがある．*ll*. 36, 37 を1行にして 'SEBASTIAN Ha ha ha. So, you're paid.' とする Theobald 以来の校訂を *Globe* が採用したため日本ではその読みが長く受け容れられてきたが，scribal にせよ compositorial にせよ error の仮定が重すぎる．やはり SH の transposition の方をより安全な校訂として本版は White に従う．

2.1.80　This Tunis ... Carthage.　Tunis と Carthage は 10 miles ほど離れた別個の町である．その点からすれば *ll*. 78–79 の Adrian の指摘は正しい．しかし Carthage がアラブに滅ぼされたのち (A.D. 698)，Tunis がこの地の政治的・商業的立地効果を掌握した．Sh 時代の雑文家 Stephen Batman の 'the country where it (= Carthage) stoods is now called Tunis.' を Orgel は引いている．これが当時の幅広い知識だったとすればここの Gonzalo の反論は正しいし，続く Antonio と Sebastian のコメントは皮相なものとなる．ほんの小さな問題だが作者の立場は一応 Gonzalo の側にあることを確認しておきたい．

2.1.90　Ay.　F1 は 'I'．当時 ay = yes は 'I' と綴られたからここはわざわざ注に断るまでもない編纂．意味はもちろん *l*. 82 の 'I assure you, Carthage.' に続いて「そうとも」とひとり合点の念押しととればよい．訳ではわかりやすさを考えて「そうとも」を繰り返した．しかし *l*. 82 からでは間が空き過ぎてひとり合点のリズムに乗らないという不安か

ら，Johnson は 'I —' と読んで，Gonzalo はここで新しい話題を始めようとしたと解した．あるいは F1 の 'I.' を interjection として 'Ay!' と読む試みもあり，しかし Gonzalo がここで！を発する理由はないから，Staunton は SH をあえて ALONSO に校訂した．Dyce がこれに従っているが乱暴な校訂である．Wilson (*Cambridge 2*) の 'Sir!' への校訂の示唆も同様．思うにここで間が空きすぎるという問題は演出上のことである．Gonzalo のグループと Sebastian のグループは別々の演技圏に属している (*ll*. 10, 11 補注参照)．両グループ間の台詞はそれぞれに独立して進行し必ずしも台本の順序どおりである必要はない．ここでも Gonzalo のひとり合点を少し早めることで問題は簡単に解決する．実際の舞台ではそれぐらいの演出は常識であるだろう．Sh の戯曲は舞台のための台本であることを編纂者たちはすべからく心すべきであると思う．

2.1.138 Foul weather? F1 は 'Fowle weather?'. *l*. 137 で，またこの行の Antonio の台詞でも 'foule' なのに，ここだけ別綴りであるところから作者の側のなんらかの pun の意図を探ろうとする試みがあるが，（たとえば *l*. 30 の 'cock' との関連など，）最大公約数的納得を得るには遠い．cf. 'There is some pun here, and the change in spelling in F1 ... may have the clue; but no one has explained it, and the various conjectures are not really worth repeating.' (Kermode) 面倒くさい注記を放棄して 'Fowl' としたまま頬被りしている版もみられる (college 向きの *Yale* さえも)．本編纂者はこの Gordian knot を Alexander 大王並みに一刀両断して F1 の 'Fowle' を 'foul' の異綴りとする (*OED* には 4–7 に foule, fowl(e))．おそらく compositorial．なお F1 の？を！に転換する編纂も多いがそれほど重くはない．

2.1.176–78 You would ... changing, 179 go a-bat-fowling わかりにくいやりとりだが，① 天動説 (Ptolemaic system) では月はその sphere (= orbit) を形を変えながら 4 週間で回る．a) その月が 5 週間も動かないとなると月を sphere から外す (lift) ような傲慢不遜な乱暴をする，b) 5 週間動かぬことなどありえぬから，ありえぬことに安心してそうした乱暴を言い立てる臆病者の空威張り屋 (milites gloriosi)——本注者はコンテクストから b) の方向を採る．② bat-fowling は松明をかざして鳥の巣を襲い，棍棒で叩いて鳥を捕獲する．そこから *OED* (*slang, ob-*

solete) = swindling, victimizing the simple. (用例は 1602) つまり Gonzalo がその simpleton に見立てられ，かざす灯火に月の光を使うということで ① に繋がる．月と灯火との連想は *A Midsummer Night's Dream* 3.1.50/5.1.134 の 'lantern' からも明らかであるが，現代日本のわれわれには通じにくい．「意訳」もやむをえないところ．なお a- (= on) は gerund に付いて in the act of の意味になるが，PE では省かれて gerund は pres. p. と見なされる．

2.2.78.2 [*Caliban drinks.*] Caliban に酒を飲ませる段取りにはいろいろな演出の工夫がありうる．たとえば Orgel は *ll.* 77–78 の 'You cannot tell . . . ' の前に [*Caliban drinks.*] を入れ 'Presumably Caliban dislikes his first taste.' と注記している．Lindley は同じ位置に [*Caliban drinks and spits it out.*]，近年の演出の実際への言及があるので長いが引用をする——'Caliban must have some reaction to the first offer of a drink which explains Stephano's next comment. To spit out the wine is a common device in production, and fits with Stephano's subsequent request for him to open his mouth "again", but it could simply be that he rejects the drink stubbornly or, as in one production, bites Stephano's hand.' 本版は演出の可能性を綜合してここにこの SD を付した．

3.1.15 Most . . . it. F1 は 'Most busie lest, when I doe it.'．Furness が注記に 13 ページを要した crux．① 'lest' は 'least' の variant であるから (F2 は 'least' に改訂) F1 のままで読めないことはない．たとえば *Cambridge 1*, *Globe*, Luce, Righter は F1 のまま (ただし 'lest' を 'least' に modernize するぐらいの編纂は必要)．しかし most と least の並列はやはり不自然だとして Theobald, Johnson, Capell, Malone 等は 'Most busieless / busiless' と読み，これが 18 世紀の主流であった (Pope は 'Least busie')．19 世紀も後半に入って James Spedding が 'Most busiest when idlest.' と読んで意味の方向を *ll.* 1–13 の趣旨に適うように望ましく逆転させ，続いて John Bulloch が問題の語を adj. から adv. にとらえ直して，'Most busiliest when I jaded.' とした．Bulloch のこの 'busiliest' (adv.) は (後半の 'when I jaded' はともかく) *Arden 2* の Kermode に引き継がれ，その後 Orgel, *Oxford*, *Riverside*, *Arden 3* 等がこれに続いた．adverbial superlative というこの特殊な用法について Kermode が Sh からこれの類例を挙げ，*Oxford* が *Companion* でその類例を追加している．

② Spedding, Bulloch のそれぞれ校訂に凝った後半 'when I doe it' の読みの方は，いずれもその後顧みられることがない．'it' は前行の labours を受ける．labours → baseness の連想が働いて them ではなく it になったと解すれば F1 のままで問題はない．

③ 本編纂者は F1 の 'busie lest' について，ごくごく単純に，印刷所原本に authorial の（そして Cranian の）'busielest' を想定し（cf. p. xix），compositor がこの特殊な綴りの意味をとらえ損ねた結果 compositorial error が生じたと推測する．ただし校訂の綴りは Kermode の 'busilest' ではなく 'busil'est' と意味がとらえやすいように編纂した．この方針は Orgel, *Oxford*, *Riverside* も同様．

④ Furness に 13 ページわずらわせただけあって他にもいくつかの校訂の試みがあるが，最後に 1 つだけ，F1 のコンマを lest (= least) の前に移した Collier–Dyce の 'Most busy, least when I do it.' を挙げておく．Alexander, Lindley がこれを採っている．しかし，少なくともここの校訂に関する限り，コンマの位置については compositorial error の可能性が著しく低いと本編纂者は判断する．

3.3.17.2　Solemn ... invisible., 19.2–.4　Enter ... depart.　① F1 はこの 2 つの SD を合わせて *l*. 17 ANTONIO 'As when they are fresh.' の後．その前半を SEBASTIAN 'I say tonight. No more.' の後にずらし，後半を anticipatory として *l*. 19 の後に置いたのは *Cambridge 1*．本版も諸版とともに一応この位置を踏襲するが，演出にはもちろん裁量がありうる．

② 前半 ', and enter Prospero above, invisible.' は F1 では ': and Prosper on the top (inuisible:)'．さてここの 'the top' について，J. C. Adams がこれを 'chamber' (upper stage) の上の 'music gallery' とし，*ll*. 52.3–.4 の SD と合わせてこの場の演出を精巧詳細に組み立てた（*The Globe Playhouse*, 1942）．Kermode がこれを引き継いで Appendices に 1 項を立て，その後もこの推測の基本線が Orgel, *Arden 3* に及んでいる．だが，Sh 時代の劇場の詳細は依然として不明の点を残しており，特に *The Tempest* の場合は 'private theatre' の the Blackfriars の舞台構造，宮廷仮面劇の演出との関係などなど問題が多く，ここでも決定的な解をなしえないのが実情である．本版としてはとりあえずこの *'the top'* を，*Romeo and Juliet* Q2F1 の *'aloft'* (3.5.0.1 補)，*Othello* Q1 の *'at a window'* (1.1.80.2 補) とともに，*The Merchant of Venice* 2.6.25.2 / *Julius*

Caesar 5.3.26 の 'above' の theatrical term で統一し，訳を「上部舞台」とする．（なお 'on the top' は F1 ではほかに *Henry VI, Part 1* [3.2] [Norton TLN 1451] に出る．）'enter' の挿入，*Prosper* → 'Prospero' は本版の編纂（諸版も同様）．

③ 後半 *ll*. 19.2–.4 は観客席の立場からの「描写」の気味．authorial よりはおそらく Cranian origin であろう（cf. p. xix）．

4.1.3 a third of mine own life i.e. Miranda. の注ですむところだが，残りの two thirds の詮索がかまびすしく補注を用意した．その残り 2 つには，たとえば his dukedom (Milan) と his studies，さらに his wife と himself，また Miranda の養育（教育）に費やした 15 年（とすれば Prospero の年齢は 45 歳），など，しかしそうした詮索自体 Sh の劇作の融通闊達にふさわしいとは思えない．'Its curious precision invites speculation but refuses enlightenment.' (Righter) などは「買いかぶり」．普通なら 'a third' は 'half' となるところだが (cf. 'you have lost half your soul' [*Othello* 1.1.86])，ここは表現を少々控え目にしたということでよいと思う．cf. 'Prospero may mean simply that Miranda is a large part of his life.' (*New Folger*)　なお Theobald の 'third' → 'thread' の校訂などがあるが論外．mine own については 1.2.25 note 参照．

4.1.9 boast her of F1 の 'her of' を compositor による活字の transposition として近年では Orgel が 'of her' に校訂，*Oxford* がこれに従っているが，F1 の構文は必ずしも無理とは言えず，またページ担当の compositor の植字癖の問題もからまって軽々な校訂はできない．F2 の 'her off' の 'off' を intensive として (i.e. cry up her praises. [Kermode]) F2 を採る編纂もあるが，ここの 'off' はむしろ 'of' の variant であろう (*OED* に 15–17c. で 'off' の登録がある)．ほかに *Cambridge 2* の Wilson が 'hereof' の校訂をしているが現在では顧みられない．

4.1.59.2–139.3 *Enter Iris. . . . a graceful dance;* 全体が magic box 仕立ての舞台の中に，Prospero の演出による余興の劇中劇がもう 1 つ Chinese box になって嵌め込まれる．James 1 世の時代に入って豪奢な宮廷仮面劇 (masque) が流行をみるようになり，Sh もこの入れ子箱でその流れに上手に寄り添った形だ．Princess Elizabeth と Elector Palatine, Frederick との祝婚行事との関係については p. xx 参照．

余興の前半は対話と歌，後半は踊りという趣向である．用いられた

詩型は iambic pentameter の couplet を重ねたいわゆる 'heroic couplet' (cf. p. xvii). *The Tempest* の verse には rhyme がほとんどみられぬので (cf. 2.1.321, 322 note), とりわけここでの詩型が目立つことになる. *ll*. 106–17 の song は trochaic tetrameter. ギリシャ・ローマ神話の借用も宮廷仮面劇ふう.

4.1.64　pionèd and twillèd　両者を bank に生える植物の名前から出たものとして校訂の試みが行われてきたが (たとえば peony と tulip / lily) おしなべて無理. *OED* の 'pion = dig, trench, excavate', 'twill / tweel = weave so as to produce diagonal ridges on the surface of the cloth.' からイメージをふくらませた '= eroded by the current and protected by woven branches.' (Shane) あたりが現在ではまずは最大公約数的な解であろう. pionèd を植物に, twillèd を bank の補修に解する *Norton* もある.

4.1.101　*Juno descends to the stage.*　本版の SD. F1 では *ll*. 72–73 の右端に '*Iuno / descends.*' の SD がある. Theobald がこれを *l*. 102.2 に移し, Capell が '*Enter Juno.*' として同所に置いた. つまり F1 の SD を anticipatory としたわけである. しかし近年 John Jowett がこの 'descends' を 'comes down to the stage' ではなく, 登場人物としての deity が空中に現れてそのまま宙吊りになっている演出 ('the convention of the floating deity') と解釈して ('New created creatures: Ralph Crane and the Stage Directions in *The Tempest*', *Shakespeare Survey* 36, 1983), 彼の *Oxford* 版では *l*. 72.2 に '*Juno [appears in the air]*' としたあと, あらためて *l*. 101 に '*[Music. Juno descends to the stage]*' の SD を付した. その後 Orgel がこの Jowett 説を受け容れているが, 本編纂者はこれに同じることができない. 理由は, Jowett の言う 'floating' が 30 行もの間 (それも「余興」での修辞を連ねた inflated な対話の間) 続いたのでは観客の注意がいたずらに分散疲労してしまうだろうから. ただし, 断るまでもないことだが, Juno の登場が本版の SD のこの位置に限定されるというのではない. Juno は peacock に乗って (cf. *l*. 74) 適当な時間をかけて舞台に降りてくる. そのタイミングは当然演出者のものである. ちなみに, F1 で同様の '*descends*' の SD は, *The Tempest* と同時期の *Cymbeline* [5.4] にも出る ('*Iupiter* (= Jupiter) *descends in Thunder and Lightning, sitting vppon* (= upon) *an Eagle:*' [Norton TLN 3126–27]).

なお 3.3.17.2 補②の '*the top*' の問題はおのずと別.

4.1.123 wise 'wise' か 'wife' か，近年特に問題が再燃しているようにみえる．① まず編纂史から．F1–F4 'wise'（ただし F2 に 'wife' の copy があるという [Lindley]）．Rowe は F4 に従いながら 'wife' に「校訂」した．これは意味を優先させた校訂である．Pope がこれに続き，18 世紀の主流は 'wife'．しかし 19 世紀半ばの頃から 'wise' へのゆり戻しが顕著になった．背景として，観念的な言い方になるが，父権社会を挙げてもよいのかもしれない．Staunton (1859) が 'wise' と 'paradise' の rhyme に注目し（この rhyme は *Love's Labour's Lost* [4.3] の Longaville の sonnet にも出る [Norton TLN 1405–06]），また動詞が 'Makes' と単数であることも理由になった（Pope は 'Make' に校訂している）．その後 20 世紀に入っても 'wise' が優勢であったが，*Globe* が 'wife' としたため混乱が続いていた．*Cambridge 2* (1921) の Wilson は 'but "wise" seems more probable.' として，'The whole may be interpreted as a compliment to King James.' と付け加えているのはいかにも Wilson らしい．

② 問題の再燃（'wife' への回帰）には女性（Miranda）の立場を強調しようとする feminism 批評の興隆が密接に関係するだろう．Miranda の名前の意味（cf. p. 2, *l*. 2 note）と 'wondered' との結び付きも論点になった．また Paradise → Adam + Eve の Biblical なイメージも話題になった．1978 年，'wife' への方向を bibliographical な面から強力に推進する Jeanne Addison Roberts の論文 ' "Wife" or "Wise" — *The Tempest*, *l*. 1786' が *Studies in Bibliography* に載った．それまでも，F1 に 'wife' に交って 'wife' の copies があったために問題が錯綜してきたのであるが，彼女は Folger の copies を精査した上で 'wife' の 'f' (long 's') は 'f' の活字中央横の cross-bar が磨滅したためのもので本来は 'wife' だったと結論づけた．彼女のこの推論を，たとえば Orgel は 'conclusively' として，彼の版を 'wife' としたのはもちろん，influential な論文 'Prospero's Wife' (*Rewriting the Renaissance*, 1986) を書いている．だが Roberts からほぼ 20 年をへて，Peter W. M. Blayney が Hinman の *Norton Facsimile* の第 2 版 (1996) を用意するに際し（cf. 付録 p. 245）この読みに立ち入って，問題の 'f' の cross-bar は湿った用紙に印刷のインキがにじんだものであるとの仮説を提出した（'Introduction to the Second Edition'）．これで問題はまた振り出しに戻った観がある（*Arden 3*）が，しかしたとえ Blayney の仮説が証明されたとしても，f / ſ の scribal /

compositorial 'misreading' の可能性は依然として残る．それは Lindley の提案する 3.1.46 の，いささか 'much ado about nothing' 気味の「校訂」からも窺える（note 参照）．ここまでくると，問題を決するのは編纂者の「解釈」あるいは「感覚」以外にないということになるだろう．本文批評はそれ以上でもそれ以下でもありえない．

③ 本編纂者が 'wise' を採った最も重要な理由は，Staunton の指摘した wise–paradise の couplet の rhyme である．couplet とは言っても meter は不揃いで Luce はここの rhyme を 'blemish' としている，'it could hardly been intentional.' とまで言っている．だが本編纂者はこの2行が「余興」の前半を締めくくる concluding couplet の役目を果していると考える．l. 124 が 6 音節の short line というのも，締めくくりの 4 音節の「間」を意図した，それこそ 'intentional' なものだと思う．ここに間がないと，舞台のリズムはなかなか次の踊りに進めないだろう．作者のその「意図」を尊重して，本版はこの l. 124 を次の l. 125 への「渡り」に編纂しなかった．ついでに付け加えておくと，rhythm の上からも 'a wise' と修飾を後置しているのはいかにも晩年の Sh らしい余裕の表現．'a wife' の付け足しは逆に clumsy だと思う．

4.1.139.2–.4 *Enter . . . to himself.*, **143–.2** [*To . . . vanish.*] F1 は両方の SD を一括して l. 139 の後に．舞台描写的な丹念な表現はおそらく Crane のものであろう（cf. 1.1.0.2 note / 3.3.19.2–.4 補 / l. 124.2 note）．*Oxford* が実際の演出を念頭に 2 分割し，Lindley, *New Folger* がこれに続いた．本版もわかりやすさから *Oxford* に従ったが，もちろん実際の舞台では演出の裁量がありうる．

前半 F1 の最後は '. . . Prospero *starts sodainly and speakes*,'．ここの最後の '*speakes*' の内容（ll. 140–42）を Prospero の心中の声（「傍白」）と解して Johnson が l. 140 の冒頭に [*aside*] の SD を付し，その編纂がその後も定着してきた．本版も実質的に *aside* の解釈がここでは妥当なものと認めるが，F1 の 'The Tragedy of Richard the Third' (*Richard III*) に '*Speakes to himselfe.*' の SD があるところから（Norton TLN 792），これにならってここでも '*speakes*' を '*speaks to himself*' とする．念のため Sh の F1, Qq には *aside* の SD はない．

ほかにも小さな編纂では l. 143.2 の冒頭 F1 の ', *after which*' を取り，'they' を '*the Spirits*' に．

4.1.235　under the line, 237　by line and level　'line' をめぐる駄洒落．① 'under the line' については = at the equator の解が一般的だった．「赤道」直下の船の船員は熱病で（または壊血病で）頭髪が抜ける，あるいは赤道越えの祝宴で船員が頭を剃る．しかしそれではいかにも持って回った理屈で洒落がすとんと腑に落ちない．その他絞首台の rope (= line) や tennis 競技なども持ち出されてきたが腑に落ちないことは同様．本注者は 'under the line' = below the waist に解する．（木の陰の奥の方に隠されている）leather jerkin とはつまり bald な female public region. 道化役の low comedy ではこうした bawdy joke が最もふさわしい．cf. *Hamlet* 2.2.226–30. この解には *Notes and Queries* に載った文章（Richard Levin, 'Anatomical geography in *The Tempest*', 1964）から示唆を得ている．ただしその意見は hair-loss と venial disease とを結びつけて（cf. *A Midsummer Night's Dream* 1.2.80–81), Stephano が jerkin をわざわざ腰の下に持っていく演技を想定するなど少々あざと過ぎる．

② 'by line and level' i.e. according to the rule; with craftmanly precision. 'line' は plumb line（鉛垂），'level' は carpenter's level（水準器）. cf. 'To work by line and level (measure).' (Tilley L 305)

5.1.57.4–.5　*the circle...made* すでに完了した動作を示す SD は珍しい．おそらく Crane による実際の舞台の「描写」であろう（cf. p. xix). ともあれ完了形であるから Prospero の magic circle はすでに舞台上に描かれていたことになる．たとえば *Cambridge 2* は *l.* 33 の SH の後に [*traces a magic circle with his staff*] の SD を付した．その後実質的にこれを踏襲する編纂が多いが，このあたりの演出は 'with his staff' の扱いとともに当然演出家の領域である．本版は特に SD による指定を行わない．（編纂者個人としては *l.* 33 ではその後のせっかくの 25 行の長台詞の緊張がもたないと思う．*l.* 57 の [*Solemn music.*] と同時が舞台のリズムに適当か．）

5.1.101–02　本版独自の lineation. 伝統的な編纂は F1 の lineation を尊重してきているが ('And...prithee./I drink...return./Or ere...beat.'), ここでの舞台のリズムは short line によるスタッカートは不適当，ぜひとも区切りなく流れるように進められなくてはならないと思う．そのためにあえて *l.* 101 を渡りに編纂した．念のため，*l.* 102 の scantion 案，'Before mé and retúrn or ére your púlse twice beát.'. ここでついで

に，*ll.* 171–74 を散文に編纂したのも冒険的だが，これは韻文の淀みない流れの中にここだけ 4 行の散文を際立たせるため．

5.1.125–28 ① Johnson が *l.* 125 に [*aside to Antonio and Sebastian*] の SD を付し，Sebastian–Antonio の演技圏 (2.1.10, 11 補) に Prospero を引き入れた上でその演技圏を舞台の中心から分離させる演出を想定した．以来この方向が編纂の伝統となり Johnson の SD がそのまま採用されてきたが，Alonso たちがこのやりとりを聞いたとしても，ドラマの展開にさして問題は起こらない．大団円に向けて劇的葛藤はすでにめでたく終了しているからである．それは劇作家のエネルギーの衰弱というよりはむしろ劇作の度量の大きさを示すものだ．ともあれ本版は Johnson 以来の SD を廃し 'you' を明確にするために [*To Sebastian and Antonio*] の SD を付する．

② *l.* 128 の Sebastian の 'The devil speaks in him.' にも Johnson は騎虎の勢いで [*aside*] を付した．だがこれでは Prospero–Sebastian–Antonio の演技圏の中で Sebastian だけがまた孤立してしまう．Johnson の 3 年後，Capell がそれを [*aside to Antonio*] に修正して多少ともバランスを回復させようとした．20 世紀に入って *Cambridge 2* がこれを採っている．だがその場合 Prospero は舞台上どこにどう位置すればよいか．特に問題なのは Prospero の次の 'No' の扱いである．

③ この 'No' について，Hanmer がこれをテキストから外し，*Cambridge 2* もこれの削除を示唆した．あるいは 19 世紀後半 'Now,' への校訂の試みもある．近年では Orgel が 'most likely his determination to "tell no tales".' と注記している．だがやはりタイミングがずれている感は否めないし，だいいちその解釈では弱すぎると思う．葛藤はめでたく終了しても，Sebastian も Antonio も最後まで一切悔悟の台詞を口にしていない．これもまた晩年を迎えた劇作家の舞台の「大きさ」である．

5.1.246–47 , Which shall be shortly single, F1 はこの clause を parenthesis で囲む．本版は前後にコンマ．single = undevided, unbroken, absolute. (*OED 4*) Kermode は 'which will soon be continuous.'．ただし *OED* にも '*rare*' の注記があるように解としてはやや苦しい．Halliwell も 'The word "single" may be used in a somewhat peculiar sense.' とした．一方 Rowe が早くも 'single,' のコンマを前に移して ', single' に校訂し

次の 'I'll resolve you' に意味を続けた（single = privately）．この方がいくらか読みやすいということもあって，*Cambridge 2* まで Rowe の改訂がほぼ定着してきたが，ほかにも single = by myself (without an oracle)（*Riverside*）の解があるなど，必ずしも安定しているとは言えない．現在コンマの前後はおそらく勢力伯仲．その中にあって，本編纂者はやはり F1 の parenthesis を重視したい．*Oxford* はこれを Crane のものとして Rowe の校訂を採っているが（'As elsewhere, the parenthesis is probably Crane's.' [*Companion*]），たとえこれが Crane の習癖によるものだったとしても，この練達の scribe がここで 'single' を parenthesis の中に入れて読んだという事実がこの際重要なのである．

5.1.250 — Come hither, spirit もとより1つの演出案に過ぎないが，本編纂者はここで Ariel が舞台の全員に 'visible' になると想定して，Capell 以来の [*aside to Prospero*] の SD を採らず，代りにダッシュを補った．台詞の中にこれの具体的な指示言及（implied SD）はみられないが，直前の 'be cheerful, / And think of each thing well.' や *l.* 252 の 'How fares my gracious sir?' は，Ariel の存在が 'invisible' ではせっかくの効果が伝わらないと思う．それに *l.* 254.2 の '*driving in*' の SD なども 'invisible' では機能しないであろう．大詰に向けてのあわただしい舞台のリズムの中で implied SD を書き込む余裕がなかったというあたりが実情なのではないか．ともあれその大詰では，Ariel も，主要な登場人物の「揃い踏み」の中の一員として，同じレベルで登場しなければならない．*ll.* 316–18 の 'My Ariel ... fare thou well.' は同じレベルでなければ観客も納得しないと思う．

付録　シェイクスピアの First Folio

　Folio（F と略記）は本来ラテン語の印刷用語（[*in*] *folio* < *folium* [= leaf]）である。印刷用全紙を 1 回折って 2 葉 4 ページにした書物のつくりをいう。「二つ折本」の訳語の所以であるが、シェイクスピア時代は全紙の大きさがほぼ一定していたから、縦 34 cm, 横 23 cm ほどの大型本になった。歴史書や地誌、大部の全集、楽譜の印刷などがこの版である。これに対し、2 回折って 4 葉 8 ページにした版本が「四つ折本」Quarto（< L. *quartus* [= fourth], Q と略記）で、戯曲の単行本は通常この版であった。戯曲など所詮は全集に値しない消耗品なのだ。そうした風潮の中にあって堂々二つ折本で戯曲集を出版したのが、シェイクスピアのライバル劇作家ベン・ジョンソン（Ben Jonson）である。出版はシェイクスピアの死亡の年の 1616 年。*The Works* の書名からも、オックスフォードとケンブリッジの両大学から学芸修士の名誉学位を授与されたという煉瓦工あがりのジョンソンの、「作家」としての強烈な矜恃を読み取ることができる。しかし 1614 年上演の彼の自信作 *Bartholomew Fair*（『浮かれ縁日』）がこの中に入っていないところから判断して、企画はその年以前に立てられ、印刷も進行していたのだろう。シェイクスピアは当然この企てを知っていたはずだ。彼の劇団の同僚たちが同様の出版を彼に勧めたかもしれない。しかしおそらく彼は笑ってその勧めをやり過ごしていたに違いない。

　しかしシェイクスピアの戯曲は売れ筋だった。たとえば Falstaff の活躍する *Henry IV Part 1*（『ヘンリー四世第 1 部』）は作者の生前だけでも四つ折本単行本で 6 回版を重ねている。*Richard III*（『リチャード三世』）は 5 回。*Hamlet* などには非合法出版のおそらく海賊本が出ている。シェイクスピアの死後 1619 年にトマス・ペイヴィア（Thomas Pavier）という出版業者が印刷業者のウィリアム・ジャガード（William Jaggard）と組んで、シェイクスピアの作品集を喧伝して 10 篇の戯曲を四つ折本で出版し

た。しかし実際の内容はというと、先行の粗悪な非合法出版の再版があり、あるいはシェイクスピアの作品と認知されていないいわゆる「外典」があり、しかも出版権をめぐって問題が生じるとあわてて出版年を偽るなど、まことに無責任なものだった。これを 'Pavier Quartos' と通称する。4年後1623年の正規の Folio 本と対比させて 'False Folio' の呼び名もある。この False Folio の企てが、ジョンソンのはなばなしい先例とともに、'True' Folio 出版の企画を呼び込んだことは確実である。

False Folio 出版の年にシェイクスピアと手を携えて彼の舞台の主役を演じ続けてきた俳優リチャード・バーベッジ（Richard Burbage）が死んだ。ロンドン随一の劇団国王一座（King's Men）の大幹部である。残された有力幹部座員はジョン・ヘミング（ズ）（John Heminge[s]）とヘンリー・コンデル（Henry Condell）の2人。この2人が、冒頭に置かれるパトロンへの献辞と、続く序文に、筆者としての名を連ねる。献辞には、本出版の目的は 'to keepe (= keep) the memory of so worthy a Friend, and Fellow aliue (= alive), as was our Shakespeare'（尊敬すべき友人であり同僚であったわれらのシェイクスピアの思い出を永遠のものとするため）という有名な文言がみえる。編集の実務は劇団の book-keeper（台本整理者、舞台監督）のエドワード・ナイト（Edward Knight）が担当したらしい。

これがシェイクスピアのいわゆる「第1二つ折本」First Folio（F1 と略記）である。

企画は国王一座から出版者の側に持ち込まれたのか、あるいは先に出版業界にこれを企てる動きがあったのか、おそらく双方からの同時進行というあたりが実情だったのだろう。面白いのは False Folio の印刷業者ウィリアム・ジャガードの息子アイザック（Isaac）が First Folio の印刷者に名を連ねていることである。まだ20代の若さだったが、父親のウィリアムはやがて視力を失うことになるし、印刷所を切り盛りしていたのはアイザックの方だった。ペイヴィアの危険な出版に進んで関与したのも彼の冒険心だったかもしれない。'False' に関わった者が今度は 'True' の推進者になるというのも、この時代の出版業界ののどかな一面というべきか。あるいは生き馬の目を抜く駆引きの実態を示しているというべきか。彼はエドワード・ブラント（Edward Blount）をこの企画に引き込んだ。ブラントはシェイクスピアと同年の生れだから当時はもう50代の

First Folio 扉ページ

中央に大きくシェイクスピアの肖像、そのすぐ上(書名の下)に'Published according to the True Originall Copies.'の1行、また最下段に'Printed by Isaac Iaggard, and Ed. Blount. 1623.'の1行がある。肖像はまだ20代初めの(あまり腕がいいとは言えない)彫版家マーティン・ドルーシャウト(Martin Droeshout)刻の銅版画、原画があったと推測されるが失われている。

終り、これまでの実績からロンドンで最も有力な出版業者の1人だった。2人の名前は First Folio の扉に印刷者として並べられているが、実際に印刷作業を受け持ったのはジャガードの印刷所である。ブラントは出版の投資者だった。

First Folio の最終ページ奥付に出資者として William Jaggard, Edward Blount のほかに I. Smithweeke (= John Smethwick, ジョン・スメジク), W. Aspley (= William Aspley, ウィリアム・アスプリー)の名前がみえる。この2人はすでに四つ折本でシェイクスピアの戯曲を出版した版権所有者であった。彼らは出版権を譲渡するよりは、共同出資者としての利潤に与る方を選んだのだろう。ほかにも版権所有者は何人かいた。

ジャガード印刷所での作業は 1622 年に入ってすぐ始められたと考えられる(このほか印刷開始時期には 1621 年夏などの諸説がある)。だがこの仕事だけにかかりきっていたのではない。印刷所ではほかにもいくつもの仕事を抱えていた。じっさいその年の夏に作業の一時中断があり、結局出版は 1623 年の 11 月から 12 月にかけてであった。その4か月前の

8月6日、シェイクスピアの妻アン（Anne）が亡くなっている。出版の直前にアイザックの父ウィリアムが亡くなった。

　First Folio を一応「第1二つ折本全集」と訳すのが一般だが、しかし正確には「全集」というよりやはり「戯曲集」とすべきであろう。シェイクスピアにはすでにみごとな詩業の出版もあり、また戯曲についてもFirst Folio が作品のすべてを収録しているという保証はないのである。ともあれ First Folio 収録の戯曲は 36 篇、このうちちょうど半数の 18 篇がこの時点で初めて印刷された。念のためその初印刷の戯曲題名を掲載順に記す。

　The Tempest, The Two Gentlemen of Verona, Measure for Measure, The Comedy of Errors, As You Like It, The Taming of the Shrew, All's Well That Ends Well, Twelfth Night, The Winter's Tale, King John, Henry VI Part 1, Henry VIII, Coriolanus, Timon of Athens, Julius Caesar, Macbeth, Antony and Cleopatra, Cymbeline.

　少々うるさすぎるかもしれないがここで今のリストの 6 番目 *The Taming of the Shrew*（『じゃじゃ馬ならし』）についてやや立ち入ってみる。じつは 1594 年に四つ折本単行本の戯曲 *The Taming of a Shrew* が出版されている（*Shrew* の前の不定冠詞 *a* に注意）。翌々年再版、1607 年 3 版。作者名はない。この戯曲とシェイクスピアの *The Taming of the Shrew*（*Shrew* の前は定冠詞 *the*）との関係が問題になった。大筋では双方よく似ているが、細かな点になるとなにかと相違が目につく。登場人物名がヒロインの「じゃじゃ馬」を除いて全部違う。場所もシェイクスピアの Padua に対してこちらは Athens. シェイクスピアの「じゃじゃ馬」は 2 人姉妹だが *a Shrew* の方は 3 姉妹。それに応じて筋にも多少の違いが出てくる。そのほか *a Shrew* には序幕だけでなく「落ち」になる終幕がついている、等々。さてそれでは *a Shrew* と *the Shrew* はどういう関係なのか。一般に言われてきたのはシェイクスピアが先行の *a Shrew* を *the Shrew* に改作した、つまり *a Shrew* は *the Shrew* の材源であるというものであった。それが 1920 年代の末、その順序を逆転させた新説が現れた。*a Shrew* は *the Shrew* の崩れた形の異本である、つまり材源ではなく派生。シェイクスピアの四つ折本単行本には、*Hamlet* をはじめこういう異本問題がうるさく付きまとう場合がある。ということで 1594 年出版の *The Taming of a Shrew* をシェイクスピアの戯曲の「異本」に認定するなら、*the Shrew* には先行の出版があったわけだから、First Folio で初印刷の作品は 18 篇ではなく 17 篇と数え直さなくてはならない。と、まあ、そういううるさい議論になってくるのである。いずれにせよ、シェイクスピアの劇作の豊穣は豊穣として、もしも First Folio の出版がなかったとしたら、その収穫は現在みられる 2 分の 1 にすぎなかった。いや実際には 2 分の 1 にも満たなかったと言うべきだろう。なぜならすでに出版された単行本の中には、今の *The Taming of a Shrew* と同様の問題を抱える版本、つまり上演の事情によって作者の意図からはなはだしく逸脱しているであろうテキストが数篇混じっているのだから。

ヘミングとコンデルが序文 'To the great Variety of Readers.'「読者諸賢に」の中で、不法な詐欺師どもの欺瞞窃盗行為によって手足をもぎ取られ姿を歪められた原作の傷をいやし五体満足の完璧な形をお目にかけます、云々と揚言しているのは、こうした事態を指しているのであろう。扉の書名の下には 'Published according to the True Originall Copies.'「真正な原本に基づき刊行」とある。また中扉にも 'Truely (= truly) set forth, according to their first Originall.'「当初の原本に基づく真正な組み版」の文言がみえる。

ここに「原本」と訳した 'Originall (= original)' とは、それにしてもどういう性格のものなのか。ごくごく素朴に考えれば作者(シェイクスピア)の原稿ということになるのだろうが、それが下書き程度の草稿なのか、いわゆる決定稿なのか、それに当時は筆耕による清書が行われていた。また劇団から提供された印刷所原本となれば当然台本化されたものが予想される。当時劇団で original と言えば上演台本を意味したであろうという指摘もある。台本化の過程にはスタッフや俳優の介入がありうるだろうし、そこにまた筆耕による転写の介入が加わる。実際に印刷の状態をつぶさに検討していくと、各作品ごとにさまざまなレベルの「原本」が用いられていたことがわかる。

既刊の単行本を持つ戯曲では、その既刊本を印刷所原本に用いた場合もあるが、既刊本に訂正、書き込みをした上でそれを印刷所原本にした場合もある。しかし最も錯綜するのは *Hamlet* のように既刊本の印刷所

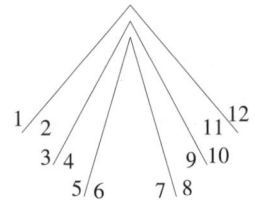

First Folio の「帖」
（数字はページノンブル）

原本と First Folio の印刷所原本とが明らかに相違する場合で、それはつまり頼るべき本文の権威が複数化するということだ。そういう印刷所原本の問題に、さらに印刷所での印刷工程、誤植の問題がからんでくる。20 世紀に急速な発展をみた新書誌学（New Bibliography）の最大の業績の1つが、この問題の解明だった。

たとえばジャガード印刷所での First Folio の組み版はページ順に行われたのではなかった。この Folio は 'folio in sixes' という印刷製本で、印刷用全紙を3枚重ねて二つ折にし6葉12ページで「帖」（quire）をつくる。この帖が製本の単位になる。First Folio ではまずいちばん内側に当たる 6, 7 ページ目が組まれた。つづいてその裏側の 5, 8 ページ。つまり組み版の順序は 6,7 – 5,8 / 4,9 – 3,10 / 2,11 – 1,12 ということになる。これだと複数の植字工による効率的な作業が可能になるが、それにはあらかじめページごとの正確な割付けが必要になる。だがその正確にも当然限界があるだろう。割付け上の誤差が出た場合どうするか。植字工は行間を詰める、あるいは空ける、それでも間に合わぬ場合はたとえば韻文を改行なしの散文に組む、あるいはその逆。そのほか綴りの短縮、ト書きの操作等々。これは植字工による意図的な本文改竄とまでは言わぬまでも、本文への暴力的な介入であることに変りはない。

植字工の習熟度、あるいは植字癖の問題もある。植字工分析研究の当初には A, B 2 人の作業が想定されたが、やがて A, B を主体に C, D, E の3人が加わったとされ、特に E はまだ徒弟で数か月遅れて作業に加わったという不安な仕事ぶりだった。その後さらに分析が精緻に進んで、現在では最低9人の植字工がこの組み版に係わったとされる。それぞれの植字工によるページごとの作業分担推定表もある。

校正も現在想像される手続きとはまるで違っていた。一応の試し刷りの後校正が行われたが、本刷りに入ってからも誤植や不都合が発見されれば印刷を中断して訂正が行われ、しかも訂正以前の刷り上がったページも破棄されることなく製本に用いられることがあった。したがって同

First Folio 目次ページ

1行目に大きく 'A CATALOGVE' とある。'TRAGEDIES.' の最初に挙げられるべき *Troilus and Cressida* の題名がなく、全部で35篇。ついでだが一般に喜劇（ロマンス劇）に分類される *Cymbeline*（『シンベリン』）が悲劇の部の最後に。

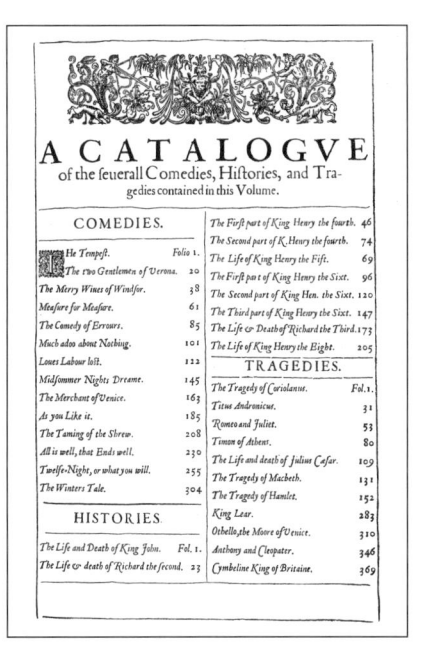

A CATALOGVE of the feuerall Comedies, Histories, and Tragedies contained in this Volume.			
COMEDIES.		The First part of King Henry the fourth.	46
		The Second part of K. Henry the fourth.	74
The Tempest.	Folio 1.	The Life of King Henry the Fift.	69
The two Gentlemen of Verona.	20	The First part of King Hen. the Sixt.	96
The Merry Wiues of Windsor.	38	The Second part of King Hen. the Sixt.	120
Measure for Measure.	61	The Third part of King Henry the Sixt.	147
The Comedy of Errours.	85	The Life & Death of Richard the Third.	173
Much adoo about Nothing.	101	The Life of King Henry the Eight.	205
Loues Labour lost.	122	**TRAGEDIES.**	
Midsommer Nights Dreame.	145	The Tragedy of Coriolanus.	Fol. 1.
The Merchant of Venice.	163	Titus Andronicus.	31
As you Like it.	185	Romeo and Juliet.	53
The Taming of the Shrew.	208	Timon of Athens.	80
All is well, that Ends well.	230	The Life and death of Julius Cæsar.	109
Twelfe-Night, or what you will.	255	The Tragedy of Macbeth.	131
The Winters Tale.	304	The Tragedy of Hamlet.	152
HISTORIES.		King Lear.	283
		Othello, the Moore of Venice.	310
The Life and Death of King John.	Fol. 1.	Anthony and Cleopater.	346
The Life & death of Richard the second.	23	Cymbeline King of Britaine.	369

じ版でも異なった版本が生ずるのである。これは現代の書物の均一性からは思いも及ばぬ事態というべきだろう。このほか新書誌学は柱や飾り、また活字や紙などの詳細な分析に及び、First Folio についての新しい知識は膨大に集積され続け、またそれはたえず更新され続ける。

作品の配列について、特に *Troilus and Cressida*（『トロイラスとクレシダ』）をめぐっての問題をここで取り上げておきたい。

シェイクスピアの First Folio はその「目次」（Catalogue）に喜劇、歴史劇、悲劇の3分野を立てているのがユニークである。古典劇の伝統からすれば喜劇と悲劇の2分法が普通なのに、特別にイングランドの歴史を題材にした戯曲10篇を 'Histories.' として歴史の順序に配列した。全体の3分の1近くがここに含まれるというのもシェイクスピアの劇作全体の独自性ということになると思う。（喜劇と悲劇の配列には特に工夫は認められない。）ともあれ 'Mr. William / Shakespeares / Comedies, / Histories, & / Tragedies.' という、F1 の扉にみられる正式の書名は、ジョンソンの強面（こわもて）な 'The Workes' とはひと味違った新鮮な響きを伴っていたに相

違ない。その Histories の部のすぐ後に、飛び入りの形で目次にはない *Troilus and Cressida* が入った事情はおそらくこういうことだったろう。

この戯曲は本来 *Romeo and Juliet* の後に配列されるはずだったが、最初の数ページが組まれ、少なくとも 3 ページが印刷に付されたところで、版権問題がこじれてこれを破棄せざるをえない事態になった。代りに入ったのが *Timon of Athens*(『アテネのタイモン』)である。ところが、First Folio の印刷が完了する直前に版権問題の解決をみて、結局、歴史劇と悲劇の間に *Troilus and Cressida* が急遽繰り込まれることになった。*Romeo and Juliet* の最終ページと *Troilus and Cressida* の最初のページの印刷された印刷用紙が、*Troilus and Cressida* を降ろす方針が決定されたときに破棄されたはずなのに、そのまま製本に入ってしまった珍品の 1 冊(当初の所有者の名をとって 'Sheldon Folio' と呼ばれる)が現在フォルジャー・シェイクスピア図書館に所蔵されている。First Folio のページノンブルは喜劇、歴史劇、悲劇のそれぞれの分野ごとに 1 から通して打たれている。しかし *Troilus and Cressida* は 2, 3 ページ目に 79, 80 という変則的なノンブル表示があってその他はノンブルが打たれていない。悲劇の部のページノンブル 1 は次の 'The Tragedy of Coriolanus.' の 1 ページ目に打たれた。目次には *Troilus and Cressida* の題名も印刷されていないのである。

目次のページの前に、ペンブルックとモンゴメリーの両伯爵 (Earls of Pembroke and Montgomery) 兄弟への献辞、序文 ('To the great Variety of Readers.')、ベン・ジョンソンの有名な追悼詩など、目次の後にも追悼詩、中扉。中扉には主要俳優 26 名の名前が 2 段に印刷され、その筆頭にシェイクスピアの名前が挙げられていた。それら前付けを除いて、戯曲集本文の総ページ数は 907.

出版部数は諸説を勘案して 1000 部。値段はこれまた諸説を勘案して 1 ポンド(仔牛革装の場合)。いずれも切りのいい数字を採ったが、1 ポンドというのは、四つ折本単行本が 6 ペンス(当時の通貨単位で 1 ペニー = 1/240 ポンド)だったから、これの 40 倍である。だが売れ行きは当時にすれば順調だったようだ。ジョンソンの *The Works* があらたな作品を加えて再版されるまで 24 年かかっているのに対し、シェイクスピアの方

First Folio 本文組み版

Troilus and Cressida の題名（'THE TRAGEDIE OF / Troylus and Cressida.'）が上段に印刷された冒頭のページ。急遽繰り込まれたためページノンブルが打たれていない。78 のノンブルのある同じページは破棄されたが、たまたま 'Sheldon Folio' に製本されて残った。

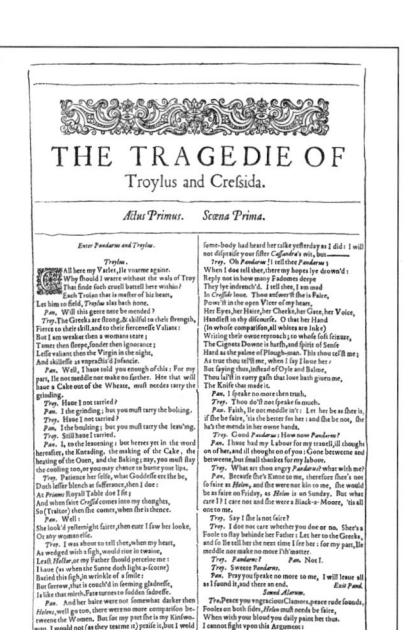

は 9 年後に同じく二つ折本で再版が出た。いわゆる Second Folio「第2二つ折本」である。First Folio を F1 と略記するように Second Folio も F2 と略記する。F2 には約 1700 個所の改訂があり、うち 800 以上が後の編纂者に受け容れられた。

その後ピューリタン革命があり、王政復古があり、演劇界も激動を余儀なくされた後、1663 年に Third Folio（F3）「第 3 二つ折本」が出版され、翌 1664 年にこれの第 2 刷が出た。F3 の改訂約 950 個所、ただし F1 や既刊単行本を校合した校訂ではない。なおこの第 2 刷にすでに四つ折本で刊行されていた 7 篇があらたに加えられたが、このうち喜劇（ロマンス劇）*Pericles*（『ペリクリーズ』）だけがいわゆる「正典」に加えられて今日に至っている。したがってシェイクスピアの戯曲は全部で 37 篇。ただし近年は *The Two Noble Kinsmen*（『血縁の二公子』）や *Edward III*（『エドワード三世』）を正典に加える動きが次第に強まってきており、現在ではむしろ全戯曲 39 篇とした方がよいのかもしれない（念のため、この 2 篇は F3 であらたに加えられた 7 篇の中にはない）。

Fourth Folio (F4)「第4二つ折本」は1685年、収録作品はF3第2刷と同様。約750個所の改訂。このF4が次の世紀に入りニコラス・ロウ (Nicholas Rowe) による全6巻の戯曲全集 (1709) の底本になった。

First Folio は、現在228冊の所在が確認されており、うち3分の1以上の82冊がアメリカのワシントン D.C. のフォルジャー・シェイクスピア図書館 (Folger Shakespeare Library, スタンダード石油会社社長 Henry Clay Folger の遺贈による図書館) に所蔵されている。(ついでだがわが国の明星大学図書館が現在12冊を所蔵し世界第2位。) この物量のもと、F1をめぐる新書誌学は第二次世界大戦後特にアメリカでさらに精緻な科学的分析へと発展し、「新・新書誌学」とも「分析書誌学」(Analytical Bibliography) とも呼ばれるようになった。先にふれた組み版や植字工の解明はこの分析書誌学による成果だ。特にこの派の旗手チャールトン・ヒンマン (Charlton Hinman) が周到な準備をへて刊行した F1 の *Norton Facsimile* は画期的な業績である。

ジャガード印刷所では印刷中途で校正が行われたし、また手動の印刷機で1枚1枚を刷ったのだから、厳密に調査すれば同じ F1 でも正確に同質の版本は1冊としてない。ヒンマンはフォルジャー所蔵の F1 の中から、まずファクシミリに値する30冊を採り、さらに1000ページに近い1ページ1ページについて、その30冊の中から最良の状態を選び出した。これの集合がつまりは F1 の理想の版本ということになる。その出版が、出版社ノートン社の社名を冠した *The Norton Facsimile: the First Folio of Shakespeare*, prepared by Charlton Hinman (W. W. Norton and Co., 1968). シェイクスピアのテキスト編纂上、現在最も重要な参考書目の1冊である。F1 をテキスト編纂の基本的な底本とした本選集の場合、これの恩恵は当然のことであった。

ここできびしく数を限って First Folio の重要参考書目を挙げるとすれば、1冊はイギリスの新書誌学の大御所 W. W. グレッグ (Walter Wilson Greg) の *The Shakespeare First Folio: Its Bibliographical and Textual History* (Oxford U.P., 1955)、いま1つは Charlton Hinman, *The Printing and Proof-Reading of the First Folio of Shakespeare*, 2 vols. (Oxford U.P., 1963) ということになるだろう。ヒンマンの2巻本は10年にわたる精緻な分析研究を集大成して、彼の *Norton Facsimile* へのいわば Prolegomena の役割を果

たした。

 Norton Facsimile にも、19 ページにわたる懇切な Introduction が付されている。しかしヒンマンのその Introduction も、1996 年の再版でピーター・ブレイニー (Peter W. M. Blayney) によって全面的に書き改められることになった(ヒンマンは 1977 年に没)。この事実はシェイクスピアの分析書誌学の勢いが日進月歩のめざましさにあることを示すに足る。だがブレイニーが異見を唱えたのは、植字工の数など印刷工程の分析の問題だけではなかった。彼がこだわったのは印刷所原本の問題である。それも、具体的な事実の新発見というのではなく、もっと理念的な、あるいは根元的な、戯曲とは何かという問題。

 戯曲は上演に伴って動く。演出によって、演技によって、たえず変容を迫られる。それが舞台の実際である。半世紀前のヒンマンたちは、そういう「変容」をもたらす要素をすべて不純なものとしてとらえ、その不純物を可能な限り削ぎ落し、削ぎ落ししていけば、ついに作者の意図する純粋な本文が立ち現れると信ずることができた。しかしブレイニーはそうした楽天的な信念に与することはできない。われわれは変容された舞台を 1 つのテキストとして受け容れることから出発する、とブレイニーは言う。となれば、当然シェイクスピアのテキストは複数化する。極端に言えば上演の数だけテキストが生れる。この理念の背景には 20 世紀後半の文学批評の相対主義、脱構築、あるいは受容理論、読者(観客)論の尖鋭が層をなして控えているだろう。

 こうした時代の動向の中にあって、しかし本選集の編纂者は、あえて First Folio を共通の底本にすることを基本として 10 篇のテキストの編纂に赴いた。これが唯一絶対の態度であるなどと言い張るのではない。戯曲が上演によって動くのは演劇の宿命である。ただ、あらたに編纂の作業を起こすとすれば、基本となる座標軸がぜひとも必要になってくる。F1 の印刷所原本はそれぞれの作品によって性格を異にしている。F1 に先行する既刊の単行本を持つ作品では、その既刊本の印刷所原本と F1 のそれとが明確に相違する困難な場合もある。それらいちいちの事情を作品ごとに見極めた上で、本選集は基本の座標軸を First Folio に求めたということだ。それは本選集 10 篇のことだけでなく、翻訳でシェイクスピア全集を企てようとする場合の戯曲 36 篇についても、おそらく最も妥当

な態度であろうと本編纂者は考えている。

　最後に、シェイクスピアの First Folio 研究は全世界の学界で時々刻々と動いている。21 世紀に入って、Anthony James West, *The Shakespeare First Folio: the History of the Book*, 4 vols. (Oxford U.P.) の企画が発表になり、2003 年までに第 1 巻 *An Account of the First Folio Based on its Sales and Prices, 1623–2000* と第 2 巻 *A New Worldwide Census of First Folio* が刊行された。先の F1 の所在の確認等のデータはこの第 1 巻による。1, 2 巻ともまだ広範なデータの確認、披露の段階であるが、General Preface によると第 4 巻は F1 の cultural history がテーマのようで特に期待される。ただし実際の刊行までにはかなり時間がかかるであろう。第 3 巻は bibliographical なデータの詳細な情報に当てられるとある。1996 年にブレイニーの提出したデータも当然書き替えが進行しているのである。Tempora mutantur, et nos mutamur in illis. 　　　　　　　　　　（2004 年 7 月）

大場建治(おおば・けんじ)
1931年7月新潟県村上市に生れる.
1960年明治学院大学大学院修士課程(英文学専攻)修了後
同大学文学部英文学科に勤務.文学部長,図書館長,
学長を歴任し,現在同大学名誉教授.

KENKYUSHA

〈検印省略〉

研究社 シェイクスピア選集
1 あらし

2009年4月23日 初版発行

編注訳者　　大　場　建　治
発　行　者　　関　戸　雅　男
発　行　所　　株式会社　研究社
　　　　　　　〒102-8152 東京都千代田区富士見2-11-3
　　　　　　　電話　03-3288-7711 (編集)
　　　　　　　　　　03-3288-7777 (営業)
　　　　　　　振替　00150-9-26710
印　刷　所　　研究社印刷株式会社

ISBN 978-4-327-18001-0 C 1398　　　　Printed in Japan
装丁: 広瀬亮平　装丁協力: 金子泰明